原本

제 9 권

공명의 출사표

제9권 공명의 출사표

목록왕과 공명의 대결 • 11

공명의 출사표 • 42

중원에 진출하다 • 67

공명을 속인 강유 • 86

기산 대전(祁山大戰) • 105

공명의 배후에 제2전선을 • 115

가정에서 대패한 촉군 • 131

다시 출사표를 • 171

강유의 대계 • 191

총병인수(總兵印綬) • 216

기산싸움의 칙사 • 231

팔진으로 진을 쳐라 • 257

기산의 불길 • 294

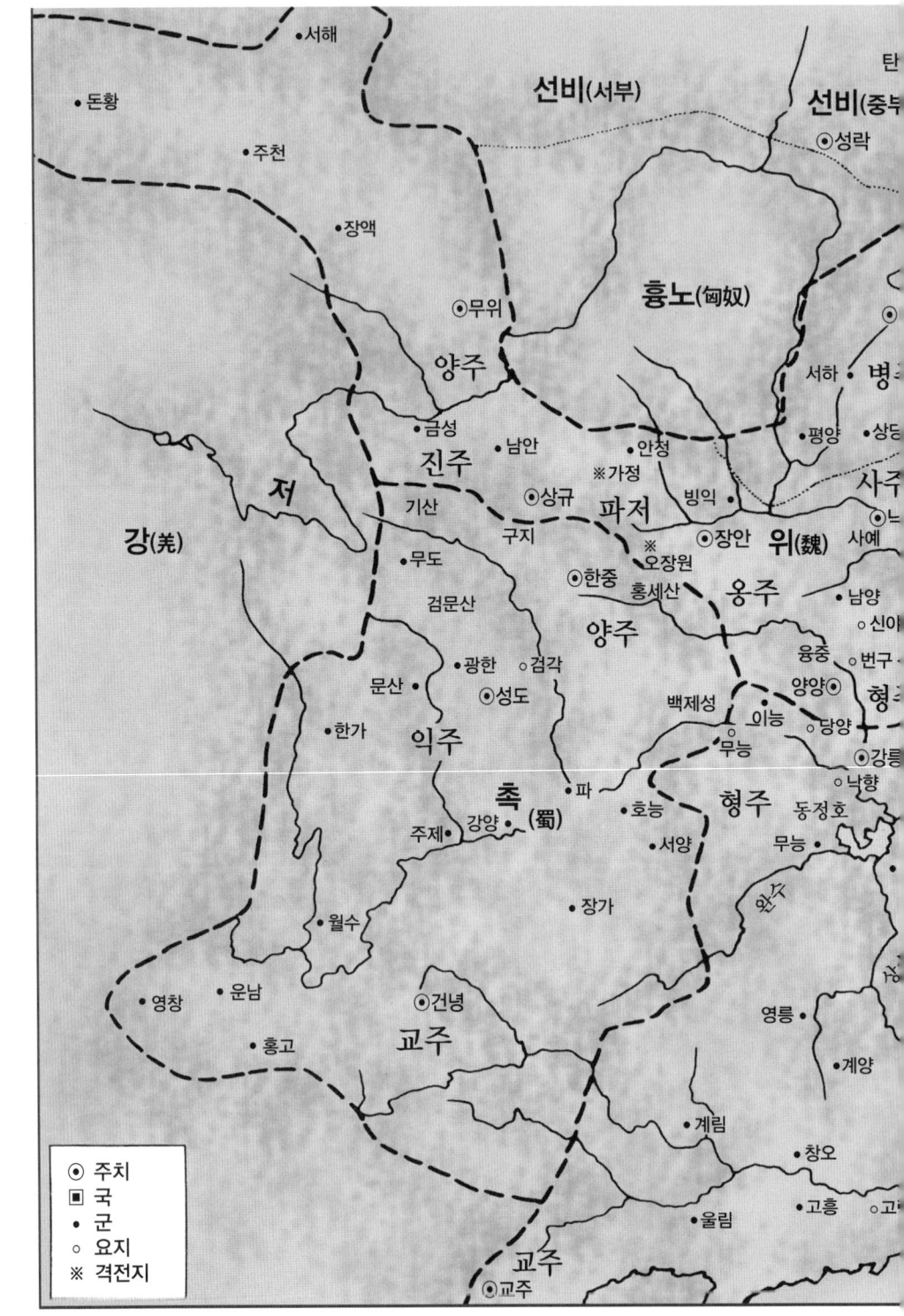

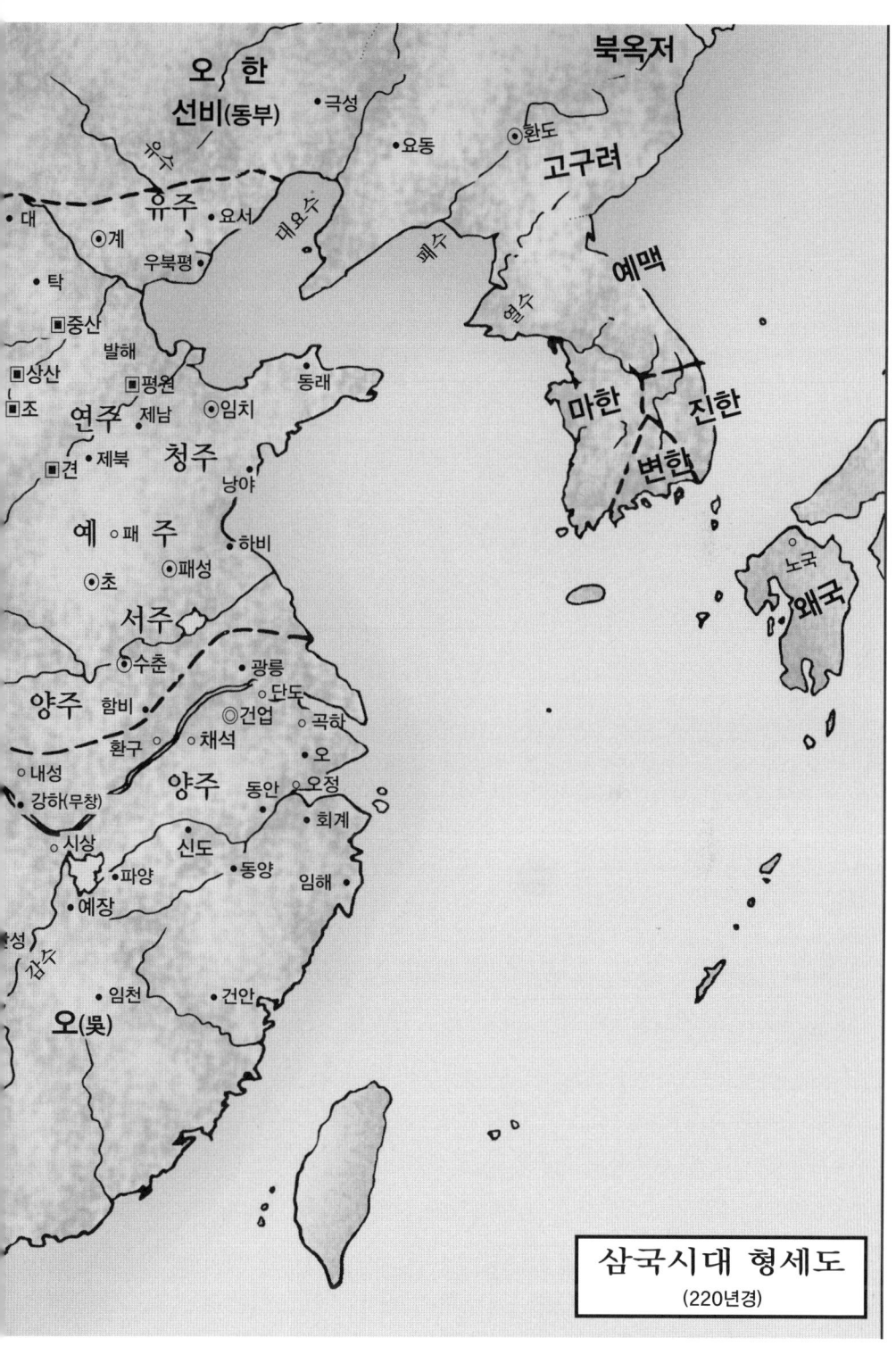

목록왕과 공명의 대결

 갑자기 좌석이 떠나갈 듯이 소란스러워졌다.
 만랑들이 손에 손을 잡고 빙빙 돌며 춤을 추는 가운데 맹획과 맹우를 둘러싸고 만가를 부르는가 싶더니, 한편에서 양봉이 잔을 허공에다 던지며 소리쳤다.
 "손을 내려라!"
 순간 만랑들은 작은 칼을 빼들고 좁혀들었다. 맹획과 맹우 두 형제는 으악! 소리와 동시에 만랑들과 수없이 에워싸고 있는 칼을 발길로 차 버리고 밖으로 뛰쳐나왔다.
 그 순간 양봉의 아들 다섯 명이 나는 듯이 달려들어 밧줄로 맹획과 맹우를 묶었다.
 타사왕도 막 달아나려 하는 것을 양봉이 발로 걷어차 사로잡았다. 어안이 벙벙해 있는 것은 춤에 취해 있던 만랑들이었다. 그들은 사태를 알아차리고는 양봉의 휘하에 그대로 주저앉고 말았다.

이때 이미 요란스러운 징소리가 공명의 3군이 온 것을 알렸고, 독룡동의 만병들은 어둠을 타고 산과 들로 달아나 버렸다.

맹획은 양봉을 향하여 사나운 얼굴로 포효하듯 외쳤다.

"이놈, 양봉아! 너도 만국의 동주가 아니냐? 이렇게 나를 팔아서 공명에게 바쳐야 했단 말이냐?"

양봉은 껄껄 웃으며 말했다.

"실은 나도 잡혀서 공명의 앞에 끌려나갔으나 공명의 은덕을 입어 그것에 보답하기 위하여 이처럼 한 것이다. 너도 항복이나 하거라."

"이런 죽일 놈이!"

이렇게 몸부림을 칠 때 공명이 막료들을 데리고 들어왔다.

더욱 놀란 것은 양봉의 다섯 아들이라 하던 것들도 모두 서촉의 장수들이었다.

변장을 풀고 갑옷을 새로 갈아입고 공명을 맞아들이는 열에 서 있었다.

공명은 맹획의 앞에 가서 걸음을 멈췄다.

"이걸로 다섯 번째네. 이번에는 마음이라도 복종하지 않을 수 없을 테지?"

맹획은 공명의 얼굴은 보지도 않고 말했다.

"흥, 마음으로 복종해. 웃기지 말아라. 내가 네게 묶였느냐? 나를 묶은 것은 나의 부하가 나를 배반해 묶었다!"

"이젠 왕화(王化)! 천자를 받들어라!"

"흐흐흐… 왕화, 하지만 나도 남만국 왕이다. 나의 도읍지는 선조 이래에 은항산에 있으며, 삼강의 요해를 둘러싸고 있다. 그곳에서 나를 쳐 없애면 너도 대단한 자다. 그러나 이 정도로 나를 이겼다고 보는가?"

맹획의 욕설과 한결같은 반항은 변함이 없었다.

이날도 공명은 다섯 번째 맹획을 놓아 주었다. 놓아 주며 공명이 말했다.

"그대가 좋아하는 땅에서 그대가 바라는 조건으로 다시 일전을 하기로 하자. 그러나 다음은 그대의 식솔까지도 멸할지도 모른다. 그리 알고 싸움에 임해라!"

꾸짖듯 말하며 아우 맹우와 타사왕도 풀어 주었다. 말까지 마련해 주자 그만 어디론지 달아나 버렸다.

본래 맹획의 본국인 남만 중부의 만도(蠻都)는 운남보다 먼 서남쪽이었다.

그리고 만도의 지명을 은항동이라 불렀는데 들이 넓고 풍요로운 땅이었다.

맹획은 패하여 삼강(三江)의 요해인 만도에 돌아왔다. 녹사은벽(綠沙銀壁)의 만궁에는 사방에서 수장과 동주(洞主)들이 모여들어 이변을 말하였다.

거의 만도 개벽 이래의 큰 회의가 연일 벌어졌다.

이때 맹획 아내의 동생인 팔번부장(八番部長) 대래(帶來)가 나서며 말하였다.

"일이 이쯤되었으니 열국(熱國)에 위세를 떨치고 있는 팔납동장(八納洞長) 목록왕(木鹿王)의 힘을 빌 수밖에 도리가 없습니다. 목록왕은 언제나 코끼리를 타고 진두에 나서며, 법력을 가지고 바람을 불러 바람을 일으키고 범・개・승냥이・독사・곰들을 수족처럼 써서 적진에 보냅니다. 더욱이 3만의 맹졸이 있어 지금 목록왕의 위세에 인근에서는 떨고 있습니다. 오랫동안 우리 만도와 대립하고 있었습니다만 이번에 예물을 후히 보내어 만계 일대의 대란을 호소하면, 그도 만도의 사람이니 반드시 도울 줄로 압니다."

동시에 떠나갈 듯한 박수가 일어났다.

"그러면 그대가 사자로 가거라!"

맹획의 명을 받고 대래는 그날로 목록왕을 찾아갔다. 그런데 은항산 만궁의 전위지로 삼강의 요해에 삼강성이 있다. 맹획은 이 삼강성에다 타사왕을 두어 전위총 대장으로 삼았다.

서촉의 대군은 일사천리로 벌써 삼강까지 뒤쫓아왔다.

삼강성은 삼면에 강을 끼고 있으며, 그 한 면은 육지에 닿아 있었다.

공명은 우선 위연과 조운에게 성을 치게 하였으나 뜻밖에도 성은 굳게 닫혔고 만군의 정예만이 모여 있었다.

그것은 한 번에 열 개의 화살이 날아오며, 화살 끝에는 독을 발라 중상을 입히는 정도가 아니라 살에 맞으면 그 자리에서 오장 육부에 독이 퍼져 죽는 것이었다.

세 번이나 공격하였으나 일제히 거의 10여 리나 뒤로 퇴진하고 말았다.

"촉군은 독궁이 무서워 퇴진하고 말았다!"

남만군들은 뽐내며 떠들었다.

"공명도 대단한 것이 없다!"

이렇게 촉군을 넘보기 시작하였다.

이때 공명은 천기를 보고 있었다. 때때로 그는 자연력을 이용하기를 잊지 않았다.

바람이 세게 일었다. 모래를 날리며 부는 바람은 그 이튿날도 계속될 듯하였다.

공명은 여러 진중에 군령을 내렸다.

"내일 저녁 초경(初更)까지 각 부대의 병졸은 한 사람도 빠짐없이 각 한 폭의 주머니를 준비하라. 만일 태만하는 자에겐 참수형을 내리리라."

무슨 영문인지는 모르나 삼엄한 군령 때문에 장수들과 병졸에 이르기까지 주머니를 만들어 가지고 기다렸다.

이튿날 초저녁이 되자 갑자기 출진하라는 군령이 내려졌다. 공명은 다음과 같은 명령을 내렸다.

첫째, 가지고 있는 주머니 속에다 흙을 넣어 두어라.

둘째, 사병 한 사람이 흙주머니 한두 개씩 가지고 행군하라.

셋째, 삼강성 성벽 아래에 이르면 흙주머니를 쌓아라. 그리고 흙주머니가 성벽과 가지런하면 뛰어넘어 성 안으로 들어가라. 빨리 들어가는 자에게는 후히 상을 줄 것이다.

비로소 촉군은 공명의 의도를 알았다. 촉군 대세가 20만, 만도의 투항병 1만여 기가 손마다 흙주머니를 들고 삼강성을 향하여 달렸다.

아무리 독궁이라 하나 구름처럼 대군이 한꺼번에 몰려들자, 그 총수에서 천분지 일도 쏘지 못하였다.

눈 깜짝하는 사이에 흙주머니가 산처럼 몇 군데나 쌓여졌다.

위연 · 관색 · 왕평의 부하 병사들이 앞을 다투어 성벽을 뛰어넘었다. 만군은 기급하여 독 안에 든 쥐처럼 어쩔 줄을 모르며 싸울 기력을 잃어갔다.

태반이 죽거나 뒷문으로 빠져나가 은항산으로 달아났다. 또한 강물에 빠져 죽는 자의 수를 이루 헤아릴 수 없었다.

공명은 삽시간에 수많은 만군을 사로잡은 촉군을 어진 덕으로 타이르고, 성 안의 무수한 보화는 온 장수들에게 나누어 주었다.

타사왕은 이 난군 속에서 죽고, 만군이 은항산을 기어오르자 은항산 만궁에 있던 맹획은 파랗게 질려서 발을 굴렀다.

"무엇이? 삼강이 떨어지다니? 벌써 공명군이 들어갔어?"

일족을 모아 회의를 했으나 어찌할 바를 모르고 있는데, 병풍 뒤에서 누구인지 키득키득 웃는 자가 있었다.

"거기 무례한 자가 누구냐?"

일족이 들여다보니 맹획의 아내 축융부인(祝融夫人)이 다리를 길게 뻗고 낮잠을 자고 있었다. 고양이처럼 언제나 부인의 방에서 기르는 암사자 새끼도 부인의 허리에다 턱을 괴고 같이 잠을 자고 있었다.

다시 회의를 계속하는데 또 옆방에서 축융부인의 웃음소리가 들려왔다. 만랑들이 귀를 쫑긋거리자 남편인 맹획도 앉은 채로 축융부인에게 물었다.

"어째서 웃는가?"

부인은 사자 새끼와 함께 침상에서 일어나 일족은 눈도 거들떠 보지 않고 남편 맹획을 꾸짖었다.

"당신은 무엇이오? 사나이로 태어나서 면목 없이 촉군 20만을 멸하지 못하고 어찌 남만왕이라고 할 수 있소? 여자라 하나 내가 가면 공명 따위가 이 나라 땅을 밟지 못하게 할 것이오."

눈을 부릅뜨며 쳐다봤다.

맹획의 아내는 옛날 축융씨의 후예였다. 말을 잘 타고 창을 잘 쓰며 단검을 던지면 백발백중이라는 비범한 기예를 가지고 있었다.

그러나 맹획은 엄처시하의 남자처럼 얼굴을 찡그리고 있을 뿐 한마디도 하지 않았다.

또 곁에 앉아 있는 일족도 패전에 패전을 겪어온지라 침묵을 지키고 있을 뿐이었다.

"군사를 맡겨 주시오. 제가 진두에 나가 촉군을 치겠어요. 공명 따위에게 눌려서야 말이 되나요!"

이튿날 그녀는 말을 타고 진두에 나섰다. 머리를 산발하고 맨발로 붉은 전포를 입은 다음 황금으로 만든 갑옷을 입고, 등에는 일곱 개의 단검을 꽂고 있었다. 손에는 긴 창을 들고 불꽃이 튀는 듯한 싸움판에 뛰어들었다.

그 여자의 창에 찔려 죽어간 촉병이 얼마인지 모른다.

이것을 바라보던 촉장 장의(張?)는 그 뒤를 바짝 쫓았다.

"괴상한 적이다!"

그러자 하늘에서 단검이 날아왔다. 장의는 단검을 어깨에 맞고 말 아래로 굴러 떨어졌다.

"저놈을 묶어라!"

부하 만군에게 명령하고 축융부인은 몰려드는 적을 닥치는 대로 무찔렀다.

마충(馬忠)이 또한 이 괴상한 적을 뒤쫓았으나 단검이 날아와 말 엉덩이를 찔러 말이 그만 쓰러지는 바람에 만군의 손에 잡히는 신세가 되고 말았다.

이날 만군이 우세한 것을 보고 맹획은 기뻐했다.

"전승할 징조가 보인다!"

부인은 자기가 사로잡은 장의와 마충의 목을 잘라서 만군의 사기를 북돋으려 하였으나 남편 맹획이 말렸다.

"아니야. 나도 다섯 번 잡혔다가 다섯 번을 공명한테서 놓여났어. 이놈들을 이 자리에서 목을 벤다면 내가 속 좁은 사람이 되고 말아. 공명을 사로잡을 때 함께 나란히 목을 자르세."

맹획은 두 사람의 적장을 가끔 끌어내어 조롱하며 비웃었다.

한편 공명은 두 장수의 신변을 염려하였다. 그러나 죽이지는 않을 것이라고 말하며 그 구출책을 생각하여 조운과 위연에게

계책을 맡겼다.

 찌는 듯한 더위 속에서도 싸움은 연일 벌어졌다. 그 싸움터에는 반드시 축융부인이 뒤따르고 있었다. 조운은 가까이 하여 그 여자와 대결하였다. 역시 여자였다.

 조운에게는 당할 수 없다 생각하였음인지 단검을 던지고 그 사이에 빠져 달아났다.

 "마치 새와 같아서 잡을 수가 있어야지."

 천하의 용장 조운도 감탄하지 않을 수 없었다.

 위연은 다음날 진중 앞에 나서지 않고 휘하 부하들을 시켜 부인을 야유하도록 하였다. 부인은 화를 참지 못하고 뒤쫓았다.
 그러자 한참만에 위연이 나는 듯이 달려나오며 소리쳤다.
 "타조(蛇鳥) 부인은 섰거라!"
 부인은 뒤돌아 서며 단검을 던지고 그대로 달아나려 하였다. 이때 조운이 한쪽에서 금고를 울리며 달려나왔다.
 "타조냐, 암사슴이냐?"
 부인은 머리칼을 휘날리며 감정을 못 이기고 촉군 사이에 뛰어들었다.
 촉군은 거짓으로 달아났다. 한참 달아나다가는 멈추어 온갖 욕설을 또 퍼부었다. 이렇게 산간으로 유인하여 위지를 만들자 팔방에서 뒤덮어 사로잡았다.
 공명은 맹획의 동채에다 사자를 보냈다.
 "자네의 부인이 촉진에 와 있다. 그러니 장의, 마충과 교환하는 것이 어떻겠나?"
 맹획은 깜짝 놀라 그 자리에서 두 장수를 돌려보냈다.
 공명은 축융부인에게 술을 권하고 놓아 주었다.
 그녀는 얼마간 침울한 표정이었으나 술을 한 말 정도 마시고 나자 맹획과 비슷한 호언장담을 남기고 돌아갔다.

 목록왕에게 사자로 갔던 대래가 돌아왔다.
 "우리들의 청을 받아 며칠 내로 목록왕이 친히 인마를 끌고 온다고 했습니다. 목록왕만 오면 촉군 따위는 하루 아침에 무너질 것입니다."
 대래의 누이인 축융부인과 맹획의 오직 하나의 희망은 목록왕이 오는 일이었다.
 며칠 후 드디어 팔납동 목록왕이 수만군을 이끌고 동문 밖에 왔다는 소식을 듣자 맹획의 부처는 궁을 나가 맞아들였다.

목록왕은 흰 코끼리를 타고 왔다.

코끼리 목에다 금방울을 달고 안장은 칠보로 장식하였다. 또 몸에는 은빛이 나는 전포와 금목도리, 발목에는 대검 두 자루를 달아놓고 있었다.

"맹왕과 부인은 안심하시오."

흰 코끼리에서 내리자 목록왕은 깃발의 창검이 총총한 사이로 하여 궁중으로 들어갔다.

그가 데리고 온 3만 기 가운데에는 1천 마리 가까운 맹수가 섞여 있었다. 사자·범·코끼리·검은 표범·개·승냥이들이 포효하는 소리만 들어도 몸서리쳐질 지경이었다.

궁중 안에서는 밤이 깊도록 큰 연회가 베풀어져 만가와 만악이 그칠 줄을 몰랐다.

맹획 부부는 밤낮으로 사흘간 향연을 계속하여 목록왕의 환심을 사기에 전력을 기울였다.

목록왕은 겨우 나흘 만에 출정을 명령했다.

"내일은 한번 촉군을 휘몰아 보일까요?"

어찌된 영문인지 그 전날 밤부터 이튿날 아침이 되도록 맹수 부대는 하늘을 쳐다보며 포효하기를 그치지 않았다. 이유인즉, 싸움에 나갈 때에는 먹이를 미리부터 주지 않고 배를 곯린다는 이유에서였다.

다음날 목록왕은 출전하기 시작했다.

흰 코끼리를 타고 두 자루의 대검을 옆으로 비껴 차고 손에는 띠가 달린 종(鍾)을 들고 있었다.

이를 본 촉군은 깜짝 놀랐다.

"저것이 무엇이냐?"

싸우기 전부터 병사들이 겁을 먹는 것 같아서 조운과 위연은 성루에 올라 바라보니 과연 무리도 아니었다. 목록왕의 병사는 얼굴과 살결이 모두 칠흑같이 검었다. 마치 무슨 악귀들이 무더기로 나타난 것 같았다.

 그 목록왕 위에는 서로 엮어 매어놓은 맹수들이 꼬리를 치며 하늘을 향하여 포효하고 있었다.

 조운과 위연이 어리둥절해 있는 사이에 흰 코끼리에 높이 앉은 목록왕이 손에 들었던 종을 치자, 검은 표범 같은 노궁대가 앞을 다투어 달려나왔다.

 또 틈을 엿보고 있던 맹수대를 한꺼번에 풀어놓았다. 목록왕은 입 속으로 주문을 외우는 모양이었다.

 무수한 맹수가 떼를 지어 먼지를 일으키고 숲을 벗어나 공중을 날으듯이 촉진을 향해 달려들었다. 맹수들은 뱃가죽이 등에 붙어 있다시피 굶주려 있었다.

 이빨을 드러내어 포효하는 꼴이란 피에 굶주린 마구와 같이 끔찍한 모습이었다.

 촉군은 이 괴이하고 뜻밖의 습격을 당하자 순식간에 무너져 달아났다. 만군의 총공격이 삼강까지 홍수처럼 몰려왔다. 만군은 맹수에 못지않게 기세를 뽐내어 닥치는 대로 촉군을 쳐 죽였다.

 이윽고 목록왕이 종을 흔들었다.

 목록왕의 곁에는 배가 부른 맹수들이 꼬리를 흔들며 모여들었다. 그것을 다시 밧줄로 엮어 가지고 금고를 울려 휘몰아 달려드는 것이었다.

 한편 조운과 위연 두 장수에게서 이 날의 패전을 들은 공명은 말없이 껄껄 웃었다.

 "책에는 역시 거짓을 써 놓지 않는군. 어렸을 때 내 초려(草蘆)

에서 읽은 병서에 남만국에는 짐승을 구사하는 진법이 있다 하였으니 오늘 일이 바로 그것이다. 다행히 성도를 떠날 때 대비해 왔으니 과히 걱정할 일은 아니다."

공명은 군사들을 시켜 진중에서 수레를 끌어내라 명하였다.

그것은 하나하나 천으로 싸서 깊이 간직해 두었던 20여 채의 차량들이었다.

"덮은 천을 끌어 내려라!"

공명은 몸소 영채 밖으로 나와 명령했다. 거기에는 마치 작은 집 같은 것이 놓여 있었다. 무엇이 나타나는가 하고 장수들이 긴장하여 보니 안에 궤짝이 보였다.

그중 열 개의 수레에는 검은 궤짝이 놓였고, 열 개의 수레에는 붉은 궤짝이 놓여 있었다. 공명은 몸소 자물쇠를 끄집어 내서 궤짝을 열었다. 그 안에는 놀라울 만큼 큰 괴수가 수레를 발로 삼아 나란히 열을 지어 서 있었다.

나무로 깎은 사자와 범 같은 것, 뿔이 달린 괴상한 짐승의 모습을 한 것이 보기에도 몸서리쳐질 만큼 기괴한 것들이었다.

"이걸 어떻게 하시렵니까?"

"멀리 성도에서 끌고 온 것이 이것입니까?"

여러 장수들은 의아스럽고 놀라서 물었다.

다음날 촉군은 동구(洞口) 앞길을 둘러싸고 다섯 줄의 두터운 진을 쳤다.

맹획은 어제의 승전으로 만면에 여유있는 웃음을 띠고 목록왕과 함께 또 진두에 나타났다.

"저기 보이는 네 바퀴 수레 위에 앉은 놈이 공명이오. 대왕, 어제와 같은 대승을 하시오!"

맹획이 손짓하여 가리키자 목록왕은 머리를 끄덕이며 무엇이라고 주문을 외웠다. 그리고는 맹수대를 풀자 맹수들이 일시에 촉군을 향해 달려들었다.

사나운 맹수들이 서로 날뛰자 갑자기 모래바람이 일어나는 것 같았다.

공명은 수레를 잽싸게 휘몰아 안으로 숨어 버렸다.

코끼리에게 채찍을 쳐서 달려온 목록왕은 높은 안장 위에서 칼을 휘둘렀다.

"공명, 오늘은 그대의 목을 가져가야겠다!"

칼을 내리치며 위협했다.

칼은 수레의 한쪽에 흠집을 나게 하였다. 목록왕은 한사코 공명의 수레를 쫓았으나 칼이 수레에 닿지 않았다.

순간 뒤에서 코끼리의 배를 창으로 찌르는 장수가 있었다. 그러나 창은 코끼리 배에 닿자 부러지고 말았다.

공명은 백우선을 높이 들었다.

"관색, 어찌하여 사람을 찌르지 않는가?"

크게 질타하자 대답했다.

"목록왕은 죽었습니다!"

급히 수레를 몰고 나가며 소리쳤다.

"무엇이라구?"

네 번째 칼을 번쩍 들고 목록왕이 달려나올 때 힘찬 화살이 목록왕의 목을 꿰뚫었다. 그와 동시에 나는 듯한 관색의 창이 그의 턱을 찔렀다.

목록왕은 힘없이 사지를 뻗으며 땅에 굴러 떨어졌다. 이때 공명의 수레를 몰고 있는 군졸들은 관색과 같은 촉군의 쟁쟁한 장수들이었다.

목록왕은 스스로 촉군 사이에서도 가장 막강한 곳에 달려들어 죽었던 것이다. 그리고 목록왕이 자랑하던 맹수들도 이 날만은 아무 소용이 없었다.

촉군 진중에도 나무로 만든 목수(木獸)가 버티고 있었기 때문이었다.

이 목수들은 발을 대신하여 수레를 타고 입으로는 불을 토하며 괴상한 음향으로 포효하며 사방팔방으로 내달아서 맹수들도 슬금슬금 뒤로 물러났다.

실은 이 목수의 안에는 열 명의 군졸들이 들어 있었다.

포효하는 것도 좌우 팔방으로 달린 것도 안에 장치해 놓은 소약(硝藥)과 기계가 움직이기 때문이었다. 전대미문의 새로운 병기를 공명이 발명하였던 것이다.

이리하여 무너져 가는 만군을 뒤쫓아 드디어는 은항산 왕궁까지 점령하였다.

맹획, 그 아내 축융부인과 대래, 그 일족이 집을 버리고 달아나는 것을 도중에 매복하였던 촉군이 일망타진하여 사로잡았다. 그러나 공명은 맹획의 무리들을 둥지 없는 날짐승들이라고 여기며 또 다시 풀어 주었다.

"그들이 살면 얼마나 살 수 있을 것인가? 무슨 힘이 또 있을까? 하고 싶은 대로 해 보아라!"

이 날만은 맹획도 한마디 말도 없이 쥐가 구멍을 찾지 못하듯 일가 권속을 데리고 달아나 버렸다.

이렇게 남만국을 잃은 맹획은 하릴없이 둘러선 일족들을 바라보며 물었다.

"이제 나라와 왕궁도 없으니 어디 가서 재기를 도모한단 말이냐?"

그의 아내의 동생인 대래가 앞으로 나서며 말했다.

"이곳에서 동남으로 약 7백여 리쯤 가면 한 나라가 있습니다. 오과국(烏戈國)이라 하여 국주는 올돌골(兀突骨)이란 자입니다. 오곡을 먹지 않고, 화식(火食)을 하지 않고 맹수, 뱀, 물고기를 먹는 자들이며, 몸에는 비늘이 돋았다고 들었습니다. 그리고 그의 휘하에는 등갑군(藤甲軍)이라 불리우는 군사 약 3만 명이 있다고 합니다."

"등갑군이라니?"

"오과국 산과 들에는 곳곳마다 등(藤)나무가 많습니다. 그 덩굴을 말려서 기름에 재웠다 햇볕에 쪼이기를 몇 십 번하여 그걸로 갑옷을 만듭니다. 이 갑옷을 입은 군졸을 등갑군이라 하는데, 이 군졸과 싸워 이긴 이웃 나라가 없답니다."

"어째서 그런가?"

"등갑의 특징은 첫째는 물에 잠겨도 물이 스며들지 않습니다. 둘째로는 매우 가벼워 몸이 날래고, 셋째로는 등갑군은 물 속에 들어가도 몸을 자유자재로 놀릴 수 있어 배가 필요 없으며, 넷째로는 활, 칼, 창이 뚫지 못할 정도로 강하다고 합니다."

"음, 그 정도면 무적이겠군 그래. 그렇다면 올돌을 만나 이 위급한 사태를 사정해 보자."

맹획은 일족과 잔당을 이끌고 오과국을 찾아 떠났다.

올돌골은 한마디로 맹획의 말을 받아들여 3만의 등갑군을 동굴에 모이게 하였다. 여기다 맹획의 잔당까지 합쳐서 거의 십만이 되는 대군을 이끌고 도엽강(桃葉江) 사이에 영채를 쳤다.

이 강은 물이 맑기로도 유명하거니와 좌우 강가에는 복숭아나무가 우거져 있었다.

계절이 지나 복숭아 잎이 강에 떨어지면 독수가 되어 길손이

물을 마시면 죽음을 당한다는 것이었다.

그러나 오과국의 토인들은 오히려 정력을 도울 수 있는 약수가 된다고 믿고 있었다.

공명은 은항 만도(蠻都)에 들어가자 약탈을 금하고 잘 다스리고 덕을 베풀어 토인들을 쓰다듬기를 잊지 않았다.

"위연, 군졸을 이끌고 도엽강 나루터에 갔다 오게나."

공명의 명을 받은 위연은 도엽강으로 급히 말을 몰아갔다. 가는 도중에 오과국 군졸과 맹획의 연합군을 만났다.

만군들은 위연의 일군이 멀리 오는 것을 보자 기염을 토하며 강을 건너온 것이었다.

만군은 수효가 많고, 위연이 이끄는 촉군은 얼마 되지 않았으나 고함을 지르며 만군 가운데로 뛰어들었다.

그러나 창과 화살을 아무리 퍼부어도 조금도 죽어 넘어지지 않았고 뿐만 아니라 화살이 도로 튕겨나왔다.

도처에서 만군은 촉군을 섬멸했다.

"일단 퇴진하라!"

올돌골은 피리를 불어 유유히 만군을 거두었다.

올돌골은 맹획보다 병법을 더 아는 자였다. 만군은 물에 뛰어들어 강을 건너가는데, 몸을 휘휘 저으며 거북 떼처럼 강가에 올라 돌아가는 것이었다.

위연은 깜짝 놀라 돌아가서 공명에게 말했다.

"괴이한 이변입니다."

공명은 머리를 갸우뚱하더니 여개를 불러 물었다.

"어느 만국인가?"

여개는 지도를 펼쳐 놓으며 대답했다.

"그렇다면 오과국 등갑군일 것입니다. 인륜을 가지고는 다스릴 도리가 없는 야만인들입니다. 더욱 도화수(桃花水)의 물은 만계 밖에 있는 사람은 먹어서는 안 됩니다. 이 지역에서 돌아가시는 것이 어떠하겠습니까? 절반은 짐승이요, 절반은 사람인 야만군을 만나는 날엔 막을 수 없을 것입니다."

적극적으로 회군하기를 권했지만 공명은 머리를 좌우로 흔들어 보였다.

"일을 일으켜 처음과 끝을 맺지 못하는 것처럼 죄되는 일은 없네. 수만의 영령을 무슨 낯으로 대할 것인가? 더욱이 이 만계에 왕풍(王風)을 펴고자 하는 때, 만군을 남기고 돌아감은 모두가 무의미한 일이야."

이처럼 여러 장수들에게 다짐을 하고 공명은 이튿날 수레를 타고 도엽강 강가의 지세를 돌아보았다.

공명은 한 곳에 이르자 수레에서 내렸다. 그리고 도보로 북쪽 높은 산 위에 올라 사방을 둘러본 다음 본진에 돌아오자 마대를 불렀다.

"저번 날 목수차(木獸車) 이외에 궤짝을 올려놓은 전차 열 대가 있었지? 자네는 그걸 끌고 일군을 데리고, 도엽강 북쪽에 있는 반사곡(盤蛇谷) 안에 가서 숨어 있게. 그리고 전차는 이렇게 사용하도록…."

공명은 마대의 귀에다 무엇이라고 지시했다.

마대의 일군은 전차 열 대를 이끌고 그날 밤중이 되자 길을 떠났고, 이튿날 아침 공명은 조운을 불러 일군을 맡기며 명했다.

"그대는 반사곡 뒤로부터 삼강(三江)을 거치는 대로에 나가서 이렇게…. 반드시 시일을 어기지 마시오."

다음엔 위연에게도 다음과 같이 명했다.

"그대는 정예군만 이끌고 적의 정면에 나가 도엽강 언덕에다 영채를 만들게나. 병사의 수효는 맘대로 이끌고 가도록 하라."

공명이 명하자 위연은 선봉을 맡은 것을 속으로 기뻐하였다.

"그러나 이겨서는 안 돼. 만일 적이 강을 넘어 강습하면 싸우다가 퇴각하란 말이야. 영채도 버리고 달아나야 해. 그 나오는 앞에는 흰 깃발을 꽂아놓을 테니까 적이 만일 거기까지 오면, 다음 흰 깃발이 보이는 진까지 달려 오게. 그러면 적은 더욱 쫓아올 것이네. 그때는 다음 네 번째, 다섯 번째를 향하여 달아나도록…."

위연은 얼굴색을 붉히고 볼이 부었다.

"대체 어디까지 달아나라 하십니까?"

"보름 동안에 열다섯 번을 지고, 일곱 개의 영채를 버리고 흰 깃발이 보이는 데까지 달아나면 되는 것이야."

"그렇습니까?"

군령이기에 거부할 수는 없었으나 위연은 좋지 않은 기색으로 자리를 물러났다.

이 밖에 장익, 장의, 마충도 공명의 군령을 받아 뒤를 따랐다. 이때 올돌골과 맹획은 한때 강남으로 물러가 있었으면서도 서로 경거망동을 삼가자고 약속했다.

"공명이라는 놈은 잔꾀가 많은 놈이라 무슨 짓을 하고 있는지 알 도리가 없소이다. 원컨대 올돌골 대왕께서도 그 점에 유의하십시오."

"무슨 소리요. 나도 그 정도는 알고 짐작하고 있소이다."

망을 보던 만병이 급히 뛰어와서 고했다.

"어젯밤부터 북쪽 강가에다 촉군이 영채를 만들고 있습니다. 그 숫자가 엄청납니다."

"그래!"

두 만왕은 강가에 나와 상대의 진지를 바라보았다.

"저 강가 요소에다 진을 치면 안 돼. 지금 쳐부숴야지."

이렇게 명령이 떨어지자 등갑군의 만군은 강을 건너와 강습했다. 처음부터 싸우는 척하고 위연은 달아났다.

그러나 만군은 깊이 따라오지 않았다. 싸움에 이기자 영채를 불지르고 깨끗이 도로 본진으로 돌아가는 것이었다.

위연도 다시 와서 진을 구축했다. 공명으로부터 새로이 일군이 가세하기까지 하였다. 만군도 이것을 보자 수효를 늘려서 재차 공격해 왔다.

이 날은 올돌골이 등갑군 전군을 휘몰아 강을 건너왔다. 촉군은 항전을 하는 척하면서 점점 퇴각하기 시작하여 깃발, 영채, 투구마저도 버리고 달아났다.

이리하여 흰 깃발이 펄럭이는 곳까지 달아났다.

"적은 겁먹고 있다. 추격하여 모조리 죽여라!"

올돌골은 팔을 휘두르며 후진에 있는 맹획에게 말했다.

계속 추격하여 촉군이 집결해 있는 곳까지 쳐들어 왔다. 위연은 이미 예정한 일이어서 싸우다가는 거짓 패하여 달아나기를 세 번째, 네 번째의 흰 깃발이 보이는 데까지 달아났다.

7일 동안 세 곳에 펴놓은 영채를 잃고 여덟 번 싸워 패하였다.

"그런데 적이 너무 쉽게 무너져?"

올돌골이 의심하여 추격이 늦어졌다.

그러자 위연은 기세를 올려 역습을 감행하였다.

역습에서 위연은 선봉으로 나갔다. 올돌골과 여러 번을 싸우다가 그의 창을 피하여 달아났다.

"이제는…."

올돌골은 더 주저하지 않고 추격하기 시작하였다.

오히려 싸우기보다 더 어려웠다. 위연은 적의 추격이 느리면 뒤돌아서 욕설을 퍼부었다. 그러다가 싸우는 척하며 계속 달아났다.

이리하여 보름간 15개 장소의 깃발을 목표로 달아났다.

여기까지 오자 의심쩍은 올돌골도 자신의 사나운 힘을 믿지 않을 수 없었다.

여러 무리들을 뒤돌아보며 말했다.

"어찌 보았느냐? 싸우기를 보름…. 촉군의 영채만 쳐 없애기를 일곱 군데, 싸워서 이기기를 열다섯 번. 이미 도경에서 1백여 리 사이에는 한 놈의 적도 없지 않은가? 제 아무리 공명이라 한들 쥐새끼처럼 달아나기 때문에 이제는 대사가 이루어진 것이나 마찬가지다. 개가를 불러라, 개가를…."

싸움에 이기고, 촉군 영채에서 노획한 술로 얼큰하게 취한 등갑군들의 기염은 대단했다.

다음날 대장 올돌골은 흰 코끼리에 높이 앉아 백월(白月)의 낭두모(狼頭帽)를 쓴 다음 가슴에는 청금백주(靑金白珠)를 박은 갑옷을 입고, 촉군 사이를 창을 겨누고 휘몰아 왔다. 위연은 올돌골을 맞아 분전역투한 다음 반사곡 쪽으로 달아났다.

부하와 함께 추격을 하던 올돌골은 코끼리를 멈추었다.

"복병은 없느냐?"

눈을 치떠 돌아보았으나 근처에 나무와 풀이 별로 없음을 보자 안심하여 전군에 휴식을 명했다.

"달아나기도 잘하는 놈들이로구나."

안심하고 한동안 휴식을 취했다.

이때 한 만병이 앞으로 나와서 보고했다.

"이 앞에 궤짝이 놓인 수레가 열 개나 있습니다."

올돌골이 몸소 시찰하니 과연 식량이 들어 있는 듯한 큰 궤짝이 놓인 수레가 이쪽 저쪽에 놓여 있었다.

"이거 좋은 노획품이로구나. 적이 달아나다가 산길을 만나자 버리고 간 것이구나. 수레 안에는 성도의 진미가 들어 있을 터이니 저 앞까지 끌어내어라."

올돌골이 뒤돌아서 어구를 나오려고 할 때였다.

갑자기 천지를 뒤집는 듯하는 소리가 나면서 허공에서 큰 나무와 바위가 마구 떨어졌다.

"아뿔싸!"

올돌골이 후회할 때에는 벌써 수백 명의 만군이 돌과 나무에 깔려 죽어 갔다. 어구를 나가려고 하여도 나무와 돌이 앞에 산더미처럼 쌓였다.

"산 위에 적이 있는 모양이니 빨리 빠져나가라!"

올돌골이 퇴각을 부르짖었을 때 곁에 놓였던 수레에서 불이 튕겨져 나왔다.

더욱 기절초풍하여 전군이 뒤로 물러나 골짜기를 기어오르자 또 땅과 하늘이 갈라지는 소리가 터져 나왔다.

힘찬 불이 터져 나오자, 화염에 싸인 만군들은 허공으로 뛰어올랐다가 땅에 떨어졌다.

올돌골은 코끼리에서 뛰어내렸다. 코끼리는 불 속을 뛰다가 타 죽었다. 올돌골은 절벽을 기어올라 달아나려 하였으나 좌우 산에서 불이 튀어나왔다. 계곡 사이마다 숨겨 놓았던 약선(藥線)에 불을 당기자 넓은 계곡이 기름가마처럼 펄펄 끓어오르는 용암처럼 변해 버렸다.

이리하여 올돌골과 그 휘하 등갑군은 한 명도 살아남지 못하고 타죽어 버렸다.

그 수효가 3만 명을 넘었다. 불기운이 가라앉자 반사곡 위에서 바라보니 불에 타죽은 시체의 참혹함이란 차마 눈을 뜨고 바라보기 어려웠다.

공명은 이튿날 이곳에 와 보고는 다음과 같이 탄식했다.

"사직을 위하여는 다소의 공은 있을지 모르나, 나는 반드시 수명이 짧을 것이다. 이처럼 사람의 목숨을 많이 없앴으니…."

듣는 사람으로 하여금 애절하게 하였으나, 조운만은 오히려 공명에게 소극적인 말이라고 나무라듯 하였다.

"나타났다가는 없어지고 없어졌다가 나고, 수만 년 변함없는 게 생명이 아닙니까? 황하의 물이 한번 넘치면 수만 목숨이 없어집니다만 또한 푸른 이삭이 익어 가고 바람이 불지 않습니까? 황하의 거친 물은 하늘의 뜻이 있을 뿐 사람의 덕은 없으나 승상 대업은 왕화(王化)의 대업이 있을 뿐이 아닙니까? 만민(蠻民) 백만을 죽이더라도 만토천재(蠻土千載)의 덕을 심어놓는다 하면 어찌 살상을 두려워할 일이겠습니까?"

"아…, 잘 말해 주었소!"

공명은 조운의 손목을 잡은 채 눈물을 흘렸다.

이때에도 남만왕 맹획은 후진에 있어 오과국 등갑병의 전멸을 모르고 있었다. 이럴 즈음 약 1천 명 가량 되는 만병이 와서는 다음과 같이 고했다.

"오과국 왕은 등갑군을 이끌고 촉군으로 휘몰아 반사곡까지 공명을 추격해 갔습니다. 대왕께서도 오셔서 함께 공명의 최후를 보시라는 분부입니다."

이러한 만병의 말을 듣자 맹획이 말했다.

"그런가. 공명도 1백 년에 하나야."

코끼리에 올라앉아 부하들을 이끌고 반사곡을 향해 몰아갔다.
"너무 급히 가다가 길을 잘못 든 게 아니냐?"
맹획이 의심하였을 때에는 앞서 가던 만병 1천여 명이 온데간데없었다.
"좀, 이상하지 않는가?"
아차 하고 맹획이 뒤돌아 서려 할 때는 이미 늦었다.
한쪽 숲 속에서 장의와 왕평이 금고를 울리며 나오고, 또 한쪽에서는 위연과 마충이 고함을 지르며 달려나왔다.
기절초풍하여 맹획은 산으로 올라갔다. 산 위에는 깃발이 펄럭이며 눈이 쏟아져 내려오듯 하였다.
"맹획이 아직도 살아 있느냐?"
비호같이 달려드는 것은 관색과 마대 두 젊은 장수가 이끄는 군사였다.
"이거 큰일났구나!"
맹획은 너무 당황해 코끼리 위에서 뛰어 내렸다.
한쪽으로 뚫린 숲 사이로 달아나자 앞에서 종을 울리며 오는 수레가 보였다. 공명이었다. 언제나 봄바람처럼 풍기는 미소를 가득 띠고 있었다.
백우선을 든 채 공명은 큰 소리로 꾸짖으며 소리쳤다.
"만왕 맹획은 아직도 눈이 뜨이지 않았느냐?"
맹획은 갑자기 앞이 아찔하여 두 손을 벌린 채 하늘을 쳐다보더니 '음' 하는 신음 소리를 내며 그 자리에 쓰러졌다.
힘들이지 않고 밧줄에 묶어 마대가 끌고 왔다. 촉군 장수들은 짐승도 눈이 도는 신경이 있느냐며 맹획을 보고 비웃었다.
그날 밤 공명은 여러 장수들을 모아놓고 이야기하던 끝이었다.
"조운은 매우 좋은 이야길 하여 나의 전략을 위로해 주었으나 이번 대살상을 한 것은 크게 덕을 잃을 일이오."

어두운 표정으로 여러 장수들을 둘러보았다.

"열다섯 번 퇴각하여 적의 교만을 이용하여 반사곡에 이끈 계책은 이미 여러 장군들이 보았을 것이오. 이번 섬멸전은 약관 시절부터 공부해 온 지뢰, 전차, 약선을 썼으나 종래의 싸움에 비하여 다르다고 볼 수 있을 것이오. 그러나 싸움이란 언제나 사람 그 자체이지 병기가 위주는 아니오. 그런 고로 이러한 병기들로 하여 촉군이 약해져서는 안 된다는 점을 장래를 위하여 여러분들께 미리 말해 두는 바이오."

공명은 병법을 강의하듯 말했다.

여러 장수들은 오직 공명의 신의 지혜에 탄복할 뿐이었다.

공명은 이튿날 감방에서 맹획의 일당들을 끌어냈다.

"너희들은 하늘이 내리는 사랑도 통하지 않느냐? 어찌 사람이라고 할 것인가? 빨리 이것들을 놓아 주어 동체로 돌아가게 하라."

공명은 말을 던지듯 하고 영채 안으로 들어가려 할 때였다.

그러자 갑자기 괴상한 울음소리가 터져나왔다.

"승상! 잠깐만…."

맹획이 울부짖었다. 밧줄에 묶긴 채 공명의 옷소매를 붙잡고 늘어졌다.

"무엇인가?"

맹획은 이마가 땅에 닿을 만큼 고개를 숙였다.

"내 죄를 용서해 주십시오!"

절규하는 듯한 목소리로 말하고는 흐느껴 울었다.

"무지한 우리들입니다만, 옛적부터 지금까지 적을 일곱 번씩이나 풀어 준다는 이야기는 듣지 못했습니다. 아무리 남만국 사람이라 하지만 어찌 이 대은을 모르겠습니까? 용서해 주십시오!"

"음! 진정인가?"

"어찌 거짓을… 생각만 해도 몸이 떨립니다."

"그렇다면 함께 살면서 함께 번영을 누리자꾸나!"

공명은 몸소 맹획 권속들의 밧줄을 풀어 주었다.

"비로소 이 공명의 마음이 통하였군. 아니 왕풍만리(王風萬里)에 남음이 없어. 나도 기쁘게 생각한다."

공명이 말하자 맹획의 권속들은 하늘을 우러러 맹세했다.

"맹획! 그대는 마음으로 맹세하는 것인가?"

"어찌 거짓을 하겠습니까!"

"그렇다면 나와 앉아라!"

맹획의 손을 잡아 이끌어 올려 앉힌 다음, 그 부인도 공명과 나란히 앉게 했다. 그리고 주연을 베풀어 잔을 들며 다음과 같이 약속하였다.

"그대들의 죄는 모두 이 공명이 지고 공명의 공은 그대에게 줄 터이다. 따라서 그대는 이전과 다름없이 남만국왕으로서, 만토의 백성들을 사랑하며 다스려라. 그리고 공명을 대신하여 왕화(王化)에 힘써라."

공명의 말을 듣자 감격한 맹획은 두 손으로 얼굴을 싸안으며 소리내어 또 울었다.

그 일족들도 소리 없이 감격의 눈물을 흘리고 있었다.

원정 만 리…. 드디어 돌아갈 날은 왔다.

돌아보면 백난백전, 목숨이 붙어 있는 것이 기적같이 생각되는 감이 없지 않았다.

전군을 돌이켜 세우려 할 때 장사(長史) 비위(費緯)가 공명에게 물었다.

"이처럼 멀리 만토에 들어와 공을 세우고도 촉군 관리를 한 사람도 두지 않는다면, 풀을 베고 비를 기다리는 격이 아닙니까?"

"아니야. 그렇게 하면 일면의 이익은 있으나, 세 가지 불리한 점이 있어. 썩은 관리가 있으면 왕화의 덕을 잘못 이해할 것이 그 첫째이며, 관리가 멀리 왕도를 떠나 있으니 태만하여 두루 민폐를 끼치기 쉬운 것이 둘째이며, 만민들 서로가 폐살(廢殺)의 숨은 죄가 있으면 전후 의심을 서로 가지고 저희끼리 싸울 염려가 있는 것이 셋째이다. 더욱이 이를 생각하여 다스리게 함은 만왕, 만민 서로 즐기는 것보다 못해. 그저 공물의 예를 지키게 하면 성도는 마음을 쓰지 않고 물자를 소비하지 않으면서 나라의 외벽에 있는 부유한 땅으로 생각해 둠이 가장 이상적이지."

"승상의 말씀은 과연 경책(經策)이올시다."

비위만이 아니라 여러 장수들이 공명의 말을 따랐다.

촉군이 성도로 돌아간다는 소문을 듣자 만토의 동족과 일반 토민들이 앞을 다투어 나와 다음과 같이 공명을 가리켰다.

'자부 승상! 대부 공명!'

그리고 이후부터 여러 지방에다 살아 있는 이의 사당을 세우고 제를 지내기에 이르렀다.

때는 촉의 건흥 3년 9월이었다.

공명과 서촉의 대군은 길을 떠나 귀로에 올랐다.

중군, 좌군, 우군은 공명의 수레를 굳게 지키고 앞뒤로 홍기번은(紅旗幡銀)을 세우고 공물화 차대, 기마대, 백상대(白象隊) 또한 보병 수십 사단을 귀화시켜 대군을 몰아 돌아가는 위관은 남정할 때보다도 더 놀라운 행군이었다.

이 장관인 행군에 뒤따라 남만왕 맹획은 권속과 동장, 수장을 이끌고 아악대와 미인진을 쳐서 멀리 노수까지 배웅했다.

이 노수에서도 반사곡 3만 명의 분살(焚殺)과 함께 많은 촉군을 잃고 적을 죽였다. 공명은 밤이 되자, 배를 띄워 제신(諸神)에게 올리는 제문(祭文)을 지어 수만 영혼을 위해 빌고 혼백을 위로하여 제물을 강에 띄워 보냈다.

예로부터 이 강이 흘러 넘치고 풍랑이 심하면 산사람 셋을 제물로 던져야 하는 풍습이 있다는 말을 듣고, 공명은 면과 육(肉)을 혼합하여 사람의 머리처럼 형체를 만들어 그것을 제물로 강에 던졌다.

이것을 만두(饅頭)라 해 온 것은 노수의 희생에서부터 시작된 것으로 그 안을 처음 낸 것은 공명이라는 말도 전해진다.

이렇게 공명은 돌아오는 길에도 토지의 토풍과 종교적 심리를 잡아 덕을 펴고 정을 가까이 하기를 잊지 않았다.

또한 제문을 읽는 그의 낭랑한 목소리는 삼군의 마음에 깊이 파고들었고, 무지한 만토의 백성을 슬피 울게 했으며, 이러는 동안 이미 3군은 영창군(永昌郡)에 이르렀다.

"그대들도 오랫동안 고생했소. 이어 천자께서 친히 은상을 내릴 것이오."

이곳에서 안내역으로 있던 여개의 소임을 풀어 주고, 왕항과 함께 부근 사군(四郡)을 지키게 하였다. 또한 작별을 애석히 여겨 여기까지 따라온 맹획에게는 되풀이하여 간곡히 부탁했다.

"부디 정사에 정력을 기울여 만민의 농사에 힘쓰며, 집을 다스려 만년을 빛나게 하시오."

맹획은 눈물을 거두지 못하며 남으로 돌아갔다.

"그가 살아 있는 한 만토는 두 번 다시 반란이 일어나지 않을 것이다."

공명은 좌우를 둘러보며 말했다.

성도는 이미 겨울이었다. 성도에 돌아온 서촉의 대군은 추위도 반가운 듯한 마음으로 개선문을 들어섰다.

"공명이 돌아온다. 승상이 돌아온다."

성도의 상하는 물끓듯 환호하였다. 촉제 유선도 그날 난가(鸞駕)에 앉아 궁문 30리 밖에 나와서 공명의 삼군을 맞았다.

유선의 난가를 바라보자 공명은 수레에서 얼른 뛰어내렸다.

"황공하옵니다."

땅에 엎드려 예를 갖추었다.

"신 부덕해 멀리 정벌하여 얼른 적을 평정하지 못하옵고 많은 병사를 잃고, 폐하의 상념을 번거로이 하였사옵니다. 죄를 내리시옵길 엎드려 바라옵니다."

"무슨 말씀을 하십니까? 승상! 짐은 승상께서 무사히 돌아오시니 그저 기쁠 뿐입니다. 어서 일어나시오."

유선은 시종에게 명하여 공명을 일으켜 세우고, 친히 이끌어 난가 속에다 공명의 자리를 만들어 주었다.

유제와 승상 공명이 난가에 나란히 앉아 성도궁 화양문(華陽門)에 들어서자 우레 같은 백성들의 환호성이 쏟아졌다. 뒤이어 유랑한 주악이 자운금성(紫雲金城)에 쏟아져 넘치는 듯하였다.

그러나 공명은 자신의 공보다도 관리에게 명하여 남정하였을 때의 전사자들의 자손들을 빠짐없이 돌보게 하였다.

그리고 틈만 있으면 한참 동안 보지 않았던 농촌에 나가 금년의 결실을 묻고 촌가의 노인과 독농(篤農)을 찾고, 효자에게 상을 주고, 썩은 관리에게는 엄벌을 내렸다.

공명은 세금을 바로 하는 등 온갖 정사에 마음을 기울여 도시나 지방 가릴 것 없이 낙토안민(樂土安民)의 나라를 이룩하였다.
그리하여 만백성은 상하를 가리지 않고 공명의 큰 덕을 칭송함이 그칠 날이 없었다.

공명의 출사표

　대위(大魏) 황제 조비의 태자 조예의 남다른 명석함은 이 즈음 위나라의 커다란 화제가 되었다.
　태자 조예는 아직 15살에 지나지 않았다.
　그 어머니는 견씨(甄氏)의 딸이었다. 당대의 미인으로 알려져 처음에는 원소(袁紹)의 둘째 아들인 원희의 아내가 되었으나 그와 파혼하고 조비의 실(室)에 들어와 후일 태자 조예를 낳았다. 그러나 조예에게도 한 가지 불행이 뒤따르고 있었다.
　어머니인 견씨에 대한 총애가 적어지고 게다가 아버지 조비의 총애마저 곽귀비(郭貴妃)에게로 차츰 옮겨져 갔다.
　곽귀비는 곽영(郭永)의 딸로서 그 용모가 위나라에서도 뛰어난 절색이라 하였다. 그리하여 세상 사람들은 여중 여왕이라 하여 위궁에 들어가게 되면서부터 여왕 곽귀비라는 존칭으로 통했다.
　그러나 마음은 그 용모처럼 아름답지가 않았다. 견황후를 물리

치기 위하여 장도(張韜)라는 신하와 공모하여 오동나무 인형에다 위제 조비의 생년월일을 쓰고 어느 해 어느 날에 죽는다고 주문을 써서 조비의 눈에 띄기 쉬운 곳에 버렸다.

조비는 그 까닭을 모르기 때문에 끝끝내 견씨 황후를 의심하여 폐위시키고 말았다. 그렇기 때문에 태자 조예는 어릴 때부터, 이 곽귀비가 키우면서 괴로움도 받았으나 그 성격은 매우 쾌활하여 조금도 두려움을 모르는 소년으로 자랐다.

또한 활쏘기와 말달리기에는 뛰어난 소질을 가지고 있었다.

어느 해 봄이었다.

조비는 여러 문무백관을 이끌고 사냥을 나갔다. 한 마리의 암사슴을 발견하자 조비의 화살이 바람처럼 달리는 암사슴의 다리를 맞추었다. 어미 사슴이 화살에 맞아 넘어지자 그 새끼는 모로 달아나 조예가 타고 있는 말 옆에 와서 숨으려 하였다.

조비는 소리를 질렀다.

"얘, 어찌 쏘지 않느냐? 새끼 사슴은 너의 말 옆에 있는데…."

활을 휘두르며 못마땅하게 생각하였다.

그러자 조예는 눈물을 머금고 말했다.

"지금 아버님이 어미 사슴을 쏜 것만도 가슴이 아픈데, 어찌 그 새끼를 또 쏘겠습니까!"

활을 땅에다 떨어뜨리며 엉엉 우는 것이었다.

"아, 이 아이는 인덕이 있는 임금이 되리라!"

조비는 오히려 매우 기뻐하며 아들 조예를 제공(齋公)으로 봉하였다.

이런 일이 있은 그해 5월이었다.

갑자기 상한병에 걸려 앓던 조비가 세상을 떠났다. 그때 조비는 마흔이라는 젊은 나이였다.

이리하여 조비가 생전에 사랑하였고, 그 유조(遺詔)에 의하여 태자 조예로 하여금 다음 대위국 황제로 추앙하기에 이르렀다. 이것은 가복전(嘉福殿)의 언약에 따른 것이었다.

 가복전의 언약이란 조비의 병이 위독하였을 때, 세 사람의 중신을 머리맡에 불러놓고 명했다.

 "어리기는 하지만 짐의 아이 조예만은 어질고 현명하여 능히 대위국을 계승할 수 있는 그릇이라 보오. 경들은 마음을 합해서 태자를 도와 짐의 마음을 거역치 마라!"

 "맹세하여 어긋남이 없도록 하겠사옵니다."

 맹세한 일을 말함이었다.

 이날, 조비의 병실에 불려온 중신은 세 사람이었다.

 중군대장군(中軍大將軍) 조진(曹眞)

 진군대장군(鎭軍大將軍) 진군(陳群)

 무군대장군(撫軍大將軍) 사마의 중달(司馬懿仲達)

 이에 따라 세 중신은 조예를 후주로 추앙하고, 죽은 조비에게는 문제(文帝)라 하고, 모후(母后) 견씨에게 문소황후(文昭皇后)라는 칭호를 봉하였다.

 따라서 위궁 측신 일족의 직제도 개혁하지 않을 수 없었다.

 우선 종요를 태부(太傅)로 삼고, 조진을 대장군으로, 조휴를 대사마(大司馬)로 삼았다. 이 밖에 왕랑(王朗)은 사도(司徒), 진군은 사공(司空), 화흠은 태위(太尉)로 삼고, 문무백관의 많은 사람에게도 진급을 행한 다음 천하에 대사령을 내렸다.

 한 가지 문제는 사마의 중달이 표기장군에 취임한 일이다. 그렇다고 파격적인 일도 아니었으나 어딘지 분에 넘치는 감이 없지 않았다. 그러나 사마의는 그때 마침 옹량주군(雍涼州郡)을 지키는 사람이 없다는 것을 알자 스스로 표문을 상소하였다.

"소신에게 서량주군을 지키게 해주옵소서."

사마의는 간청하였다.

서량주라 하면 북이(北夷)의 경계에 가깝고 수도와는 견줄 수 없는 먼 변경이었다. 한때는 마등(馬騰)이 나오고 마초가 나타났고, 어쨌든 난이 많아서 다스리기 어려운 곳이었다.

스스로 이 변경을 택하여 지키겠다는 사마의의 청을 듣자, 위제는 칙허를 내렸고, 중신들도 별로 관심을 두지 않고 떠나보내기로 하였다.

조정에서는 특히 그를 서량 병마제독(兵馬提督)의 직까지 삼아 인수를 주었다.

사마의는 임지로 길을 떠나자 가슴이 저절로 후련해지는 것을 느꼈다. 북으로 하염없이 말을 몰아가면서도 참으로 오랜만에 조롱에서 나온 새처럼 가벼운 기분이었다.

그는 조조 시대부터 궁중에 머물러 있었다. 실상 그의 마음은 그러한 좁은 문 속에 갇혀 있고 싶지가 않았던 것이다.

사마의가 서량으로 가고, 조비가 죽고 조예가 황제에 올랐다는 소문은 벌써 멀리 촉국에도 전해졌다.

촉국의 중신들은 아무 기색이 없었다.

'조예가 위에 오르고, 사마의가 서량으로 갔는가' 라고 대수롭지 않게 여길 뿐이었다.

그러나 이 소문을 듣자 입술을 깨물고 깊이 생각하는 사람이 있었으니 그는 공명이었다. 그리고 공명에게 허겁지겁 달려온 사람은 젊은 마속이었다.

"들으셨습니까?"

"어제 알았네."

"하내온(河內溫) 사람으로 사마의 중달, 그는 유일한 위국 인물일 뿐만 아니라 당대의 영웅이라고 저는 생각해 왔습니다만…."

"후일 촉국의 후환이 될 자가 있다면 그가 아닐까 생각하네. 대위 황제의 전통을 조예가 받은 것은 마음에 걸릴 것도 없는데…."

"그렇습니다. 중달의 서량 부임은 그대로 보고 있을 일이 아닐 듯 싶습니다."

"쳐야 하는가? 이 참에…."

"아니올시다 승상! 남만 원정에서 온 지 며칠이 지나지 않았습니다. 생각할 일입니다. 저에게 맡겨 주십시오. 인마를 출진치 않고, 조예로 하여금 사마의를 죽이게 하겠습니다."

약관으로서는 지극히 넘치는 호언장담이었다. 공명은 마속의 얼굴을 바라볼 뿐이었다.

마속은 천천히 자리를 바로 하였다.

"사마의는 그 재략을 가지고 오래 위국에 쓰이고 있었으나, 위나라는 그를 등용하지 않았습니다. 그가 조조를 섬기게 되어 도서료(圖書寮)에 있게 된 것은 겨우 20살 때라고 들었습니다. 조조, 조비, 조예 삼대를 통하여 섬긴 공신으로서는 지금 그의 위치는 너무도 쓸쓸한 것입니다."

공명은 그윽한 눈으로 마속의 얼굴을 바라보았다. 마속은 이렇게 전제해 놓고 자기의 가슴 속에 숨겼던 일계를 공명에게 말했다.

"이번에 사마의는 스스로 서량주를 자원해 갔습니다. 분명히 그의 마음은 위나라 중앙에서 몸을 피하려는 것이옵니다. 응당 위국 중신들이 사마의의 행동을 그리 좋지 못하게 생각하고 있을 것이 분명합니다. 그리하여 사마의 중달이 모반할 기운이 보인다고 세상에 퍼뜨리고 위조 격문을 여러 나라에 띄운다면, 위나라 조정이 놀라서 사마의를 죽일 것이 분명합니다."

마속의 의견은 공명이 생각하던 것과 거의 일치되었다.

공명은 마속의 말을 받아들여 그대로 행하였다. 말하자면 적국에 대하여 유연책을 썼던 것이다. 여행자와 첩자를 보내어 연고자와 연고자를 통하게 하고 여자와 여자를 통하여 이 엄청난 사실을 퍼뜨렸던 것이다.

그리고 위조 격문을 만들어 여러 주에다 발송하였다. 드디어 사마의를 두고 여러 말이 퍼졌다. 이 끔찍스러운 격문이 낙양으로 돌아가는 관원의 손에 들어가 즉시 위국 궁중에 상달되었다.

격문 내용은 과격한 글로 쓰여 있었다.

위나라 삼대의 죄상을 말하고 천하의 불평 도당을 향하여 타도 위조(打倒魏朝)를 책동한 것이었다.

"이것이 과연 사마의의 글씨인가?"

조예는 놀라면서도 반신반의하여 중신과의 비밀회의에서 하문했다.

태위 화흠이 머리를 조아리며 말했다.

"전날 사마의가 서량에 자원하여 간 것이 어떤 이유일까 하고 생각했사옵니다. 그런데 이번 이것으로써 신들은 그의 속마음을 알아낸 듯하옵니다."

"그러나 짐은 사마의에게 반란을 당할 만한 일을 한 일이 없다고 보오. 하물며 그가 어찌하여 이 위나라에 화살을 겨누게 되었나 하는 것을 경들은 생각해 본 일이 있는가?"

"그것은 무제께서 이미 봐오신 바입니다. 사마의는 독수리처럼 보고, 승냥이같이 돌아본다고 하셨습니다. 그리하여 무제께서 계실 때, 서고에서 문서를 정리하는 한직에 두었을 뿐 병마에 관해선 등용치 않았사옵니다. 만일 그에게 병권을 맡긴다면 후일 나라에 크게 후환이 있을 자라 하여 깊이 헤아리신 것이옵니다."

이때 왕랑도 끼어들며 말했다.

"사마의는 약관 시절부터 깊이 도략을 연구하고 군기 병법에 능통하면서도 선제가 계실 때에는 그 기색도 보이지 않았사오나, 오늘 폐하께서 아직 어령이 어리시옴을 기회로 삼아 다년간 야망을 모계한 짓이라고 보아 그릇된 말이 아니라고 믿사옵니다. 일각이 급하게 이를 정벌하지 않으면, 요원의 불이 될 것이옵니다."

조예는 여러 중신들의 말을 듣고도 얼른 결단을 내리지 못했다.

이때 일족인 조진이 아뢰었다.

"꼭 그렇다고 믿을 수도 없는 일이옵니다. 만일 가볍게 정벌하여 그것이 진실이 아니라면, 오히려 군신 사이를 어지럽게 하는 일이 될까 두렵사옵니다."

이렇듯 온당한 말도 나와 결국은 한나라 고조(高祖)가 운몽(雲夢)에 나간 옛일을 본받기로 하였다.

조예가 친히 안읍(安邑)에 나가서 사마의가 출영할 때의 기색을 엿보아 그에게 반기가 보일 때에는 그때 포박하여도 늦지 않을 것이라는 말로 모아졌다.

그리하여 행차는 실현되었다. 관례에 의하여 사마의는 서량의 병마 수만을 화려하게 장식하여 위제의 수레를 안읍에서 출영할 양으로 등처(等處)를 떠났다.

"사마의가 십만대군을 몰아온다."

 누군가의 입에서 이런 말이 나오자 조신들도 동요할 뿐만 아니라 위제도 얼굴색이 새파래졌다. 그러나 아무것도 모르고 있는 사마의는 수만 기를 이끌고 안읍에 들어섰다. 그러자 갑옷을 입은 조휴의 일군이 길을 막았다.

 "들어갈 수 없다!"

 조휴 자신이 말을 몰아 길을 막고 호통을 쳤다.

 "중달, 들어라. 그대는 선제께서 태자를 맡긴다는 유조를 받은 한 사람이 아닌가? 어찌하여 모반을 꿈꾼단 말이냐. 이곳에 한 발자국이라도 들여놓았다가는 천지를 보지 못할 것이다."

 사마의는 앙천하며 이것이야말로 서촉 첩자의 모계에 지나지 않는다고 변명했다. 그리고 말 위에서 내려 칼을 버렸다. 수만

기도 성 밖에 물러나 있으라 하고 단신으로 성 안으로 들어왔다.

"상세한 건 천자를 배알하여 직접 봉답합시다."

조휴를 따라갔다. 위제의 수레 앞에 가자 사마의는 땅에 엎드려 눈물을 흘리며 변명했다.

"신이 서량을 자원해 온 건 결코 사리사욕이 있어서가 아니옵니다. 그곳의 중대함에 비쳐 오직 서촉을 막기 위해서였사옵니다. 원하옵건대 좀더 숙고하옵소서. 반드시 서촉을 치고 다음에는 동오를 쳐서 어삼대의 군은에 보답하올 날을 기다리겠사옵니다."

그 진실한 모습에 조예는 마음이 움직였으나 화흠과 왕랑 등은 쉽사리 믿지 않았다. 그리고 유제와 밀의하였다.

본디 화흠과 왕랑의 말이 그를 결정함은 물론이었다. 그 자리에서 다음과 같은 결정을 내리고 말았다.

'요컨대 사마의에게 병마를 통솔하는 지위를 주어서는 안 된다. 세상에 여러 가지 억측이 생기고 이처럼 불온한 문제가 일어나는 원인이 되었다. 발톱이 없는 독수리를 만들어 들에 버려 두면 되는 거야. 이것은 한나라 문제가 주발(周勃)에게 행한 예다.'

칙령에 의하여 사마의는 관직을 박탈당하고 그 자리에서 고향으로 돌아가게 하였다. 그리고 그가 남긴 서량의 인마는 조휴가 받아 계승하였다.

이 소문은 이튿날로 성도에 날아들었다.

공명은 대체로 어떤 일에도 그다지 감정을 나타내지 않는 사람이었으나 이 소문을 들었을 때만은 기뻐하였다.

"사마의가 서량에 있는 한 마음을 놓을 수 없다고 생각했으나, 이제는 아무 걱정이 없구나."

공명은 승상부의 저택에 틀어박혀 여러 날 동안 문을 굳게 닫고 사람을 피하였다. 위국이 오로(五路)로 쳐들어오기 전에도 이 문을 닫은 일이 있었으나 이번만은 후원 연못가에서도 공명의 자취를 볼 수 없었다.

여러 날이 지났다. 공명은 어느 날 밤, 목욕재계한 다음 촛불을 밝히고 후주 유선에게 상소문을 썼다. 후일 저 유명한 출사표(出師表)는 이때에 쓰여진 것이다.

그는 지금에야 북벌을 단행하려는 것이었다.

일구일장(一句一章)을 심혈을 기울여 썼다. 화문채구(華文彩句)를 음미하는 것이 아니라 충성과 국가 백년대계의 정책을 말하려는 것이었다. 글 가운데에는 우선 황제로서 후주가 행하여야 할 왕덕을 말하고, 아울러 천하의 오늘을 논하고, 대촉국 현상을 말하고, 충성된 신하를 신임해 줄 것을 썼다.

그리고 선제 현덕과 자기의 숙명과 정의를 돌아보았을 땐 지묵 위에 충의가 어린 눈물 자국이 엿보이기까지 하였다.

표문은 그야말로 장문(長文)이었다.

'신 양(亮)은 아뢰옵니다.

선제께서는 창업이 아직 반도 이루어지기 전에 붕어하셨습니다. 지금 천하가 삼분되어 익주는 피폐하옵니다.

이는 위급 존망의 시기옵니다. 그러나 시위(侍衛)의 신(臣)은 안으로 게으르지 않사옵고, 충지(忠志)의 사(士)로 몸을 던지기를 잊지 않고 있음은 오로지 선제의 은총을 입사와 이를 폐하에게 보답하려고 하옵나이다. 바라옵건대 성청(聖聽)을 여시고 선제의 유덕(遺德)을 밝히시와 지사의 기백을 너그럽고 관대히 허락하시옵고, 깨우침을 이끄시고 의(義)를 돋우시어 충간의 길을 막게 하지 마옵소서.'

서두를 이처럼 충의에 어린 글로써 유제(幼帝)에게 가르침을 주었다.

공명은 다시금 붓을 들어 썼다.

'궁중 부중(府中)은 다 함께 일체이옵니다. 성부(誠否)를 섭벌(涉罰)하시어, 모름지기 이동(異同)하옵실 일이옵니다. 만일 간함을 부리고 과(科)를 범하고, 또는 충성하며 선한 일을 하고자 하는 무리가 있다 하여도 다 함께 유사에 이끌어 그 형상(刑賞)을 논하옵고, 폐하의 넓으시고 밝으심을 온 천하에 밝히고 좋게 이끄시어 내외로 법을 달리 하시지 마옵소서.'

그런 후 국내의 대강(大網)을 말하고, 또한 사직의 인재를 열거하였다.

'시중시랑(侍中侍郞) 곽유지(郭攸之), 비위(費褘), 동윤(董允) 등은 모두 뜻이 깊고 충절하고 순한 인재이옵니다.
이들을 선제께옵서 어심에 두시었다가 폐하께 맡기신 인재입니다. 신의 우둔한 소견으로도 국중의 크고 작은 일을 이들로써 하게 하옵시면, 반드시 궐루(闕漏)를 비보(秘補)하여 넓고 크게 이로울 것이옵니다. 장군 향총(向寵)은 성품이 밝고 어질고 군사에게 진솔하여 지난날 선제께옵서도 이를 인정하시었습니다. 그를 중의(衆議)로 삼을 수 있사오니 도독으로 명하옵소서. 또한 영중(營中)의 대소사를 향총에게 맡기시오면, 반드시 행진(行陣)에 화목할 것이오며 우열을 가리어 소기의 목적을 다할 것이옵니다.
현신을 가까이 하시고 소인을 멀리 하셨음은 선제께옵서 행한 덕이옵고, 소인을 가까이 하고 현인을 멀리 하였음은 후한의 퇴폐적 경향이었사옵니다. 선제께옵서 계실 때 소신과 이 일을 논하시던 기억은 지금도 꿈에서도 탄식하오며 통한해 마지 않사옵니다.

시중상서(侍中尙書), 장사참군(長史參軍) 이들 모두가 정량사절(貞亮死節)의 신이오니 원컨대 폐하께옵서는 그들을 가까이 하시옵고, 그들을 믿으시옵소서. 그리하시어 한실(漢室)이 융성할 날을 손꼽아 기다리시옵소서.'

공명의 붓은 자신이 선제 현덕과 알게 된 기연을 추상하여, 그 붓끝은 피와 눈물로 쓰여지는 것같이 뜨거운 충혈로 이어졌다.

'소신은 본디 남루에 싸여 스스로 남양(南陽)에서 밭을 갈며 난세를 등지고 제후에게 영달하길 원치 않고 있었사온데 선제께옵서 신의 비천하고 더러움을 헤아리시지 않사옵고, 황공하옵게도 왕굴(枉屈)하시어 세 번씩이나 초려를 찾아오셔서 신에게 당시의 천하사를 논하셨나이다.

이리하여 소신은 드디어 선제를 따르기로 맹세하였사옵니다. 그 후 사태는 전복되어 맡은 바 패군을 당하기도 하여 그 위란을 받든 이래 20여 년이 되었나이다. 선제께옵서는 소신이 근신함을 아시어 붕어하실 순간 소신에게 대사를 맡기셨사옵니다. 어명을 받자온 이래 춘풍추우 우려하고 탄하였사오나 그 공이 없었사오며 오히려 선제의 밝음을 상하였음을 황공하게 생각하옵니다.

고로 5월 노(瀘)를 건너 불모에 들어갔사옵니다. 이미 남방은 평정되었사옵고, 병졸은 충족합니다. 이때에 삼군을 이끌어 북중원(北中原)을 평정하고자 하오니 원하옵건대 돈독을 다하시어 간흉을 제거하시며 한실을 부흥시키시어 구도(舊都)에 환행하시기를 바라옵니다. 이야말로 소신이 선제의 유조를 받자옵고, 폐하께 충성하는 직분이옵니다.'

공명은 여기서 국가의 방향을 명시하였다. 그리하여 그를 다하는 것을 자신의 직분으로 생각하였고 촉국의 큰 이상이라는 것을 말하였다. 다시 말하면 그것은 한실의 부흥과 옛 서울에의 환도 그 두 가지를 실현하는 일이었다.

'그러기 위해선 신하들의 충성은 물론이려니와 폐하 스스로 이 엄청난 일에 강해지셔서 폐하로서의 덕을 나타내지 않아서는 안되겠습니다.'

이렇게 공명은 마치 그 어버이와 같은 큰 애정과 신하된 몸으로서의 정을 쏟아부어 가르침을 주었던 것이다.

'스스로 충언을 다할 것은 즉 유지·비위·동윤의 맡은 바이옵니다. 원컨대 폐하께옵서 소신에게는 토적(討賊) 부흥을 맡겨주옵소서. 만일 그 효과가 없어지면 소신의 죄를 다스려 선제의 영전에 고하옵소서. 또한 흥덕을 위한 말이 없을진대 유지·비위·동윤 등을 책하시어 그 태만을 밝히시옵소서. 폐하께옵서 친히 도모하시어, 선도(善道)를 받아들이시옵고 아언(雅言)을 용납하시어 깊이 선제의 유조를 따르시기를 바라옵니다. 소신은 은총을 입은 감격에 못 이기어 지금 멀리서 배례하옵나이다. 출사표를 마주하니 체읍하와 아뢰올 바를 모르겠습니다.'

출사표의 전문은 여기서 끝을 맺었다.
공명은 붓을 놓자 이미 세상을 떠난 현덕의 유조를 두고 오래 눈을 감고 있었다. 그리고 마음 속으로 새로운 맹세를 하였다.
이때 공명의 나이는 47세요, 촉의 건흥 5년이었다.

공명은 문을 나섰다.

오랫만에 집을 나서서 조정에 나아가자 궐하에 엎드려 출사표를 받들어 올렸다.

후주 유선은 출사표를 받아 보고 다음과 같이 말하였다.

"상부(相父)! 상부께서 남방을 평정하시고 돌아오신 지 겨우 1년 남짓합니다. 그런데 지금 또 전날에 비할 바 아닌 원정을 가신다는 것은 신상에 좋지 못할 것입니다. 이미 상부께서는 50을 바라보시는 나이시니 이 나라를 위하여 잠시 한가히 즐기시고, 편안히 쉬십시오."

유선이 마음 속 깊이 숨겼던 말을 하니 공명은 소리 없이 눈물을 흘렸다.

"매우 황공하온 말씀이옵니다. 그러하오나 신이 선제로부터 폐하를 부탁하신다는 유조를 받자옵고 소신은 그를 다하지 못하여서 자나깨나 마음이 한가롭지가 않사옵니다. 소신은 아직 무병하옵고 나이도 50 미만이오니 지금 그 유조에 보답치 못하면, 드디어는 늙어서 작은 충성이나마 나타낼 길이 없을까 하옵니다. 과히 심려치 마시옵소서."

공명은 타이르듯 하고 유선의 앞을 물러났다.

그런데 후주 유선이 다만 우려하는 데에 그치지 않고 출사표에 밝혀진 공명의 북벌 단행은 온 촉한의 불안이기도 하였다.

그것은 이 촉한 땅은 선제 현덕이 다스린 이래 한 나라로서의 역사가 너무 짧았기 때문이었다. 또한 계속되어 온 싸움으로 위국과 동오의 강대한 세력과 대립하기에는 아직 힘이 모자랐다.

2년 전 남방 평정을 위하여 그 원정에 소비된 자재와 인원만 하더라도 내정 재무리(財務吏)들은 국고의 피폐를 수군거렸다.

'이 나라가 어찌될 셈인가?'

다행히도 원정군의 전승으로 말미암아 경우(耕牛)와 전마(戰馬), 금은, 서각 등의 남방 물자를 상당한 공물로 받았기 때문에 국력을 키우는 데 많은 도움이 되었다. 그렇다고는 하나 겨우 1년 반이라는 세월이 지났을 뿐이었다.

"이 판국에 또 위국을 치는 것은 거의 무모한 일이야!"

분분한 의견은 촉한 조정을 웅성거리게 하였다.

승상 공명의 결의로 이룩한 출사표여서 겉으로 반대하는 무리는 없었다.

"도저히 승산이 없는 싸움이다!"

"어쩔 수 없이 침략을 방지하기 위한 것이라도 위국도 지금 조비가 죽고 어린 조예가 섰고, 제 나라 밖의 일에 대해선 참견하기를 피할 때 출사한다는 것은 그 이유를 알 수 없어."

이렇게 말하는 자들이 있었다. 이렇듯 소극론자들이 후주 유선을 둘러싸고 수군거렸다.

그러한 사람들이 망설이는 까닭은 첫째, 군졸이 부족하다는 것이다. 또한 싸움을 하는 데 필요한 재정을 충당하는 일이었다. 촉중의 호적부에 의하여 촉·위·오의 호적에 비하여 볼 때 촉한은 위국의 삼분지 일이요, 동오의 반 수밖에 되지 않았다.

더욱이 인구 밀도를 따진다면 위국의 오분의 일에 지나지 않으며 동오의 삼분지 일밖에 되지 않는 백성이 살고 있었다. 촉한의 개발과 지세를 살펴볼 때, 지키기에는 좋으나 문화가 뒤져 있었다. 더욱 상비의 장수의 수효에 있어서는 위국이나 동오에 비할 바 없이 빈약하였다.

또한 후주 유선은 제위에 오른 지 이미 4년이요, 21살이라는 나이였으나 명군이라고 할 수는 없었다. 그 아버지인 현덕과 같은 대재도 없거니와 재난이라는 것을 모르고 자란 인물이었다.

'그러한 조건을 모르는 승상이 아닐 텐데 어떤 생각으로 그처럼 대군사를 결행하려고 할까?'

사람들은 공명에게 마음으로부터 복종은 하고 있었으나 그의 심중을 알고 싶어하였다.

아는 사람은 알 것이다. 이것이 공명의 마음인지도 몰랐다.

어느 날 밤이었다. 촉한의 신하들 전체의 불안을 대표하여 공명의 마음을 돌리기 위하여 찾아온 태사(太史) 초주(誰周)에게 공명이 말하였다.

"지금이오. 이때를 놓치면 북위(北魏)를 칠 때는 없을 것이오. 위는 본디 천부의 땅을 얻어 비옥하고 인마가 강하며 조조 이래 이미 삼대를 지나 겨우 대국의 자태를 갖추었소. 하루빨리 이것을 치지 않으면 도저히 위를 멸망시킬 날이 없을 뿐만 아니라, 우리 촉한은 자멸하고 말 것이오."

공명은 먼저 시기에 관해 말하고 나서 촉한의 방비를 말했다.

"우리 촉한은 약소하오. 천하 13주 중에서 촉한이 완전히 영유하고 있는 땅은 익주 한 주밖에 없으니까 면적으로 보아 위나 동오에 비할 바 아니오. 따라서 병졸도 부족하고 군수 자재도 그들에게 비할 바 못되오. 그러나 안심하오. 다소의 승산은 있으니까."

공명은 비장해 두었던 책을 집었다.

공명은 아무에게도 말하지 않은 비밀의 예비군이 있다는 것을 처음으로 밝혔다. 그것은 형주 쪽에 녹을 보내어 영외 각 처에 흩어져 있는 낭인부대와 남방, 그 밖의 이경(異境)에서 모아 조운과 마충에게 1년째 훈련케 한 외인부대였다. 그리고 그들 병졸을 5부로 편성하여 연노대(連弩隊), 폭뢰대(暴雷隊), 비창대(飛槍隊), 천마대(天馬隊), 토목대(土木隊)라고 하여 기동작전을 담당하게끔 충분한 훈련을 쌓게 하였다. 그러면 적은 뜻밖의 일이라 그 작전이 뒤집힐 것이라고 설명했다.

또한 공명은 재력을 말했다.

"북벌 대망은 결코 어제 오늘에 결심한 것이 아니라, 불초가 선제의 유조를 받들 때부터의 계획이었소. 그래서 나는 그 근본 힘을 무엇보다도 농사에 있다고 믿고 대사농(大司農), 독농(督農)의 관제를 두어 농산 진흥에 애쓴 결과 매년 출정에도 불구하고 촉한 농사에는 아직도 충분한 여력이 있소. 또한 전부(田賦), 호세밖에 수년 전부터 소금과 철을 국영으로 하였소. 우리 촉한의 천산소금과 철은 참으로 하늘이 내려준 것이라 할 수 있소. 이것으로써 촉한은 중원으로 진출할 자원을 가지고 있소."

공명은 그동안의 고심을 담담히 말했다.

공명이 국가경제에 있어서 섬세한 대비를 하였다는 일례를 들면, 성도와 농촌의 부녀자들에게 촉한의 비단을 손으로 짜게 하였다. 그리하여 이 근년에는 남만과 서량 오랑캐들에게 수출하여 적국인 위국과 동오에 퍼지게 하였다.

비단을 대신하여 중요한 물자를 촉한으로 들어오게 하였다는 것으로서도 그의 고심의 참담한 심경을 엿볼 수 있으리라.

이러한 고심으로 방비하고 있다는 설명을 듣자 초주는 두 말 없이 돌아갈 수밖에 없었다.

그후 촉한의 조정은 반대하는 말이 들리기는커녕 하루바삐 중원의 구도에 돌아가 옛날의 한조(漢朝)와도 같이 천하통일의 성시가 쉽사리 실현될 것이라는 온화한 공기마저 돌았다.

'승상께서 그처럼 방비가 있으시다면 반드시 승리할 것이다.'

그러나 공명의 마음은 왠지 어두웠다. 공명은 결코 성공을 바라고 있지 않았다. 그 누구보다도 위국의 강대함을 알고 있기 때문에 공명 자신이 없는 날엔 누가 촉한을 이끌고 갈 것인가? 내가 없는 날 촉한도 없다고 공명은 믿었다. 여명이 있는 사이에 선제 현덕의 유조를 다하지 않으면 안 되겠다고 생각하였다.

공명은 입 밖으로 내지 않았으나 유선의 인재가 그 아버지 현덕에 가까운 점이 없는 것을 알고 내심 가슴에 애끓는 쓸쓸함이 있었다.

위국은 조조 이래 오늘에 이르기까지 많은 인재가 있었다. 경영(經營)의 대재, 진영(陣營)의 거웅들이 적지 않았다. 이에 비하여 촉한은 지금 운장, 장비 등의 장수들도 없고 제왕은 젊고 조신들도 평범한 인물들이었다. 이것 역시 공명의 마음을 아프게 하였다.

그러나 그는 촉한의 큰 꿈이 불가능하다고 생각하지는 않았다. 현덕의 유조가 그리 무리한 것이라고는 여기지 않았다. 출사표 1천여 자 속에는 조금도 한하는 글귀는 들어 있지 않았다.

드디어 3군의 정비는 끝났다.

이 사이에 궁중 내부에서는 얼마간 복잡한 일도 있었으나 국외에는 거의 아무런 정보가 흘러나가지 않을 만큼 재빨리 서둘렀다.

3월이었다. 병인일에 드디어 출사명령이 내려졌다.

"위를 멸하고 돌아오겠습니다."

마지막으로 배례를 드리려고 공명이 조정에 나갔을 때, 후주 유선은 눈물이 고인 눈으로 간절히 부탁했다.

"상부! 친히 신상을 아껴 주십시오."

유선의 모습을 바라볼 때에도 공명의 뇌리에는 선제 현덕의 모습이 떠나지 않았다. 유선의 뒤에는 언제나 현덕이 있는 것이라고 생각하였다.

"너무 상심치 마십시오. 소신이 5년, 10년 떠나 있다 하여도 폐하의 측근에는 충성된 사람들과 풍부한 재량을 가진 인물들이 있사오니 내외사에 정사를 게을리하지 않을 것이옵니다."

공명은 자신의 출사가 근심되는 것이 아니라 오히려 뒤에 남은 유선의 보좌와 내치가 마음에 걸렸다. 그렇기 때문에 며칠 전에는 영단을 내려 인사 이동을 하였었다.

곽유지・동윤・비위 세 중신을 시중으로 삼아 궁중의 모든 일을 다스리는 권한을 부여하였다. 그리고 어림군의 사(司)에는 향총을 근위대장으로 간절히 부탁하였다. 공명 자신을 대신하여 승상부 일은 일체 장예(長裔)에게 맡겨 그를 장사(長史)로 임하고, 두경(杜瓊)은 간의대부(諫議大夫)에, 두미(杜微)는 상서에, 양홍(楊洪), 맹광(孟光), 내민(來敏)을 제주(祭酒)에, 윤묵(尹?), 이선을 박사로, 초주를 태사(太史)로 각각 직을 맡겼다.

이 밖에 공명의 눈에 얼른 띄지 않은 신하들을 문무 양면 기구에다 배치하여 공명이 없는 사이에 대비케 하였다.

지금 공명이 유선의 주위에 있는 신하들을 바라본 것은 보좌하는 사람들에게 마음 속으로 헤어지는 인사를 대신하였던 것이었다.

'부디 부탁하오.'

이리하여 드디어 성도를 떠나는 날이 되었다. 이날 후주 유선은 성문 밖까지 나와서 공명을 배웅하였다.

온화한 봄바람은 3군의 기치 창검을 부드럽게 스쳤다. 촉한에 편성된 대군은 승상부 앞에 구름처럼 모여 있었다.

이날 철갑이 푸른 빛을 띠어 흐르는 병마의 편성은 다음과 같은 순열로 서 있었다.

전도부진북장군영승상사마(前都部鎭北將軍領丞相司馬) 위연(魏延)

전군도독영부풍태수(前軍都督領扶風太守) 장익(張翼)

아문장비장군(牙門將裨將軍) 왕평(王平)

후군영병사(後軍領兵使) 여의(呂儀)

겸관운량좌군영병사(兼管運粮左軍領兵使) 마대(馬岱)

부장비위장군(副將飛衛將軍) 요화(廖化)

우군영병사분위장군(右軍領兵使奮威將軍) 마충(馬忠)

무융장군관내후(撫戎將軍關內侯) 장의(張疑)

행중군사거기대장군(行中軍師車騎大將軍) 유염(劉琰)

중장군양무장군(中將軍楊武將軍) 등지(鄧芝)

중참군안원장군(中參軍安遠將軍) 마속(馬謖)

전장군도정후(前將軍都亭侯) 원림(袁琳)

좌장군고양후(左將軍高陽侯) 오의(吳懿)

우장군현도후(右將軍玄都侯) 고상(高翔)

후장군안락후(後將軍安樂侯) 오반(吳班)

영장사수군장군(領長史綏軍將軍) 양의(楊儀)

전장군정남장군(前將軍征南將軍) 유파(劉巴)

전호군편장군(前護軍偏將軍) 허윤(許允)

좌호군독신중랑장(左護軍篤信中郎將) 정함(丁咸)

우호군편장군(右護軍偏將軍) 유민(劉敏)

후호군흥군중랑장(後護軍興軍中郎將) 관옹(官雝)

행참군소무중랑장(行參軍昭武中郎將) 호제(胡濟)

행참군간의장군(行參軍諫議將軍) 염안(閻晏)

행참군비장군(行參軍裨將軍) 두의(杜義)

무략중랑장(武略中郎將) 두기(杜祺)

수술도위(綏戌都尉) 성발(盛勃)

종사무략중랑장(從事武略中郎將) 번기(樊岐)

전군서기(典軍書記) 번건(樊建)

승상영사(丞相令司) 동궐(董厥)

장전좌호위사룡양장군(帳前左護衛使龍驤將軍) 관흥(關興)

좌호위사호익장군(左護衛使虎翼將軍) 장포(張苞)

이 가운데에 없어서는 안 될 장수 한 사람이 빠져 있었다. 그는 현덕 이래의 공신 조운이었다.

이날 조운의 씩씩한 모습이 출정군 속에 보이지 않는 데는 까닭이 있었다. 장판교 이래의 영걸도 지금은 백발이 성성하도록 늙었다. 공명은 남정하였을 때에도 조운이 노구를 끌고 끝까지 싸웠던 일을 생각하여 일부러 이번 편성에서 빼어 성을 지키도록 하였다.

그런데 조운은 그러한 공명의 온정을 오히려 못마땅하게 생각하여 편성표를 보고는 승상부에 달려와서 공명과 무릎을 마주하고 물었다.

"어찌하여 이 사람의 이름이 이 속에 없습니까? 제 스스로 말하기는 쑥스럽습니다만, 선제 때부터 진을 대하여 후퇴한 일이 없고, 적을 대하면 달아난 일이 없는 이 조운이올시다. 비록 늙었다 하나 젊은이에게는 지지 않으리다. 대장부로 태어나 싸움터에서의 죽음보다 더 다행한 일이 없다고 생각합니다. 승상께선 이렇게 말씀드리는 조운의 충절을 고목처럼 생각하시고 있습니까?"

조운의 말에 공명이 아연해하자 조운은 굳이 만류한다면 지금 이 자리에서 스스로 목을 잘라 버리고 말 것이라고 하였다.

"그처럼 바란다면 만류하지는 않겠소. 그러나 내가 선택하는 한 사람의 부장을 데리고 가시오."
"부장을 수반하는 데는 이의가 없습니다. 그가 누굽니까?"
"중장군 등지요."
"등지라면…."
조운은 기뻐했다.
이리하여 공명은 편성 일부를 개편하였다. 조운과 등지에게 정병 5천 기를 주고 따로 장수 10명을 덧붙여 대선봉을 삼아 대군이 진군하기 전 하루 앞서 성도를 떠나게 하였다.
이러한 대규모의 군졸을 국외로 보내기는 성도에서 처음 있는 일이었다. 이날 온 백성들은 일을 쉬고 대군을 환송하였다.
후주 유선도 공명과의 작별을 아쉬워하여 북문을 나와 거의 10리 밖까지 공명을 배웅하였다.
이미 3군은 성도의 거리를 벗어나 교외로 진군하였다. 교외에 나오자 만백성이 온갖 음식을 들고 나와 대군을 영접하였다.
그리고 먼 마을에 이르러서까지 남녀노소의 백성들이 길 옆에 엎드려서 공명의 수레를 향하여 절을 하였다.
그런가 하면 마을 처녀들이 지나가는 장졸들에게 옥수수 감주와 떡을 나누어 주기도 하였다.
공명은 고요히 이 광경을 바라보았다.
'이곳에는 번거로운 일이 있을 수 없겠다.'
속으로 생각해 보며 머리를 끄덕였다.
이때 위국은 뜻하지 않은 충격을 받았다. 촉한의 출사가 온 국력을 기울여 온다는 것을 알았기 때문이었다. 더욱이 그 총수인 공명의 이름만 들어도 위국은 전율을 느꼈다.
"누가 그를 막을 것인가?"
위제 조예는 군신에게 물었다.

만당에 모인 신하들은 죽은 듯이 말이 없다.
이때 한 신하가 나와 엎드려 난을 막을 것을 맹세하였다. 여러 신하의 눈은 그 도도한 인물에 쏠렸다.

"오! 하후연의 아들인가!"

조예는 경탄해 마지 않았다.

안서진동장군 겸 상서부마도위(安西鎭東將軍兼尙書駙馬都尉) 하후무(夏侯楙), 자는 자휴(子休)였다.

그의 아버지인 하후연은 조조의 공신으로 한중 싸움에서 죽었다. 지금 촉군이 밀려오는 곳도 한중이었다.

원한에 사무친 그 싸움터에서 어버이의 혼백을 위로하고 나라에 보답하는 것은 그 아들의 의무라고 그는 외치듯 말하였다. 그 아버지가 죽은 다음 하후무는 어릴 때부터 숙부인 하후돈의 슬하에서 자랐다.

그후 조조가 측은하게 생각하여 자기의 딸과 혼례를 시켰기 때문에 여러 사람들의 절을 받았다. 그러나 그 위인됨이 졸렬하고 천성이 경솔하여 위군 사이에서 그리 큰 인기가 없었다.

그러나 그 위치와 중직을 볼 때 부족함이 없는 대장군으로서의 격이 있어서, 중의 이론이 없고 또한 조예가 그 뜻을 갸륵하게 여겨 관서의 군마 20만을 주어 공명을 정벌하도록 인수(印綬)를 맡겼다.

중원에 진출하다

촉한의 대군이 면양까지 진출해 나갔을 때였다.
'위국은 관서의 정병을 이끌고 장안(長安)에 포진하여 대본영을 그곳에 두었음'이라는 정보가 들어왔다.
말하자면 천하의 험지인 서촉의 잔도(棧道)를 넘어서 이곳까지 오기에 군마는 몹시 피곤하였다.
그것을 잘 알고 있는 공명은 면양에 이르자 마대를 제주(祭主)로 삼고, 그 사이에 인마를 휴식시켰다.
"이곳에는 죽은 마초(馬超)의 무덤이 있어. 지금 우리 촉군이 북벌함에 있어, 지하에서 백골이 된 자기를 탄하기도 할 것이고, 반가워도 할 것이다. 제사를 드릴 준비를 해라."
하루가 지나자 위연이 공명을 찾아왔다.
"승상! 저에게 5천 기만 주십시오. 이러고 있는 사이에 장안을 쳐보겠습니다."

"어떤 비책이 있는가?"

"이곳에서 장안 사이는 곧게 가면 열흘이 걸려야 합니다. 만일 허락하신다면 태령(泰嶺)을 넘고 자오곡(子午谷)을 건너서 적의 허실을 찔러 적을 혼란에 빠뜨리고 그 식량을 우선 태워 버리겠습니다. 승상께선 야곡(斜谷)으로부터 나아가 함양(咸陽)을 뻗어 나가신다면 하후무쯤은 한 합에 무찔러 버릴 수 있다고 믿습니다."

"잘 안 될 것이다."

공명은 머리를 흔들며 잡담처럼 가볍게 들었다.

"만일 적진에 지혜 있는 자가 있다면 군졸을 돌려 산 쪽에다 몰아넣고 차단할 것이 틀림없어. 그때 그대의 5천 기는 한 사람도 살아 돌아오는 자가 없을 것이다."

"그러나 본도로 진군한다면 위의 대군은 많은 손해를 입지 않을 수 없을 것입니다."

공명은 고개를 끄덕였다.

위연의 말이 옳다고 생각하는 모양이었다. 그리하여 공명은 위연의 작전대로 군졸을 보냈다.

농우(隴右)의 대로에 나가 정공법(正攻法)을 쓰기로 한 것이었다. 이것은 위군의 예상과는 달랐다. 공명은 지략이 출중한 사람이라 지레짐작해서 반드시 기도(奇道)를 택하여 올 것이라 믿었다.

그리하여 다른 사잇길에도 병력을 배치하고 기다렸으나 뜻밖에도 촉군은 당당히 곧게 진군해 왔다.

"옳지! 우선 서량병을 선봉에 내보내자."

하후무는 한덕(韓德)을 불렀다.

한덕은 금번에 위군이 장안을 대본영으로 하면서 서량군 8만

명을 이끌고 큰 공을 세우려고 참가해 온 외곽군(外郭軍) 대장이었다.

"봉명산(鳳鳴山)까지 나아가 촉의 선봉을 막아라. 이 일전은 위 촉의 회전이니까 이후의 사기에도 영향이 클 테니 훌륭한 공을 세워라!"

하후무의 격려를 받고 한덕은 호기 있게 나갔다.

그에게는 네 아들이 있었다. 한영·한요·한경(韓瓊)·한기(韓琪)라 하는데 그들은 궁마에 뛰어났고 힘이 장사들이었다.

"8만의 강병, 훌륭한 네 장수. 촉군에 한쪽 팔만 움직여도 적들을 충분히 격퇴할 것이다."

한덕은 자신만만하여 싸움터로 나갔다.

하지만 한덕은 하후무가 될 수 있으면 위군 직계 병력을 상하지 않고 촉군의 선봉과 부딪치는 것을 시험하려고 보냈다는 것을 느끼지 못하였다.

그는 봉명산 기슭에서 촉군의 선봉을 만났는데, 상대방 장수는 촉군의 노장 조운이었다.

장남인 한영이 말했다.

"조운은 어서 나와라!"

한덕은 네 아들을 데리고 조운의 목을 자르려고 추격하여 갔다.

조운은 달아나는 척하다가 말머리를 돌려 돌아섰다.

"바라는 것이 이거냐?"

조운은 한 칼에 한영을 무너뜨렸다.

한경·한요·한기는 삼면으로 조운을 포위했다.

"이 늙은것아!"

협공하였으나 세 합을 넘지 못하는 사이에 한경과 한기는 조운의 창에 등을 찔려서 말 아래로 굴러 떨어졌다.

그러자 조운은 곧장 말을 몰고 달아났다.

혼자 남은 한요는 죽을 각오로 조운을 추격했다. 그리고 칼을 들어 조운의 어깨를 내려치려는 순간, 조운은 나는 듯이 옆으로 비켜났다.

"이젠 죽이기 싫다!"

한요를 휘감아 쥔 채 사로잡아 버렸다.

이 광경을 본 한덕은 등골이 오싹함을 느끼며 잡힌 아들을 놓아둔 채 장안을 향하여 달아났다.

등지는 이날 하루의 전승을 축하하여 조운에게 말했다.

"이미 춘추가 팔순이 가까운데도, 오늘 싸움에서 세 장수를 무찌르시고, 한 장수를 사로잡았으니 참으로 젊은 장수도 따를 수 없을 것입니다. 장군께서 성도를 떠나실 때, 승상께서 수비군으로 돌린 데 대하여 불만을 품으셨다는 것도 무리가 아닙니다."

조운은 껄껄 웃었다.

"아니네. 그 분풀이도 있고 하여 오늘 싸워본 걸세. 그러나 이만한 것을 공으로 생각하는 조운이 아니네. 아직 이 팔뚝에까지 나이를 먹게 하지는 않을 걸세."

등지는 이날 즉시 전황을 기록하여 우선 서전의 회보를 후진에 있는 공명에게 급히 보냈다.

촉군과는 달리 위군의 사기는 많이 떨어져 있었다. 당황한 도독 하후무는 생각했다.

'한덕이 한 합에 패한 것을 보면 적을 너무 가볍게 보았어. 저들의 선봉을 쳐부수지 않으면 촉군의 승세를 돌아 주기 쉬워.'

하후무 자신이 직접 장안의 영부를 떠나 대군을 이끌고 봉명산으로 육박해 갔다.

하후무는 살찐 백마를 타고 찬란한 황금 투구를 썼다. 그야말로 위제의 종형제인 귀공자의 풍채를 지니고 있었다. 여러 날 깃발 밑에서 적의 노장수 조운이 나는 듯이 뛰고 있음을 바라보며 하후무가 말했다.

"그래, 내일은 내가 나가서 저 늙은 장수의 목을 자르리라."

호언을 하자 뒤에 있던 한덕이 말했다.

"위험합니다. 그 장수인즉 제 아들놈 넷을 죽인 조운입니다."

"그대의 아들 넷을 잃었단 말인가? 그럼 어찌하여 아비인 그대는 보고만 있는가?"

"기회를 엿보고 있습니다."

한덕은 머리를 미안해하였다.

이튿날 한덕은 큰 도끼를 둘러메고 말을 급히 몰아갔다.

저쪽에서 조운이 나옴을 보자 호통을 치며 싸움을 돋았다.

"이 늙은 것아, 냉큼 나와서 목을 바쳐라!"

한덕은 도끼를 휘둘러 조운을 한 합에 칠 듯하였다.

조운은 말 없이 한덕을 맞아 싸웠다.

10합을 못 가서 한덕은 조운의 창에 목이 찔려 말 아래에 굴러 떨어졌다. 또 부장 등지도 조운 못지않게 전공을 올렸다.

싸움이 시작된 지 나흘이 지났다. 하후무의 진용은 반신불수처럼 되어 버렸다. 하후무는 사태를 수습하기 위하여 총군을 20여 리 밖으로 후퇴시켰다.

"기세가 대단하구나!"

하후무는 지휘석에 앉아 마치 딴 사람의 이야기를 하듯 조운의 무용을 칭찬하였다.

"옛날 장판교에서 천하를 울린 호용을 들은 일이 있으나 제 아무리 영웅이라 한들 이미 칠순 백발이야. 한덕의 도끼도 그에겐 대적이 안 되는 걸 보아 참으로 노장수다. 촉군의 선봉을 분쇄하기 위해선 그를 잡는 계책부터 있어야 하겠어."

이날 진중에서는 조운에 대한 계책을 상의하였다. 계획을 세운 위군은 다시금 진군하기 시작하였다.

조운이 이 광경을 바라보고는 급히 몰아 나가려고 했다.

"젖먹이 하후무를 한 합에…."

이때 등지가 만류했다.

"좀 이상합니다."

그러나 조운은 듣지 않고 멧돼지처럼 맹렬하게 나아갔다.

늙은 장수라 하나 조운이 나가는 데는 적이 없었다. 미친 듯이 싸우다가 힐끗 돌아본 그는 그제서야 함정임을 알았다.

퇴로가 끊기어 조운 혼자만이 남아 있었다.

이날 위군은 신위장군(神威將軍) 동희(董禧), 정서장군(征西將軍) 설측(薛則) 두 장수에게 각기 2만여 기를 주어 깊이 쳐들어왔던 것이다.

부장 등지와도 떨어진 조운은 날이 저물 때까지 홀로 적진에 둘러싸여 닥치는 대로 마구 찔렀으나 적의 포위진에서 벗어나지는 못하였다.

이때 하후무는 높은 산 위에 올라 조운이 서쪽으로 달아나면 서쪽으로 깃발을 휘두르고, 남쪽으로 달아나면 남쪽으로 깃발을 흔들며 조운이 잡히기를 지켜보고 있었다.

"아! 내가 늙음에 굴하지 않거늘 하늘이 드디어 죽음을 내리는 것인가!"

말도 지치고 조운의 몸도 지쳐서 나무 밑에 주저앉아 탄식을 하며 조운은 멍하니 앉아 있었다.

솟아오르는 달을 쳐다보며 긴 숨을 내쉬고 칠십 평생을 돌아보

며 탄식하였다.

드디어 돌이 비오듯 쏟아져 내렸다.
"적이냐?"
조운은 앉은 자리에 벌떡 일어섰다.
그리고 주인을 기다리고 있는 말 위에 나는 듯이 올라탔다.
이때 달빛을 어둡게 하는 그림자가 있었다.
한 떼의 군마가 질풍같이 앞으로 달려오는 것이었다. 흰 전포와 흰 갑옷은 일찍이 조운의 기억에도 남아 있었다. 그 장수는 미친 듯이 조운을 향하여 손을 흔들었다.
"아니, 장포가 아니냐?"
"노장군!"
"어찌하여 이곳에 왔는가?"
"승상의 명령이옵니다. 며칠 전 등지로부터 승군의 쾌보를 듣자마자, 승상께서는 오히려 위급을 느끼시고 저희들에게 원군으로 가라고 하셨습니다."
"아! 정말 신의 눈이야! 그런데 장포 네가 왼손에 들고 있는 그 목은 뉘 목이냐?"
"이곳까지 오는 도중 적을 쳐부수고, 위군 장수 설측의 목을 자른 것입니다."
달빛을 받아 번쩍 치켜들 때에 또 한 떼의 군마가 이쪽을 향하여 질풍같이 몰려오는 것이었다.
"저것은 또 무엇인가?"
조운이 버럭 소리를 질렀다.
"관흥이 오고 있습니다."
한참 동안 기다리고 있노라니까 과연 관흥이 군졸을 이끌고 나타났다.

 그 아버지 운장의 청룡도를 옆에 비껴들고 말 안장에는 사람의 목을 매달고 있었다.

 "노장군! 장군이 위급하여 장포와 함께 오는 도중 위군 장수 동희라는 자의 목을 잘라 가지고 왔습니다."

 관흥은 조운의 앞에 이르자 넓죽 절을 하는 것이었다.

 "어, 장할시고…."

 조운은 감탄했다.

 그제서야 관흥은 머리를 들었다. 조운을 우러러보고 나서 장포에게 시선을 돌렸다.

 "아니, 자네도 적장의 목을 잘랐는가?"

 "자네도…."

 관흥과 장포는 서로 마주 바라보며 달빛 아래서 웃었다.

 조운은 그 순간 눈에 눈물이 고임을 느꼈다.

 "이 늙은 것의 한 목숨이 문제가 아니라 동희, 설측 두 장수가 목이 떨어졌다는 말을 듣는다면, 적진은 바야흐로 궤멸 상태에 빠졌을 것이다. 나를 생각하지 말고 그대들은 무너져 가는 적군을 습격하고 하후무의 목을 자르기를 바라노라."

 조운은 이렇게 격려했다.

 "그러시다면…."

 "그럼 물러갑니다."

 두 장수는 병졸을 이끌고 앞으로 달렸다.

 "장비와 운장이 지하에서 기뻐할 것이다. 생각하면, 저 두 장수는 나에게 비한다면 조카에 지나지 않는다. 시대는 이제 옮겨져 갔다. 국가의 상장(上將)이요, 조정의 중신이었던 나도 늙고 보니 저 젊은이들을 당할 수가 없어. 아, 부끄러운 일이다. 이제

내게도 좋은 죽을 장소가 필요하구나!"
 조운은 창을 겨누고 노구를 이끌어 추격전을 하는 속으로 말을 달렸다.
 부장 등지도 어디선가 나타났다. 산산이 흩어졌던 촉군이 싸움이 이롭게 전개되자 한데 모이게 되었다.
 이때 위군은 전날부터 이튿날 새벽에 이르기까지 멈추는 일 없이 패주하여 달아나기만 하였다.
 하후무는 잠시도 한 곳에 머물러 있지 못했다.
 그 아버지인 하후연에 비하여 너무나 귀족적인 그가 휘하 무리와 함께 패주하여 달아나는 모양이란 참으로 어처구니가 없었다.
 그는 남안군 성 중에 들어가자 여러 곳의 대군을 모아 견고히 버티었다.
 남안은 저명한 성이었다. 며칠이 지나지 않아 이곳까지 달려온 조운·등지·장포 등은 사방을 둘러싸고 공격하였다. 그러나 주야 열흘 동안 함성을 지르며 공격하였지만 성벽의 돌 하나 움직일 수 없었다.
 이럴 즈음 겨우 공명이 이곳에 이르렀다. 그 군세는 많지 않았다. 남안을 오기 전 면양·양평·석성 방면에 군졸을 향하게 하고 공명 자신은 겨우 중군을 이끌고 온 것이었다.
 "내가 오기를 잘했어. 만일 그대들에게 맡겨 두었다면, 위군은 반드시 다른 행동을 일으켜 일면으로 한중을 찌르고, 일면으로 몰려드는 군졸의 뒤를 찔렀으리라. 위태롭게도 그대들과 중군은 양단될 뻔하였다."
 공명은 기뻐했다.
 등지가 옆에 있다가 물었다.

"그렇습니다. 그런데 하후무는 위국의 부마올시다. 그러니만큼 그를 하나 사로잡으면 그 밖의 장수 1백 명을 잡는 거나 마찬가지입니다. 좋은 계책이 없겠습니까?"

"오늘밤은 푹 쉬고 내일 지형의 이로움을 보기로 하자."

공명은 전군을 수습할 것을 명령했다.

남안은 서쪽으로 천수군(天水郡)에 이르고, 북쪽은 안정군(安定郡)으로 통하는 험지였다.

공명은 이튿날 자세히 지리를 살폈다. 그리고 관흥과 장포를 장막에 불러들여 무엇이라고 계책을 일러주었다.

또한 이 근방 지리에 밝은 인물을 뽑아 가짜 사자로 꾸며 그들에게도 어떤 계책을 일러주었다. 이렇게 전투 준비가 갖추어지자 남안성을 공격하기 시작하였다.

그리고 한편으로 유언을 퍼뜨렸다.

'마른 나무와 초연을 가지고 화공을 하여 낙성시키라.'

이런 말을 은근히 적에게 알리도록 하였다. 그러자 하후무는 크게 비웃으며 별다른 방책을 갖추지 않았다.

"공명이란 자도 알고 보니 대수롭지 않은 자로구나!"

남안성 북쪽에 위치한 가까운 군(郡) 안정성(安定城)에는 위군 장수 최량(崔諒)이 틀어박혀 있었다.

최량은 오래 전부터 이 지방의 태수로 있는 자였다.

하루는 성문 앞에 한 사자가 이르러 말했다.

"나는 하후무 부마의 한 장수로 배서(裵緖)라는 사람이다. 급한 일이 있어 사자로 온 것이니 빨리 태수에게 전해라."

최량이 곧 만나서 물었다.

"무슨 일로 온 사자인가?"

가짜 사자 배서가 대답했다.

"이미 남안이 위급합니다. 그리하여 저를 사자로 보내어 안정과 천수군에 대하여 이처럼 도움을 청하는 바입니다. 급히 군내의 병졸을 수습하여 공명의 뒤를 습격하라는 것입니다. 그리하여 위군이 오는 날을 기다려, 성 중에서도 이를 알리는 불로 내외에서 촉군을 협공할 작정이오니 하루빨리 움직이시기 바랍니다."

"알았소. 그런데 하후무 부마의 친서라도 가지고 왔습니까?"

"이를 바 있습니까?"

배서는 땀에 흥건히 젖은 격문을 끄집어 내어 태수에게 건네주었다.

"이제부터 천수군 태수에게도 같은 일로 가야 합니다."

연회를 사절하고 말 위에 올라 급히 떠나갔다.

가짜 사절이라고는 꿈에도 생각지 않았다.

최량은 부마를 구원할 생각으로 출진할 준비를 하고 있었다. 이때 또 한 사자가 말을 몰아 뛰어들었다.

"천수군 태수 마준(馬遵)은 이미 출병을 하여 촉군 후방을 밀고 있거늘 안정성은 무엇을 생각하고 있느냐고 부마께서 노기를 띠고 계십니다. 부마의 명령을 가볍게 생각합니까?"

부마는 위국의 제족(帝族)이었다.

최량은 부르르 떨며 출병을 서둘렀다. 그런데 성 밖을 나와 70리쯤 오자 밤이 되었다.

문득 앞에는 화염이 충천하였다.

'이게 웬일인가?'

당황하며 척후병을 보냈으나 생사조차 알 수가 없었다. 그 대신 촉군인 관흥의 일진이 휘몰아오는 것이었다.

'이게… 적인가?'

최량은 급히 후퇴하려 하였으나, 뒤에서는 장포가 이끄는 촉군이 함성을 지르며 달려오는 것이었다.

최량의 군졸은 거의 전멸하다시피 되어 겨우 수십 기를 이끌고 오솔길로 접어들어 안정성을 향하여 달아났다. 그러나 이미 안정성에는 촉군의 깃발이 날리고 있었다.

또한 성문 밖에서는 촉군의 장수 위연이 전군을 독려하고 있었다.

'이게 무슨 괴이한 일이냐?'

지금에 와서야 적의 계책에 떨어졌다는 것을 깨닫고 죽을 둥 살 둥 하여 천수군을 향하여 달아나려 했을 때 한 떼의 군마가 금고 소리를 내며 숲 속에서 나타났다.

학창의에 윤건을 쓰고 있는 공명이 네 바퀴 수레 위에 앉아서 앞으로 나오고 있었다.

최량은 현기증을 일으켰다. 말 위에서 떨어질 것 같은 현기증을 느끼며 그대로 엎어지고 말았다. 공명은 최량의 항복을 받아들여 진중으로 함께 이끌고 갔다.

며칠이 지난 다음 공명은 최량을 불러 은근히 물었다.

"남안(南安)에는 지금 하후무가 들어와 총대장이 되어 있으나, 전부터 그곳 태수와는 어떤 친교가 있었는가?"

"매우 친한 사이올시다."

"그 사람은?"

"양부(楊阜) 족제(族弟)로서 양릉(楊陵)이라고 하며, 저와는 친형제처럼 지내는 사이올시다."

"그대는 그의 믿음을 받고 있는가?"

"물론입니다."

"그렇다면…."

공명은 최량에게 가까이 가서 무엇이라고 소곤거렸다.

"성 안에 들어가 양릉에게 잘 권해 하후무를 사로잡도록 하라. 이것은 귀공을 위하는 일도 되려니와 또한 벗을 위하는 일도 되는 것이다."

최량은 머리를 숙인 채 오래 생각하다가 선뜻 머리를 쳐들고는 대답했다.

"가겠소. 성공하고 다시 봅시다!"

"매우 일이 어려우나 이 일이 성사되는 날엔 그대에게 큰 홍복이 있을 것이오!."

"그 대신 승상! 이 주위에 에워싼 군졸을 비키게 해주시오."

"그러지."

공명은 그 즉시로 전군을 20리 밖으로 후퇴시켰다.

밀명을 지닌 최량은 양릉이 지키고 있는 성으로 들어갔다. 그리하여 남안 태수 양릉과 마주하여 앉았다. 두 사람은 가까운 벗이었다. 들은 대로 최량은 양릉에게 말하였다.

"이 사람아, 그것이 말이 되나. 지금에 와서 위국을 모반하고, 촉한에 항복할 수야 있나. 오히려 자네가 그러한 밀명을 지니고 왔다면 다행한 일일세. 계책을 써서 공명에게 역수를 쓰는 것이 어떠한가?"

본디 최량의 속마음도 그러하였다.

두 사람은 나란히 하후무를 찾아가서 상의하자 양릉이 말했다.

"좀 번거롭습니다만 다시 한번 최량을 공명의 진중에 보내는 것이 상책인가 합니다. 그 이유는 이러하옵니다. 양릉을 만나 항복하기를 권했는데, 양릉도 촉군에게 항복하고 싶으나, 성 안에 그 뜻을 함께 하는 무리가 없어 경계가 심한 하후무 부마를 사로

잡을 수 없다고 거짓을 꾸미는 일입니다."

"음! 그래서?"

"그러니까 한 합에 성취하려면 공명 자신이 군졸을 이끌고 성 안으로 들어가면, 성문을 열어서 맞이하고 또한 성 안을 혼란에 빠뜨릴 테니 그때 부마를 사로잡으라고 권하는 일입니다. 물론 그를 유인해 온다면 그땐 제 아무리 공명인들 잡히는 몸이 되고 말 것입니다."

"음, 참으로 묘책이다!"

하후무와 함께 계책을 의논하고 나서 최량은 성을 나왔다.

그리고 공명을 이 계책에 빠뜨리기 위하여 온 머리를 짜내어 노력하였다. 또한 공명은 참으로 곧이듣는 것처럼 하여 그의 한 마디 한마디에 머리를 끄덕였다.

"그러면 먼저 그대와 함께 촉군에 항복해 온 1백여 명 군졸이 있으니 그들을 이끌고 가라. 그들은 본디 그대의 부하들이니 그대가 말을 한다면 수족같이 움직일 것이다."

"좋습니다. 그러나 승상께서도 강력한 군사들을 이끌고, 성 안으로 밀고 들어오시는 것이 어떠합니까?"

"범의 굴에 들어가지 않고서는 범을 잡을 수 없는 법. 물론 이 공명도 그만한 용기가 없는 것은 아니나 우선 촉군 장수 관흥과 장포를 그대와 함께 보내겠다. 그 사이에 신호를 하면 이 공명도 성 안으로 들어갈 것이다."

공명은 담담히 계획을 일렀다.

관흥과 장포가 함께 간다는 것이 어째 마음에 꺼렸으나 그를 기피한다면 의심을 할까 두려워 아무 말도 못하였다.

우선 두 장수를 성 안에서 죽여 버리고 공명을 끌어들여 예정하였던 목적을 다하려고 생각하였다.

"알았습니다. 그러시다면 성문에서 신호가 있을 때 승상께서는 때를 놓치지 마시고, 열린 성문으로 들어오십시오."

최량은 은근히 다짐을 받았다.

날이 저무는 것을 기다려 군졸들은 안남성을 향하여 길을 떠났다. 이미 약속한 대로 양릉은 성 안에서 어디 군졸이냐고 호통을 쳤다.

최량은 이에 응하며 말했다.

"이는 안정에서 달려오는 우군이다. 자세한 것은 시문(矢文)으로 확인하라!"

그는 즉시 준비해 두었던 화살을 날렸다.

'공명은 용의주도하여 관흥과 장포 두 장수를 앞장세워 이 군졸 속에 끼어 보냈다. 그러나 성 안에서 두 장수를 죽여 버리기는 아무것도 아

닐 것이다. 밀계는 다음으로 할 것이니 어서 성문을 열어라.'

하후무에게 보이자 하후무는 손뼉을 쳤다.
"공명은 이미 나의 계책에 떨어졌어. 빨리 두 놈을 죽일 준비를 해라!"
성문 안에 1백여 명의 힘센 장수들을 무장시켜 매복시키고 최량·관흥·장포 등을 기다렸다.

"빨리 들어오시오!"
양릉이 중문까지 나와 마중했다.
그 앞에는 당각(堂閣)이 있었고, 그 앞 넓은 광장에다는 숲을 만들어 1백여 명의 장수를 숨겨 두었던 것이다.
"미안하오."
관흥이 먼저 앞서 들어갔다.
그 다음 장포를 앞세우고자 최량이 몸을 뒤로 피하며 말했다.
"먼저 들어가시오."
그러자 장포가 몸을 뒤로 빼며 최량의 등을 밀어 넣은 그 순간이었다.
"최량, 그대의 임무는 다 했어!"
장포는 벽력 같은 소리를 지르며 최량을 한 칼에 베어 버렸다. 그와 동시에 앞섰던 관흥이 양릉의 뒤를 쫓아가 한 칼에 두 동강을 내버렸다. 그리고 성 안이 떠나갈 듯한 큰 소리쳤다.
"운장의 아들인 관흥을 성 안으로 들어오게 한 것은 성의 운이 다한 것이다. 어리석은 자들이여, 죽음만이 있을 뿐이다!"
크게 외치며 닥치는 대로 죽였다.
이때 또 최량이 안심하고 데려온 1백여 명의 옛 부하들도 촉진에 있는 동안 깊이 공명의 덕을 흠모하고 있는 데다가 이미 떠나오기 전 은상을 베풀어 놓았기 때문에 일러준 대로 소동이 일어나자 사방을 달리며 혼란 속에서 성에다 불을 질렀다.

또한 불길을 보자 그것이 관흥과 장포의 죽음이 끝난 신호로 알고 성 안에 있던 군졸들은 성문을 열고 성 밖까지 와서 기다리고 있던 공명이 이끄는 촉군을 일부러 성 안으로 맞아들였다.

성 안에 있던 모든 위군이 힘없이 섬멸당하였음은 물론이다.

하후무는 당황하여 겨우 수십 기를 이끌고 남문을 빠져 달아나기 시작했다.

그러나 제일 무사하리라고 믿었던 남문도 철통같이 에워싸여 함정이나 다름이 없었다.

둥 하는 금고 소리가 일어나고 군졸들이 재빠르게 앞을 가로막아서는 것이었다.

"공명의 휘하인 아문장 왕평이 기다리고 있은 지 오래다."

주위에 있던 장수들이 눈앞에서 죽어 갔다.

하후무는 꼼짝 못하고 사로잡히고 말았다. 공명은 전군을 수습하여 무사히 남안성에 입성하였다.

공명은 군령을 내려 사위의 민심을 평안케 하였다.

하후무는 포로로 가두게 하고 여러 장수들을 한 곳에 모이게 하여 전공을 표창하였다.

주연을 베풀고 흥이 무르익을 때 등지가 물었다.

"승상께선 어떻게 최량의 역계를 알아보셨습니까?"

"마음을 통해 마음을 알아볼 수 있는 법이지. 그리 힘든 일이 아니네. 그 자리에서 직관하여, 이 사람이 진심으로 항복하지 않았다는 것을 알고 오히려 다행하게 생각하여 다시금 계책을 쓴 데에 지나지 않네."

"저희들도 최량의 거동을 조금 수상쩍게 보았습니다. 그런데도 승상께서 그에게 명하여, 그가 바라고 있는 남안성으로 떠나보낼 때는 어찌될 것인가 하고 근심하고 있었습니다만, 결국은 모두 알게 되었습니다."

"한마디로 말하여 적이 나를 계책에 떨어뜨리려고 할 땐 나는 계략을 쓰기가 쉽지. 그래서 십중팔구는 떨어지는 거야. 최량에게 거짓이 있음을 보고, 일부러 그를 성 중에 보낸 것이다. 그러자 또 돌아왔기에 이는 반드시 성 중에서 거짓이 꾸며진 것으로 보았지. 또한 관흥과 장포를 말 없이 데리고 갔다는 것도 그가 거짓을 꾸며놓은 증거지. 그의 말을 믿은 것으로 보이면서, 그의 거짓을 완전히 이용한 결과가 된 것이야."

지금까지의 일을 다 밝히고 나서 공명은 자신이 싸운 일을 평했다.

"다만 이번 계책에서 공(功)에서 빠진 것이 하나 있어. 그것은 천수성의 태수 마준이다. 그에게도 똑같이 계책을 썼으나, 어찌된 일인지 성을 나오지 않았어. 이제부터 천수성까지 함락하여 삼군 공략을 완벽하게 하지 않으면 안 될 것이야."

이리하여 남안성에는 오의를 두고, 안정성에다 유염을 보내어 지키게 하고 위연과 교대를 시켜 전군을 새로이 수습하여 천수군을 향해 떠났다.

공명을 속인 강유

 이에 앞서 천수군의 태수 마준은 숙장 중신들을 모아 인접군의 구원에 대하여 상의하였다.
 주기(主記)인 양건(梁虔)이 나와서 말했다.
 "하후 부마께서는 위나라의 금지옥엽입니다. 이웃에 있으면서 남안의 위급을 구하지 않는다면 뒷날 반드시 문죄하러 올 것입니다. 즉각 군졸을 일으켜 구원함이 옳을까 합니다."
 이때 위군의 배서라고 하는 자가 하후무의 사자라 하여 나타났다. 다시 말할 것도 없이 이 사람은 먼저 안정성 성주 최량에게도 갔던 가짜 사자였다. 마준이 그런 일을 알 턱이 없었으나 마침 때가 때인 만큼 서둘러 대면하였다.
 배서는 땀에 절은 서면을 내놓았다.
 "빨리 공명의 후방을 치십시오!"
 안정성에 가서 재촉하던 말을 그대로 하였다.

하후무의 친서가 틀림없다고 생각한 마준은 그 서찰을 머리를 숙이고 받았다.
"우선 객사에 가서 편히 쉬시오."
사자가 온 일을 두고 중신들에게 자문하고 있었다. 이튿날 아침 가짜 배서는 다시 마준을 찾았다.

"일이 급한 이때에 유유히 의논만 하고 있으니 웬일입니까? 본대로 하후무 부마께 전하겠으니, 오든 말든 마음대로 하시오. 저는 일이 급하여 이 아침으로 떠나겠소!"

위협하다시피하며 떠나가려고 하였다.

마준도 당황하였고 중신들도 놀랐다. 후에 문죄 받을 일을 생각해서였다. 그리하여 즉시 군졸들을 일으켜 가기로 배서에게 약속하였다.

"청컨대 하후 부마께 잘 말씀해 주십시오."

마준은 그 자리에서 확약서를 써서 배서에게 주었다.

"좋습니다. 그러면 그와 같이 전달하겠으나, 안정군의 최량은 이미 군졸을 일으켜 떠났을 것이오. 그러니까 지체 마시고 곧 전군을 몰아 공명의 후방을 치십시오!"

배서는 다시 한번 다짐을 받고 돌아갔다.

군령은 그날로 방방곡곡에 퍼졌다.

천수군 각지에서 장수와 군졸들이 모여들었다.

이틀 후에는 전군이 수습되어 마준 자신도 막 성문을 나오려 할 때였다.

이날 아침 성중 무장각(武將閣)에 이르는 향토의 여러 장수들 사이에서 한 사람이 불쑥 나섰다. 그 자태가 일면 가련할 만큼 아름다운 젊은 장수였다.

"출전하지 마시오!"

큰 목소리로 마준의 말을 가로막았다.

여러 장수들의 눈이 휘둥그래졌다.

"아니 자넨 강유(姜維)가 아닌가!"

그 젊은 장수는 더욱 목소리를 높였다.

"이 성을 나가면 마지막이오. 태수께선 다시 이 성으로 돌아오지 못합니다. 태수께선 공명의 계책에 말려들고 있는 것입니다!"

나이는 아직 스무 살이 될까 말까한 젊은 장수였다. 그를 모르는 장수들이 곁에 있는 군졸들에게 물었다.

"저 자가 누군가?"

이때 강유와 동향인 한 사람이 말했다.

"그는 이 천수군 기성(冀城) 사람으로 이름은 강유(姜維), 자는 백약(伯約)이라는 유명한 인재입니다. 그의 아버지인 강경은 북방 오랑캐 싸움 때 전사하였다고 합니다. 홀어머니를 모시고 있는데 효심이 지극하기로 인근에 평판이 나 있습니다. 또한 강유의 어머니도 훌륭한 부인으로 밤이 깊도록 바느질을 하면서도 강유를 곁에 두고, 군서의 읽음을 듣고, 고금역사를 가르치며 낮이면 낮대로 밭을 갈고 있지요. 또한 무예를 습득하게 하고 병마를 가르치고 있었소. 강유는 재주가 출중하여 16살 때 벌써 향당의 학자들과 늙은이들이 그의 재주가 뛰어남을 알고는 기성의 인재라고까지 칭찬하였소."

이렇게 사람들이 수군거리고 있을 때였다.

태수 마준은 어찌 생각하였는지 말에서 내렸다. 그리고 그 일족과 많은 장수들을 모이게 하고 강유를 데리고 성곽 안으로 도로 들어갔다.

강유는 배서를 만나본 것은 아니었지만 배서가 가짜 사자라는 것을 천수성에 오자 알았던 것이다.

"전국을 대관하고, 그 수뇌부의 지휘자를 알고 또한 군졸을 움직이는 것을 보면 시골에 있어도 그만한 것은 알 수 있습니다. 생각하건대 공명의 계책은 태수를 성 밖으로 유인해 내서 도중에 복병을 시켜 섬멸하려는 것입니다. 또 한편으로 기병을 돌려 성이 빈틈을 타서 허실을 찔러 내외를 섬멸시켜 일군을 얻으려는 것입니다. 너무나 뻔한 계략입니다."

강유는 마준의 장수들을 향하여 손바닥을 보는 듯이 거리낌없이 설명하였다.

마준은 그제서야 계책을 깨닫고 말했다.

"만일 강유가 출전을 막아 주지 않았다면, 나는 눈을 뜨고도 적의 함정에 빠질 뻔하였어!"

마준은 몸을 부르르 떨면서 어린 강유의 충언에 머리 숙여 깊이 감사함을 표했다.

나이는 젊었으나 강유에 대한 마준의 신뢰는 컸다. 이런 일이 있은 다음부터 오랜 숙장이나 다름없이 그를 대했다.

"오늘의 위난은 피했으나, 앞으로의 난은 어떻게 하면 좋을까?"

마준이 강유에게 묻자 성 뒤를 가리켰다.

"눈에는 보이지 않습니다만, 저 산 숲 속에는 촉군이 잠복해 있습니다. 태수의 군졸이 성밖을 나가면 허실을 찌르려고요."

"음, 복병이 있었는가!"

"너무 걱정하진 마십시오. 그의 계략를 써서 계책함은 그의 힘을 가지고 그를 망하게 한다는 말이 있습니다. 원컨대 태수께서는 아무것도 모르는 척하시고 다시 출전하십시오. 성 밖 50리 가량 진군했다가 급히 성으로 돌아오십시오. 그러면 저는 5천 기 가량을 별도로 이끌고, 뒷산에 숨었던 촉군이 허실을 엿보고 성을 내려올 때 매복했다가 섬멸하겠습니다. 만일 그 가운데에 공명이 있으면 사로잡아 보일 것입니다."

강유의 목소리에는 힘이 넘쳐흘렀다.

그렇다고는 하나 강유는 아직 홍안 미소년에 지나지 않았다. 아무리 재능이 다른 사람보다 뛰어나고 무장 병법에 통달하였다고 하더라도 성의 방비를 그처럼 약관의 말 한마디에 맡긴다는 것은 무모한 일이라고 반대하는 자도 있었다.

그러나 마준은 강유에게 깊이 감탄하고 있었다.

"만일 강유의 관찰이 틀렸다고 해도 그것이 우리에게 큰 손실을 가져오진 않을 것이다. 그의 헌책을 쓰기로 하자!"

그날 한낮이 지나 남안성으로 떠나간다고 말을 퍼뜨리고 나서 출전하였다.

거의 3, 40리 밖에까지 나아갔다.

한편 공명의 명을 받고 천수산 뒤에 숨어 있던 조운의 5천 기는 마준이 떠나갔음을 알고 전군에 명령했다.

"성 안은 빈 집이나 마찬가지다. 한 합에 성루에다 촉한 깃발을 꽂으라!"

그러자 갑자기 주위를 뒤흔드는 듯한 웃음소리가 들려왔다.

"아직 성 안에는 병력이 남아 있다. 비었다고 생각한 것이 잘못이구나!"

조운은 당황하여 전군을 격려했다.

조운이 흘끗 돌아서 보니 벌써 따라오는 군졸이 없었다. 산 위에서 함성이 일어나면서 돌과 아름드리 나무들이 비오듯 쏟아져 내렸다.

"적이다!"

그러나 숨을 돌이킬 사이도 없었다. 둥 하는 금고 소리와 아울러 적군이 한 옆에서 기습해 왔다.

두려움을 모르는 조운도 낭패하여 고함쳤다.

"서쪽 골짜기가 넓다. 서쪽으로 빠져라!"

그러나 이때 성 중에서 화살이 비오듯이 쏟아졌다. 그 자리에 쓰러지는 우군 수효는 헤아릴 수도 없이 많았다.

"늙은 촉장은 달아나지 마라. 천수의 강유가 여기 있다!"

외치며 뒤쫓아오는 장수가 있어서 조운은 흘끗 돌아봤다.

장수는 보기에도 그림같이 이목구비가 청수한 어린 장부였다.

"죽이기엔 가엾다만 죽고 싶다면 원대로 해주마!"

조운은 한 합에 죽이려 했다.

그러나 젊은이의 창 쓰는 법이 예사로운 솜씨가 아니었다. 불을 뿜듯 무려 40여 합을 싸웠으나 승부가 나지 않았다.

노장 조운은 어떤 생각을 하였는지 급히 말을 돌려 달아났다.

계책을 해놓고 성을 나온 마준은 성 밖 30리까지 와서 뒤돌아보았다.

뒤에서 불길이 일어남을 보자 마준은 급히 전군을 휘몰아 돌아섰다.

이미 강유의 전략에 빠진 조운군은 간신히 혈로를 열어 평지에서 빠져나왔다.

이때 되돌아오던 마준의 정예부대를 만나 여지없이 참패를 당하였다.

마침 서촉 유격군 고상(高翔)과 장익(張翼)이 달려들어 겨우 혈로를 열어 주었기 때문에 조운은 패잔병을 수습하였다.

"실패하였습니다."

공명을 보자 조운은 허리를 굽혀 솔직이 시인했다.

"어떤 자가 나의 계책을 알아냈을까?"

공명은 뜻밖이라는 듯한 표정을 지었다. 그리고 적의 젊은 장수 강유라는 말을 들었다.

"강유란 대체 어떤 자일까?"

공명이 놀란 얼굴로 나직이 물었다.

마침 강유와 동향인 자가 있어서 자세히 전해 주었다.

"강유는 그 어머니에 대하여 효성이 지극합니다. 또 지혜와 용맹이 있고 글을 좋아하며, 무술에 뛰어나고 거만하지가 않습니다. 향당 사람이 믿어 주고 노인을 존경하는 소년 장수입니다."

"소년? 아무렴 동자는 아닐 테지. 몇 살이나 되었는가?"

"아직 스무 살 안팎일 것입니다."

조운도 그 말에 덧붙였다.

"그렇소. 스무 살 정도로 보였소이다. 몸집도 작고 가냘픈 장수였소. 내 나이 칠십이 되어도 오늘까지 강유와 같은 창의 명수는 처음 보았소!"

"천수군은 내 손 안에 든 것으로 알았으나 예측과는 다르군. 그러한 영웅지재가 이 시골에 있었단 말인가!"

공명은 은근히 감탄했다.

다음날 공명은 전군을 수습하여 다시 천수성으로 육박해 갔다.

파놓은 호를 건너 성벽에 가까이 다가 가서 총돌격을 하기 시작하였다.

그러나 성 안은 고요하고 적은 항전해 오지 않았다. 이미 촉군은 성벽 일각을 점령한 것처럼 보였다.

그 순간 주위를 뒤흔드는 폭음이 울려왔다. 드디어 사방에서 돌과 화살이 비오듯 쏟아졌다.

호 근방에 있는 서촉군 위에 큰 돌과 아름드리 나무가 쏟아져 내렸다.

낮 동안 서촉군의 죽은 수효는 이루 헤아릴 수 없었다.

또한 밤이 되자 사방팔방에서 불길이 하늘을 찌르고 올랐다. 함성과 금고 소리가 앞뒤에서 일어났다. 또 패를 맞춰 성 안에서도 벌 떼처럼 일어났다.

그야말로 불 속에 에워싸인 것 같았다.

"하는 수 없다. 유감스럽게도 아군은 지쳤고 그들의 사기는 충천하니, 내일 다시 공격을 할 수밖에 없다!"

공명도 총퇴각을 하지 않을 수 없었다.

공명 자신도 수레를 급히 뒤로 몰았다. 그러나 때는 이미 늦었던 것이다.

하늘을 찌르는 불기둥은 빠져나올수록 앞을 가로막았다. 적군이 매복하고 있는 것을 그때서야 알았다.

적의 대병력의 태반이 성 밖에 있었다.

퇴각을 하려던 촉군은 한 합에 무너지고 말았다. 적은 철통같이 포위하여 닥치는 대로 죽였다. 또 사로잡히는 수효도 이루 헤일 수 없었다.

공명 자신의 수레도 연기에 에워싸여 갈 바를 모르고 있을 때 관흥과 장포가 뛰어들어 휘몰려드는 적을 무찌르고 간신히 혈로를 열었다.

그런데다 밤이 되자 어둠 속에서 적의 불빛은 꺼지지 않고 더욱 힘차게 퍼져 오르고 있을 뿐이었다.

"어떤 자의 진영인가 보고 오너라."

공명이 명하여 관흥이 달려갔다. 돌아온 관흥이 보고했다.

"강유의 일군입니다."

멀리서 불이 퍼져 오르는 포진을 바라보고 있던 공명은 긴 한숨을 쉬었다.

"글쎄 예사 포진이 아니라고 생각했어. 대군이 움직이는 것같이 보이지만 그리 많은 수효가 아니구나. 다만 대장의 전략으로 그처럼 보일 뿐이다."

좌우를 바라보며 말하는 사이에 벌써 불빛은 둘레를 지어 가까

이 왔다.

또 뒤에서는 갑자기 화살이 쏟아져 왔다.

"싸우지 마라. 빨리 퇴각하라!"

공명도 달아나 겨우 적의 포위망을 벗어났다.

멀리 퇴각하여 군졸을 뒤돌아보니 뜻밖에도 그 수효가 줄어들었다는 것을 공명은 비로소 알았다.

싸우면 반드시 승리하던 공명도 이 싸움에서 처음으로 패전을 당했다.

공명은 자신을 책하듯이 지그시 입술을 깨물었다.

'생각하면 한낱 어린 강유 따위를 이기지 못하는 사람이 어찌 위국을 멸할 수 있을까.'

공명은 깊은 생각에 잠겼다.

공명은 갑자기 군졸 가운데에서 안정군 출신을 불렀다.

"강유는 효성이 지극한 사람이라고 들었는데 그 어머니가 지금 어디 있는가?"

"지금도 기성(冀城)에 있습니다."

"그래? 그리고 또 천수군의 금은 전량을 저장해 둔 곳은 어딘가?"

"분명히 상규성에 있으리라고 생각합니다."

공명은 생각한 바 있는 것 같았다.

위연의 일군을 기성으로 보내고 따로 조운에게 명하여 상규를 공략케 하였다.

이 소식이 천수 성 중에 들어가자 강유는 슬퍼하며 마준에게 엎드려 청했다.

"제 어머님이 기성에 남아 계십니다. 만일 적의 손에 잡힌다면 자식으로서의 도리에 어긋나는 것입니다. 일면 기성의 위급을 구하며, 어머님의 신변을 지키려 하오니 저에게 잠시 3천 기만 맡겨 주십시오."

마준은 쾌히 응낙하였다.

강유가 3천 기를 이끌고 급히 기성으로 가는 도중이었다. 위연의 일군과 맞부딪쳤다.

위연은 거짓 패하여 달아났다.

단숨에 기성에 들어간 강유는 어머니를 모시고 현성(縣城)에 들어가 지키고 있었다.

이때 조운은 상규의 현성을 향하였으나 천수에서 양건의 일군이 구원을 왔기 때문이 역시 거짓 패하여 성 안으로 들어가게 되었다. 이러한 예비작전은 공명의 군령으로 이루어졌음은 물론이었다.

이러한 다음 공명은 남안에다 사자를 보내어 먼저 사로잡은 위국 부마 하후무를 함께 보냈다.

"부마 하후무는 목숨이 아까운가?"

공명이 묻자 본디 궁중에서 사치스럽게 자라난 하후무는 그 아버지 하후연과는 달라서 눈물을 뚝뚝 흘리며 절을 했다.

"승상의 자비로써 둘도 없는 목숨을 살려 주신다면, 그 대은은 잊지 않겠습니다."

"실은 지금 기성에 있는 강유한테서 서한이 왔다. 하후무를 살려 보내면 자기도 서촉에 항복한다고 했다. 그래서 지금 그대를 석방하는데 속히 기성에 가서 강유를 데리고 오겠는가?"

"놓아만 주신다면 곧 다녀오겠습니다."

이리하여 공명은 하후무를 후히 대접하여 말까지 한 필 주어서 놓아 보냈다.

하후무는 조롱에 갇혔던 새가 놓여난 때처럼 급히 단기를 몰아

갔다. 그는 도중에서 많은 피난민을 만났다. 하후무는 말을 멈추고 피난민 한 사람에게 물었다.

"너희들은 어디 백성이냐?"

"기성 백성이올시다."

"어찌하여 피난하는가?"

"기성을 지키고 있던 강유는 서촉에 항복해 버리고, 위연의 군졸이 마을마다 불을 지르고 약탈하며, 횡포를 부려 그 땅에 있고 싶지가 않습니다."

본디 하후무는 떠나올 때부터 서촉에 항복할 생각은 추호도 없었다.

석방해 주는 것을 다행으로 생각하여 위국으로 달아날 마음뿐이었다.

'아, 그러면 강유도 이미 서촉에 항복하였는가. 그러면 기성에 가도 소용없겠구나!'

하후무는 급히 말을 돌려 천수성을 향하여 달아났다. 그 도중에서도 많은 피난민을 만났다.

그들에게 물어 보아도 한결같이 강유의 항복과 촉군의 난폭한 약탈을 말할 뿐이었다.

"강유의 변심이 틀림없구나!"

하후무는 확실히 믿고 천수성으로 달아났.

드디어 성 밑에 이르러 고함을 질렀다.

"나는 부마 하후무다. 빨리 성문을 열어라!"

태수 마준은 깜짝 놀라 하후무를 맞아들였다. 그리고 무사히 돌아온 까닭을 묻자 하후무는 자세히 말했다.

"그러니까 죽일 놈은 강유다. 그의 변심이 틀림없어!"

분을 참지 못하며 말했다.

그러자 곁에 있던 양서(梁緖)가 머리를 흔들며 그의 말을 믿지 않았다.

"지금 강유가 적에게 항복하였다는 말은 곧이들리지 않습니다. 잘못 전해진 말일 것입니다."

그러나 밤이 되자 촉군이 사방팔방을 에워싸고 불을 지르기 시작했다.

그 가운데에서 한 젊은 장수가 앞으로 나서더니 큰 소리로 부르짖었다.

"성 안에 있는 사람들은 들어라! 이 강유는 하후무 부마의 목숨을 구하기 위하여 몸을 서촉에 팔았다. 그대들도 쓸데없이 죽음을 당하지 말고 서촉에 항복하라!"

마준과 하후무가 성루에서 바라보니 그 갑옷이나 말과 나이를 보아 강유에 틀림없으나, 어딘지 말투가 의심스러웠다.

"성루에 있는 것이 하후무 부마가 아닌가? 그대가 나에게 서한을 주기를 서촉에 항복하여 그대의 목숨이 구해지기를 재삼 청하지 않았던가? 그리하여 이 강유는 서촉에 몸을 던졌는데 그대만이 먼저 성에 돌아왔단 말인가? 그렇다면 그 원한을 이 화살로 갚으리라!"

강유는 공격을 했다.

날이 밝자 군졸을 수습해 가지고 강유는 퇴각해 버렸다.

물론 이것은 진짜 강유가 아니었다.

나이와 모습이 비슷한 자를 뽑아 공명이 꾸며 보낸 가짜 강유였다.

그러나 밤인데다 호를 건너 멀리 보이는 이 거짓 강유를 마준이나 하후무는 분간할 도리가 없었던 것이다.

다만 커다란 의문을 강유에게 품었을 뿐이었다.

이때 진짜 강유는 기성에 틀어박혀 서촉군에게 포위되어 있는 형편이었다.

다만 그로서 뼈아프게 느끼는 일은 사위가 급한 데다 전량을 반입해 들일 길이 차단되어 있는 일이었다.

성 안에 남은 군량미는 열흘이 못 가서 떨어질 위기에 처해 있었다.

그런데 성 중에서 바라보자 매일같이 많은 수레가 식량을 만재하고 서촉군의 호위를 받으며 북쪽으로 빠져나가는 것이었다.

'더 이상 앉아 있을 순 없다. 저것을 기습해서 뺏지 않으면 기성은 적의 수중에 들어가고 말 것이다.'

이렇게 생각한 강유는 성 밖으로 나왔다.

이것이야말로 공명의 계책에 떨어지는 순간이었다.

왕평·위연·장익 등의 서촉 복병으로 말미암아 강유는 두번 다시 성으로 돌아갈 수 없었다. 따라서 강유가 이끈 군졸은 눈앞에서 마구 쓰러져 겨우 수십여 기가 남았다.

그것마저도 장포의 일군을 돌파하여 빠져나올 때 태반이 전사하고 말았다.

강유는 단기로 혈로를 열어 천수성을 향하여 달아났다.

"나는 기성의 강유요. 뜻하지 않게 기성은 떨어졌소. 성문을 열어 주시오!"

성문 아래에서 말하자 성루에서 바라보던 마준이 꾸짖었다.

"무엇이 어째! 네 등뒤에는 서촉의 군세가 보이지 않는가. 거짓으로 성문을 열게 하여 촉군을 이끌어 넣을 심산인가? 에잇! 배신자가 무슨 낯으로 이곳에 왔는가?"

강유는 하늘을 우러러 긴 숨을 내뿜었다. 그리고 그동안의 일을 여러 가지로 말하였으나 마준은 더욱 노기를 띠어 꾸짖었다.
"어젯밤엔 이곳에 와서 옛 주인에게 화살을 쏘고, 아침에 와서는 구설로 속이려 하다니…. 저 반역자를 쏘아라!"
노궁대에 명령했다.
'이것이 어찌된 영문인가?'
강유는 의심쩍게 생각하며 쏟아져 오는 화살을 피하여 장안 방면을 향하여 달아났다. 따르는 군졸이 없고 성도 없고, 집 없는 새와 비슷한 강유였다.
오직 단기로 장안을 향해 수십 리를 달려왔을 때였다. 한 떼의 군마가 쫙 퍼지며 길을 막아서는 것이 보였다. 촉군 장수 관흥의 일군이었다.
"아, 이곳에도 적이 침투했는가?"
강유의 몸은 지칠 대로 지쳐 있었다. 단기로는 싸울 수도 없는 일이었다.
강유가 비통함에 싸여 길을 돌려 달아나려 할 때에 숲 속에서 일군이 혜성같이 나타났다.
"강유! 어디로 가려고 하는가?"
함성을 지르며 강유를 사방에서 에워쌌다.
강유가 당황하여 어쩔 줄 모르고 있을 때였다. 깃발을 헤치며 네 수레가 바람같이 앞으로 나왔다.
수레 위에 앉은 공명이 백우선을 잡고 강유를 불렀다.
"강유, 강유… 어찌하여 항복하지 않는가? 죽음은 쉽고 삶은 어려워. 이제까지 충성을 다했다면 장수로서의 명예는 결코 욕된 것이 아닐세!"
강유는 그 순간 눈이 휘둥그래졌다.
공명의 뒤에는 기성에 남겨 놓고 온 어머니가 수레 위에 앉아 있고, 여러 장수들에게 호위되어 있었다.

뒤에는 또 관흥의 일군이 있었고 앞에는 대군이 가로막고 있었다. 또한 적에게 포로가 된 어머니의 모습을 바라볼 때 강유는 가슴이 꽉 막힘을 느꼈다.

강유는 말 위에서 내리자 땅에 엎드려 모든 일을 하늘에 맡기리라 마음먹었다.

그러자 공명은 얼른 수레 위에서 내려 강유의 손을 부드럽게 잡고 그 어머니 곁으로 가까이 이끌고 갔다. 그리고 모자를 앞에 놓고 조용히 입을 열었다.

"내가 융중(隆中)의 초려를 나온 이래로 천하의 현재를 마음 속으로 찾았는데, 그것은 모름지기 내가 깨달은 병법을 그 누구에게 전해 주어 어지러운 난세를 바로잡으려는 생각에서였다. 그러던 중 지금 그대를 만나 이 공명의 평소 생각한 바가 이루어진 듯하여 실로 기쁘네. 오늘 이후 내 곁에서 서촉에 충성을 기울일 수는 없겠는가? 그러면 이 공명도 보답하여 축복을 그대에게 부어줄 것이니라."

모자는 부여안고 뜨거운 눈물을 흘렸다.

강유는 이날 이후로 공명을 스승으로 모시고 서촉에 몸을 맡기었다.

강유를 데리고 본진에 돌아가자 공명은 새로이 강유를 청해서 예를 후히 하여 물었다.

"천수와 상규 두 성을 함락시키는 방법은 어찌하면 될까?"

강유는 서슴지 않고 대답했다.

"화살을 쏘면 족히 떨어질 것입니다."

공명은 웃으며 곁에 놓여 있는 화살 하나를 집어 주었다.

강유는 필묵을 청하여 두 통의 서한을 써서 접었다.

그의 벗인 양서와 윤상(尹賞)에게 보내는 서한이었다. 강유는 이것을 화살에다 매어 천수성 안에다 쏘았다.

성을 지키는 군졸이 화살을 집어 마준에게 보였다. 마준은 서한 내용을 보자 흠칫 놀라서 하후무에게 내밀었다.

"이와 같이 성내의 윤상과 양서는 강유와 내통하고 있습니다. 어떻게 처치할까요?"

"그렇다면 큰일이구나. 사전에 안 것이 다행이다. 두 놈의 목을 자르라!"

곧 사자를 윤상에게 보냈다.

그러나 윤상을 흠모하는 자가 있어서 사전에 이 일을 윤상에게 알려 주었다.

윤상은 깜짝 놀라 그 즉시 친구인 양서를 찾아가 유혹했다.

"앉아서 죽음을 당하느니 차라리 성문을 열어 공명에게 몸을 의탁함이 어떠할까?"

이미 마준의 명을 받은 군졸들이 에워싸기 시작하자 두 사람은 뒤로 빠져 성문을 열고 깃발을 흔들었다. 기다리고 있었던 촉군의 정예부대는 벼락치듯 성 안으로 몰려들어왔다.

이리하여 하후무와 마준은 어찌할 바를 모르고 있는 1백여 명 군졸을 이끌고 멀리 북방 오랑캐가 있는 국경까지 달아났다.

상규의 수장은 양서의 아우 양건이었다.

양건도 드디어 형에게 설복되어 촉군에 몸을 맡겼다. 이에 상규도 평정되었다. 공명은 다시금 군용을 개편하여 장안을 진격하기로 하였다.

이에 앞서 항장 양서를 천수성에 두고 윤상을 기성에, 양건을 상규성에 각각 수장으로 임명하였다.

"어찌하여 하후무를 추격하지 않습니까?"

여러 장수가 말하자 공명은 조용히 대답했다.

"하후무 같은 위인은 한 마리의 기러기에 지나지 않아. 강유를 얻은 것은 봉황을 얻은 거나 다름없지. 1천 기를 얻기는 쉬워도 한 장수를 얻기는 어려운 법이다. 지금 기러기를 따라갈 만큼 한가하지가 않다."

공명은 여러 장수들을 바라보다가 강유에게 시선을 멈췄다.

기산 대전(祁山大戰)

때는 위국의 대화(大化) 원년이었다.

하후무가 패전하였다는 소식은 위국의 조야를 슬픔에 빠뜨렸다. 대신들의 회의에서 국방총사령의 대임을 위제 조예의 종족인 조진(曹眞)에게 명하였으나 조진은 극구 사양했다.

"소신은 재주가 없고 또한 이미 늙어서 도저히 이 대임에 적당하지 않다고 보옵니다."

그러나 위제 조예는 듣지 않았다.

"무슨 말씀이오. 일국의 종형(宗兄), 또한 선제로부터 고자를 부탁한다는 유조를 친히 받으신 어른이 아니십니까? 하후무가 이미 패전하고 나라의 난세가 절박한 이때 조형께서 그렇게 말씀하신다면 어느 누가 갈 것입니까?"

왕랑도 덧붙여 권했다.

"장군께선 사직의 중신입니다. 사퇴할 시기가 아닌 줄 아옵니다. 만일 장군께서 나아가신다면, 저도 비재를 돌아보지 않고 모시고 가서 목숨을 아끼지 않고 적을 막겠습니다."

왕랑의 말에 조진도 드디어 떠나가기로 결심하였다. 부장에는 곽회를 임명하였다.

조진을 대도독으로 삼고, 왕랑을 군사(軍師)로 임명하였다. 왕랑은 헌제 때부터의 사람으로 이미 그의 나이 76세였다.

장안을 떠나는 위군의 군세는 20여만 명이었다.

이날 기치 창검은 하늘을 뒤덮었다. 선봉의 선무장군(宣武將軍) 조준(曹遵)은 조진의 아우였다. 부선봉에는 주찬(朱讚)이 따르고 있었다. 대군은 장안에 이르러 위수 서쪽에다 포진하였다.

왕랑이 조진을 보고 말했다.

"생각하는 바가 있습니다. 대도독께선 내일 아침 크게 진을 펴서 정기(旌旗) 아래에서 위엄을 떨치시고 제가 결행하는 것을 보십시오."

"군사는 무엇을 하려고 하오?"

"백지올시다. 아무 계책도 없습니다. 다만 한마디로 공명을 설복하여 그의 양심으로 위국에 항복하도록 해 보이겠습니다."

나이 여든에 가까운 노장수는 어떤 자신만의 확신을 가지고 있는 것인지 호기롭게 말했다.

다음날 아침이었다. 양군은 기산 앞에다 포진을 쳤다.

산과 들에는 이른 봄기운으로 물들어 있었다. 햇볕이 빛나는 가운데에 정기와 갑옷이 눈을 부시게 하였다. 천하에 장관이라 할 만한 대진이기도 하였다.

세 번째 금고 소리가 울렸다.

이것은 개전에 앞서 다시 한번 의논하자는 신호였다.

"음! 과연 장엄한 웅장한 군세다. 앞서 하후무 때와는 비교가 되지 않는구나!"

 공명은 수레 위에서 물끄러미 바라보고 있었다.

 그리고 문기(門旗)가 열리자 수레는 관흥과 장포에게 호위되어 중군을 벗어나 진두에 나섰다.

 "약속에 의해 한의 제갈 승상이 이곳에 임하였다. 왕랑은 빨리 나오너라!"

 적진을 향하여 공명이 소리쳤다.

 위국의 문기도 움직였다. 흑갑금수(黑甲錦袖)를 입은 백발 노인이 천천히 말을 몰아 나왔다.

 그가 바로 76세의 군사 왕랑이었다.

 "공명, 나의 말을 들거라!"

 "왕랑은 용케 아직도 살아 있었군. 그래 무슨 말인가?"

 "옛날 양양(襄陽)의 명사들이 모두 그대의 말을 했다. 그대는 도리를 아는 사람이오, 또한 천명이 무엇인가를 아는 사람이라고 들었다. 그럼에도 불구하고 괭이로 밭을 갈던 한낱 백면 서생이 어쩌다 시류에 올랐다 하여 이렇게 함부로 전쟁을 일으키는 것은 무슨 연유인가?"

 "어찌하여 싸움을 일으킨다고 함부로 말한단 말인가? 나로 말하면 칙명을 받고, 천하의 역적을 토벌하는 일이다. 같은 한나라 신하로서 어찌하여 백성을 괴롭히고 있는가!"

 "하하하… 여봐라! 공명은 듣거라. 그대는 한의 대죄를 암시해서 하는 말이나 천수는 변하는 것이고, 그것은 덕인에게 돌아가는 법이다. 환제와 영제 때는 사해가 혼란하여 군웅들이 모두 패왕을 참칭했다. 오직 태조 무제(조조)만이 백성을 건지고, 육합(六合)을 밝게 하였으며 팔황(八荒)을 방석처럼 말아서 드디어는 대위국을 세웠다. 사위의 백성들이 그 덕을 흠모하여 오늘에 이르기까지 권세로 다스리지 않고 오직 덕으로 천명을 받든 것이나 다름없다. 그러나 그대의 주군 현덕은 어찌하였는가?"

왕랑은 대위국의 치적부터 밝혔다.

본래 왕랑은 박학다식한 인물이었다. 그래서 대유풍의 사람이라 불리웠으며, 무략을 겸비한 대위국의 큰 인물로 천하에 알려졌다.

지금 싸움에 앞서서 그 자부하는 변설로 대논전으로 공명에게 도전한 것이었다.

왕랑의 말뜻은 위국의 정의였다.

또한 위국을 창건한 태조 조조와 촉한의 현덕을 비교하여 그 옳음과 반역을 논하여 조조가 천하 만방 위에 오른 것은 요(堯)가 순(舜)에게 나라를 들어 양위한 것과 마찬가지라는 것이었다. 이것은 하늘의 뜻을 받들어 한 것이나, 현덕은 한조의 후예라는 계통을 근거로 꾀와 위선으로 서촉 한구석을 빼앗아 오늘에 이른 것이 아니냐는 반론이었다.

왕랑은 다시 현덕의 유조를 받고 오늘에 이른 공명에게도 말을 돌렸다.

"그대 공명도 또한 현덕의 위선에 눈이 어두워 세상 사람들의 웃음거리가 되고 있다. 서촉의 고아 후주가 큰 인물이라고 생각한다면 어찌하여 이윤(伊尹)이나 주공(周公)을 본받아 그분 스스로 옳지 못함을 뉘우치고, 덕과 공을 쌓아 치세를 하지 못하는가? 그대가 고아를 지키는 충절을 설령 가상타고 하자. 그러나 무력을 써서 침략을 일삼아 대위국을 치려는 생각을 하는 한 구할 수 없는 호란(胡亂) 적자(賊子)를 면치 못할 것이다. 그건 서촉의 쌀을 먹고 서촉을 망하게 하는 짓이 아니고 무엇인가? 옛 사람들이 말하기를 천리를 따르는 자는 번창하고 거역하면 망한다고 했다. 지금 대위국을 말하면, 웅사 1백만, 천하 장수만 1천만이다. 이에 맞선다는 것은 태산을 향하여 달걀을 던지는 거나 다를 바 없다."

왕랑은 잠깐 말을 멈추었다가 계속하였다.

"그대 듣거라! 봉후의 위에 올라 촉나라 주인의 안태를 빈다면 빨리 나와서 항복하라! 만일 그렇지 않으면 하늘이 벌하여 촉병 한 명도 살아서는 돌아가지 못할 것이다. 그 죄상은 그대의 이름으로 받을 것이다."

왕랑의 위풍은 당당하였다. 또한 위국이 싸우는 명분을 정당하게 밝혔다.

적과 우군은 숨을 죽여 왕랑의 말을 듣고 있었다. 촉군의 기색도 왕랑의 말에 공감하고 있는 눈치였다.

뜻있는 서촉 장수들은 마음 속으로 크게 걱정하였다.

적의 변론으로 서촉 3군이 왕랑의 말을 곧이듣는다면 이 싸움은 패할 것이라 생각했기 때문이었다.

공명이 무엇이라고 대답하나 하고 곁에 있던 마속 같은 사람은 수심에 찬 표정으로 공명을 흘끗 바라보았다.

그러나 공명은 아무 대답도 하지 않았다. 공명은 산처럼 고요한 자세를 하고 있을 뿐이었다. 그리고 웃음을 띠고 왕랑을 찬찬히 바라보았다.

이때 마속은 속으로 생각했다. 옛날 계포(季布)라는 변설이 뛰어난 영웅이 한의 고조를 진두에서 논파하여 드디어는 그 병력을 섬멸시킨 예가 있었다.

왕랑이 노린 것이 그것이라고 느끼자 마속은 당황하기까지 하였다. 바로 이때 공명이 조용히 입을 열었다.

"왕랑! 그대의 말은 매우 훌륭하다. 그러나 그대의 말에는 자가당착이 있다. 왕랑, 듣거라! 그대는 한의 옛 신하로 위에 붙어서 노구를 끌며 살아가고 있다 해도, 그 어느 한구석엔 양심이 남아 있을 줄 믿었다. 그러나 심신이 모두 썩어서 지금과 같은 대역하는 말을 함부로 지껄일 줄은 몰랐다. 왕랑! 슬프도다. 장년 때의 영제도 위에 기식하면 그리 되는가? 돌아보건대 옛날 환제와 영제께선 매우 미약하셨다. 그렇기 때문에 한의 정통이 문란하여 간신은 불고, 연년 흉작이 들어 여러 주가 소란하여 드디어는 난세가 되었다. 그후 동탁이 나와 일시 진압되었다 하였으나, 다스릴 도리가 없이 난이 사방에서 일어나 헌제를 민간으로 유랑하게끔 괴롭히지 않았는가?"

공명은 잠깐 말을 끊었다.

이어 솟아오르는 감정을 억눌러 태연한 기색을 지으려는 마음에서였다. 공명은 옷소매를 바로 하고, 백우선을 무릎 위에다 올려놓고 나서 다시 말을 이었다.

"그후의 말세를 보라. 사직은 폐허가 되고, 만민의 생명은 도탄에 빠져 있고, 그 정경을 보고 참으로 통탄하는 사람들은 들에 파묻혀… 왕랑은 귀를 씻고 듣거라! 그때 나는 양양 교외에 은거하여 때가 올 것을 믿으며 묵묵히 책을 읽고 밭을 갈았음은 아까 그대가 말한 바와 같다. 그러나 당시의 사람들이 몰래 절치부심하여 당시의 조신과 위정자의 타락과 부패함에 원한을 품고 있었다. 내 벌써 그대를 알고 있었다. 그대는 동해 해변 태생으로 대대로 한조의 홍은을 입었고, 또한 그대가 효렴(孝廉)의 눈에 들어서 조정에 나가게 되어 다시금 홍은을 입어 겨우 사람의 구실을 하였다. 그후 헌제께서 사방으로 유랑하시는 가운데에도 나라를 바로잡고 간신을 물리쳐서 사해안민을 피하려, 시류에 편

승하여 권력을 잡은 자의 앞잡이로, 현명한 이론을 지껄였고 옳지 못한 글을 작성하여 도둑이 대권을 잡는 데의 그릇으로 쓰이지 않았던가? 그것을 팔아 영작을 받고, 좋은 집 좋은 음식을 먹으며 오늘에 이르기까지 고령을 먹은 한낱 괴물이 바로 왕랑 그대가 아닌가? 내가 촉한의 한 총수가 아닐진대, 한밭 백성의 몸으로 그대의 살을 찢어 개나 닭을 먹인다 하여도 남음이 있다. 그러나 다행히도 하늘이 이 공명으로 하여금 나아가게 한 것은 아직도 한조의 명맥이 살아 있다는 증거다. 또한 만백성의 평안을 위하여 지금 내가 용감한 촉한군과 함께 기산에 나온 것이다. 집에 틀어박혀 노욕에 차 있다 하면 용서할 바 있으나, 어찌하여 갑옷을 입고 함부로 진두에 나섰는가? 너야말로 역적이니 어서 물러가라!"

공명은 큰 소리로 일갈했다.

마지막 한마디는 가슴을 서늘하게 하였다. 공명은 참으로 한밭 백성의 위치에서 말한 것이었다. 공명의 말이 끝나자 온 촉군은 우와! 하고 공명의 말에 찬동하는 것이었다.

이에 비하여 위군 진중은 벙어리가 된 듯 서로 얼굴만 쳐다보고 있었다. 왕랑은 날카로운 공명의 말을 듣자 온몸의 피가 거꾸로 흐르는 것 같음을 느꼈다.

갑자기 가슴이 막히고 멍멍한 것 같음을 느끼며, 왕랑은 머리를 앞으로 푹 숙였다. 그리고 음 하는 소리를 내며 말 위에서 굴러 떨어졌다. 그 자리에서 기절해 버린 것이었다.

공명은 백우선을 번쩍 치켜 들면서 적의 도독 조진이 앞으로 나올 것을 소리쳐 요구했다.

"우선 왕랑의 시체를 후진에 가져가는 것이 좋을 것이다. 사람이 죽었는데도 싸움을 해서 승리를 거두려는 공명은 아니다. 내일 새로이 진을 쳐서 결전하기로 하자. 그대에게 바라노니 전군을 수습하여 내일 새로 나오너라."

공명은 수레를 돌리며 말했다.

이에 가장 힘이 되리라고 믿었던 왕랑을 잃은 조진은 싸움을 하기 전부터 낙심하고 말았다. 그러나 부도독 곽회는 오히려 격려하며 필승할 것처럼 작전을 역설하였다. 이리하여 조진도 마음을 진정하고 곽회의 말을 따르기로 하였다.

이때 공명은 장막으로 조운과 위연을 불러 군령을 내렸다.

"그대들은 군졸을 이끌고, 위군을 한 합에 쳐 없애도록 야습을 시도하라!"

그러자 위연은 공명의 얼굴을 바라보며 침통한 표정을 보였다.

"모르긴 합니다만 성공하지 못할 것입니다. 조진으로 말하면 병법에 있어선 어느 정도 능통한 자니까 진중에서 초상이 난 것을 빙자하여, 반드시 촉군이 야습해 올 것이라는 작전을 알고 있을 것입니다."

그러나 공명은 웃음을 띠고 훈계하듯 말하였다.

"나는 조진이 이쪽에서 우리가 야습할 것이라고 알고 있어 주기를 오히려 바라고 있네. 나도 지금 생각하고 있어. 조진은 지금 기산 뒤에다 복병을 두고, 서촉군이 야습하기를 기다려 그 허실을 엿보아 서촉의 본진을 급히 쳐들어와 한 합에 무찌르려고 할 것이 틀림없네. 그것을 알고 있기 때문에 그대들을 일부러 떠나보내는 것이야. 그러나 도중에서 어떤 이변이 생길 경우에는 내가 시키는 대로만 하면 될 것이야."

공명은 위연에게 무어라고 지시했다.

뒤이어 관흥과 장포에게 각각 일군을 주어 기산 험지로 떠나게 했다. 또한 마대·왕평·장의 세 장군에게 따로 일계를 맡겨서 본진 부근에 매복케 하였다.

이러한 계책을 쓰고 있다는 것을 모르고 있는 위군은 대장 조준과 주찬에게 2만여 기를 주어 기산 뒤에 매복시키고 촉군의 동정만을 엿보고 있었다.

그러자 첩보대가 뛰어들며 말했다.

"관흥과 장포의 군졸이 촉진을 나와 야습을 해왔습니다."

이에 조준 등은 적이 계책한 바와 다름없이 뛰어든 것이라고 생각하며 기뻐하였다. 그리고 적은 이미 손아귀에 든 것이나 다름없다고 생각하여, 기산 뒤에 숨었던 군졸을 이끌고 멀리 돌아서 서촉의 본진을 습격하였다.

말하자면 적의 뒤를 돌아 그 허실을 찌르려고 한 것이었다. 그러자 공명은 이미 적이 그렇게 믿고 오리라 생각하여 만반의 준비를 갖추고 있었던 것이다.

여세를 몰아 위군은 서촉 본진을 향해 돌진했다. 그러나 문은 열려 있고 바람만 스칠 뿐 한 사람의 적도 보이지 않는 것이었다. 뿐만 아니라 도처에다 벌여놓은 마른 섶에서 불꽃이 튀는가 하였더니, 어느새 하늘을 찌르고 타오르는 것이었다.

이 광경을 보자 주찬과 조준이 이렇게 외쳤다.

"적의 계책에 빠진 모양이다. 빨리 퇴각하라!"

그러나 어찌된 영문인지 위군 군졸들은 조금도 움직이지 않고 오히려 불 가까이에 가서 웅성거리고 있는 것이었다.

위병의 뒤에는 이르는 곳마다 촉군이 에워싸서 퇴로를 막고 있기 때문이었다. 촉군 장수 마대와 왕평의 군졸들과 야습을 간 줄만 알았던 장의와 장익의 군졸이 갑자기 되돌아서 후방을 끊어 위군 전부를 포위하여 독 안에 든 쥐로 만들었던 것이었다. 이리하여 조준과 주찬의 군졸들은 눈앞에서 창칼에 찔려 죽고, 불에 타 죽은 수효가 이루 헤아릴 수 없었다.

두 장수는 겨우 수십 기를 이끌고 혈로를 열고 달아났다.

그러나 도중에 조운의 일군이 길을 가로막아 거의 섬멸당했다. 이리하여 위군은 싸움을 시작하자마자 전군이 무너져 대도독 조진은 남은 군졸을 수습하여 멀리 달아났다. 그리고 일진일퇴의 승산을 노리고자 군졸을 수습하여 다음날을 기다렸다.

공명의 배후에 제2 전선을

조진이 기산에서 대패하였다는 소식은 벌써 멀리 위국 조정에까지 들어왔다.

위제 조예는 소스라치게 놀랐다. 공명의 군세가 그처럼 강력하리라고 생각지 못하였던 것이었다. 조예는 급히 사자를 서강(西羌) 국왕인 철리길(徹里吉)에게 교서를 내려 군을 움직이도록 명령하였다.

'고원(高原) 강군을 일으켜 공명의 배후를 위협하고, 서방 경계에다 제2 전선을 펴라.'

서강은 조조 때부터 교역을 시작하였으며, 위국에 공물을 바쳐 오던 서방 오랑캐였다.

그들에게 조진에게서도 같은 내용의 소식을 안고 사자가 달려왔다. 조진은 금은보화를 무상(武相) 월길(越吉) 원수와 재상 아단(雅丹)에게 선물로 주었다.

"조조 이래 은혜를 입고 있는 위국이 지금 난에 처했다. 그들의 부탁을 거절할 수는 없지 않은가?"

월길과 아단 두 중신은 국왕 철리길을 움직여 급히 서강군을 출발케 하였다.

월길과 아단은 25만 명의 대군을 이끌고 동방을 향하여 행군하였다. 서강의 고원지대를 내려오자 황하와 양자강의 상류인 맑은 물이 산과 산 사이를 소용돌이쳐 흐르고 있었다.

황하나 양자강 강물은 하류에 흘러내리면 누렇고 탁했으나 이 근방은 한없이 맑은 물이 흐르는 계곡이었다.

평화스러운 고원에서 키워진 용맹한 서강군은 무기도 오랑캐(夷)에 비할 바 아니게 갖추고 있었다. 그리하여 이미 서촉군을 한 합에 쳐 없앨 것 같은 기세로 행군해 왔다.

구라파인 터키와의 교류도 빈번하여 그 문화적인 영향을 오히려 중국 대륙보다 앞서 받아들인 서강군으로, 그들은 철로 만든 전차와 화포도 장비하고 있었다.

궁노와 창도(槍刀)도 우수할 뿐만 아니라 아라비아 혈종인 준마도 타고 있었다. 또한 군량을 운반하는 데는 낙타를 사용하였다. 그 중에는 긴 창을 끌고 가는 낙타부대마저 있었다.

낙타의 안장과 목에는 무수한 방울을 달아 그 방울 소리와 쇠로 만든 차가 굴러가는 소리는 고원에서 자란 서강 정예부대의 피를 끓게 하였다.

이리하여 서강의 대군은 이미 서촉의 국경인 서평관(西平關)으로 물밀듯 휩쓸고 왔다.

이때 위수와 기산 사이에 진을 치고 있는 공명에게 사자가 급히 달려와 보고했다.

"서부 지역의 움직임이 예사롭지가 않습니다. 급히 원군을 보내주십시오."

공명도 이 보고에 얼굴색이 변하여 깊은 생각에 잠겼다.

"누구를 보낼 것인가?"

중얼거리는 소리를 듣고 관흥과 장포 두 장수가 앞에 나섰다.

"저희들을 보내 주십시오."

일은 급하고 길은 멀었다. 더욱이 한 합에 쳐서 없애는 돌격전을 하지 않고는 서촉군이 불리할 것이 뻔하였다.

관흥과 장포는 뛰어난 젊은 장수들이다. 그러나 두 장수 다 서방 지리에는 어두웠다. 그리하여 공명은 서량주 출신인 마대를 따르게 하여 5만 군을 나누어 출정케 하였다.

5만 군은 밤낮을 가리지 않고 서쪽으로 진격하여, 드디어 서강의 대군과 대진하게 되었다.

우선 세 장수는 고지에 올라 적진을 살펴보았다.

관흥은 혀를 내두르며 마대와 장포를 향하여 말했다.

"쇠로 만든 전차대가 있군. 저것이 뭐야? 창을 땅에다 거꾸로 꽂고 그 속에 대군이 들어 있는데, 저것을 어떻게 섬멸할 것인가? 만만치 않은 강적이군 그래."

긴 한숨을 쉬었다.

"관흥답지 않은 말을 하는군!"

마대는 관흥을 비웃고는 이렇게 격려했다.

"아직 한 합도 싸워 보지 않고 적에게 사기를 잃어서야 어찌한단 말인가? 어찌됐든 내일 일단 적의 실력을 알아보세!"

그러나 다음날 싸움에서 서촉군은 여지없이 농락당하고 말았다.

그 패한 주요 원인은 무엇보다 서강군이 가지고 있는 철갑대의 위력이었다.

그 기동력 앞에는 용감무쌍한 서촉군도 어쩔 수 없었다.

기마대와 보병에 있어서는 촉군이 절대로 우세하였다.

그러나 촉군이 이길 만한 기색이 보이면 서강군의 철갑대가 나타나 사방팔방에서 화살을 비오듯 퍼붓고 이 틈을 이용해 서강군의 총수 월길이 나타나 손에 커다란 철퇴를 잡고 말을 몰아 진두 지휘를 하는 것이었다.

그리고 서강군의 노궁대는 하늘이 보이지 않도록 일제히 화살을 퍼부었다. 이리하여 서촉군은 도처에서 섬멸당하고 말았다.

이날 관흥은 적의 추격을 받아 종일 퇴로를 열고 달아나기만 하였다. 더욱 월길의 철퇴에 머리가 몇 번이나 부숴질 뻔한 곤경에 빠졌었다.

먼저 본진에 돌아온 마대와 장포는 밤이 깊도록 관흥이 돌아오지 않자 비탄에 빠졌다.

"난군 속에서 죽었나 보군!"

밤 이경이 지나서야 관흥은 단기로 온몸이 피투성이가 되어 돌아왔다.

"오늘처럼 무서운 곤경에 빠져 보기도 처음이야."

그리고는 서강군의 맹렬한 공격에 대해서 말했다.

후퇴하던 중 월길의 부하 장수들에게 포위되어 막 철퇴가 머리 위에 내려질 순간 이상하게도 공중에 아버지 운장의 모습이 보이는 것 같아서 백인력(百人力)을 내어 한쪽으로 몰려드는 적을 섬멸하고 혈로를 열었다는 말을 했다.

"우리들도 참패를 했어. 병력의 태반이 줄었어. 이 책임은 마땅히 함께 져야 할 일이다."

마대가 자책하여 말하자 장포는 분을 참지 못하여 소리 없이 눈물을 흘리고 있었다.

더욱이 내일 싸움에 있어서도 퇴세를 바로잡을 만한 계책과 자신도 없었다.

"이미 당할 수 없음을 알면서, 또 이대로 싸운다는 것은 만용에 가까울 뿐 용기가 아니다. 내가 전군을 수습해서 요해에 퇴각하여, 적을 막고 있을 테니 자네들은 급히 기산에 돌아가 승상을 만나 뵙고 계책을 가지고 돌아오시오. 그때까지는 수비를 위주로 한 달이고 두 달이고 연명해 있을 테니까."

마대가 이런 의견을 말했다.

관흥과 장포도 다른 묘책이 생각나지 않았다.

그리하여 두 장수는 밤을 헤아리지 않고 기산을 향하여 급히 말을 몰아갔다.

기산 첫 싸움에서는 서촉군에게는 그야말로 축복이 있었다. 그러나 많은 병력이 서방에서 대패하였다는 말을 듣자 공명은 이마를 찌푸리며 초조해했다.

그리고 아무 말 없이 깊은 생각에 잠겨 그 밤을 지새다시피 하였다.

다음날이었다.

"지금 이 기산의 형세를 말하자면 조진이 수세에 들어갔다. 아군이 싸움의 주권을 잡고 있단 말이다. 다시 말하면 아군이 싸우지 않으면 그들도 움직이지 않을 것이다. 그러니까 여러 장수들은 내가 떠난 다음 잘 지켜라. 또한 앞질러 계책을 써서 적을 격동케 하지 마라!"

이르고는 공명 자신이 서평관으로 떠날 뜻을 말했다.

다시 3만 기를 정비하였다. 그리고 강유와 장익 두 장수와 관흥과 장포를 이끌고 그날로 길을 떠났다.

서평관에 이르자 공명은 마대의 안내를 받아 고지에 올라가 적의 진세와 지리를 살폈다. 그리고 소름이 끼친다는 적의 철갑차를 바라보자 공명은 껄껄 웃었다.

"보건대 저것은 기계력(器械力)이다. 저 정도 적은 그리 걱정할 일이 없다. 강유는 어떻게 생각하는가?"

공명은 곁에 서 있는 강유에게 물었다.

강유는 조용히 대답했다.

"적은 용맹은 하나 지략이 없습니다. 또한 기계력은 있으나 정신력은 없습니다. 승상께서 지휘하시고 아군의 힘으로 격파하지 못한다면 오히려 이상한 일인 것입니다."

공명은 자신이 생각한 바와 같다는 듯이 머리를 끄덕였다. 그리고 산을 내려오자, 여러 장수들을 불러 진중 회의를 열어 다음과 같이 말했다.

"지금 막 눈이 내리려고 바람이 일고 있다. 바야흐로 나의 계책을 쓸 때가 되었다. 강유는 일군을 이끌고 적진 가까이 갔다가 내가 홍기를 흔드는 것을 보면 급히 퇴각하라. 다른 장수들에게는 다음에 말하겠다."

이리하여 다음날 강유는 선봉으로 서강군 가까이 진군해 갔다.

이 광경을 보자 월길 원수의 중군은 철갑부대를 급히 나가게 하며 한 합에 강유의 군을 에워싸려고 하였다.

그때 서촉군 본진에서 홍기가 휘날렸다.

강유군은 급히 퇴각했다. 저만치 물러나 있다가 철갑차 부대가 가까이 오면 또 거짓 패하여 달아났다. 승승장구로 기세가 오른 서강군은 이날을 기하여 촉진을 분쇄하려고, 전선을 확대하여 전군을 휘몰아 공명의 본진에까지 육박해 왔다.

싸움이 시작된 지 얼마 후 눈이 쏟아져 내렸다.

이 지방 특유의 눈보라가 휘몰아쳤다. 강유군은 서로 앞다투어 진문 속으로 달아나기만 했다.

철갑차는 아무 거침없이 책문을 부수고 열 대, 스무 대, 서른 대, 차례로 질풍같이 열을 지어 들이닥쳤다. 그에 뒤따라 5, 6천 기의 기마대가 함성을 지르며 뛰어들었다.

그런데 책문 안에는 개미 한 마리 얼씬하지 않았다.

뿐만 아니라 바람 소리에 섞여 아름다운 소리가 들려오는 것이었다.

"가만 있거라… 깊이 들어가지 마라!"

월길은 말을 멈추고 귀를 기울이다 몸을 부르르 떨었다.

"앗, 거문고 소리다!"

여기에는 깊은 계략이 숨어 있음이 틀림없었다.

공명인가 뭔가 하는 군략에 능한 자가 새로 정예군을 이끌고 이곳에 왔다는 소식을 들었기 때문이었다. 마음을 놓지 말고 전후를 경계하라는 군령을 내렸다.

그러나 마음 속이 음울하여 퇴진을 못하고 눈보라 속에서 잠시 머뭇대고 있을 때였다.

후진에 있던 아단이 달려와 월길의 말을 듣고 크게 웃었다.

"공명은 거짓이 훌륭하다고 들었다. 다만 그것은 사람의 마음을 혹하게 하려는 장난에 가까운 지략이야. 무엇 때문에 주춤거리며 무엇을 두려워하는가? 광야에 눈이 내려 퇴각은 오히려 곤란한 거야. 철갑차를 선두로 적진 안을 휩쓸어 점령한 다음 눈을 피할 것이다. 만일 공명이 있으면 이 기회에 사로잡아라!"

아단은 서둘러 엄명을 내렸다.

월길도 이에 안심되어 철갑차가 진군하도록 군령을 내렸다.

그리고 병력을 갈라 진문 네 군데를 막고 촉군을 남김없이 섬멸하라고 명했다.

적진 안 깊숙한 곳에 나무가 숲처럼 서 있는 곳에 또 하나의 정기가 보였다. 바로 그 순간 네 바퀴수레가 남문을 빠져 허둥지둥 달아나고 있었다.

5, 6기의 장수와 군졸 1백여 명으로 호위된 소부대였다.

저것이 바로 공명이다 하고 외치며 서강군 장수들이 급히 추격하려 하였다.

"기다려라! 어째 수상쩍다!"

월길이 만류했으나 아단은 껄껄 웃으며 스스로 선봉에 나섰다.

"설령 그에게 소계가 있다한들 이 군세를 가지고 승세를 몰아 추격하면 무슨 일이 있을 것인가? 적의 총수를 눈앞에서 놓쳐 버리는 법은 예로부터 없는 법이다. 결단코 놓치지 마라!"

공명의 수레는 남문을 빠져 진영이 보이는 숲 속으로 급히 달아났다.

"빨리 사로잡아라!"

서강군 기마대와 전차, 보병들은 문을 박차고 바싹 추격했다.

이때 강유의 일군은 남쪽 책문 밖에 나타나 서강군이 공명을 추격하는 것을 방해하는 것처럼 태세를 갖추어 보였다.

"요 애송이가… 고놈부터 먼저 처치해 버려라!"

이러한 군령이 내려지자 서강군은 먼저 강유에게 덤벼들었다. 강유군은 눈보라처럼 번득여 분전했으나 수효부터가 대적이 못 되었다. 한 합에 꼬리를 빼고 달아나 버렸다.

한결 승세에 오른 서강군은 숲 사잇길을 중심으로 추격했다.

"아직 멀리는 못 갔을 거야!"

그들은 공명의 수레를 찾아 계속 뒤쫓았다.

숲 속을 휘몰아 나오자 아득히 눈에 덮인 들판이 보였다.

다만 이 언덕과 들판 사이에 허리띠 모양의 못이 있었다. 벌써 기마대와 보병의 일부는 언덕을 휩쓸고 내려 저쪽 언덕을 기어오르고 있었다.

그러나 무거운 철갑차 부대는 뒤늦게 한 대열을 지어 그곳을 건너기 시작했다.

철갑차 부대가 움푹 들어간 낮은 곳에 이르자 갑자기 눈바람과 함께 와르르 소리를 내더니 그 자취도 보이지 않았다.

"앗, 함정이다!"

그러나 때는 이미 늦었다.

뒤에서 속속 내리막을 굴러 내려오던 철갑차 부대는 걷잡을 수 없는 속도였다. 잠깐 사이에 수십 대의 철갑차가 땅 위에서 없어져 버렸다.

이 길만이 아니었다. 이르는 곳마다 똑같은 참변이 일어났다.

그제서야 그들은 깨달았다. 내리막이 지고 움푹 들어간 곳으로 보였던 곳은 모두 태고 때 큰 지진이 일어났을 때 갈라진 긴 단층이었던 것이다.

그 사이 몇 리에다 널을 깔고, 흙과 섶을 덮었던 것인데 마침 눈이 내려 그 위를 덮어 보이지 않았던 것이다.

누가 보아도 긴 단층이 있으리라고는 믿지 않았을 것이다.

뿐만 아니라 기마병과 보병 부대가 휩쓸어 넘어갔기 때문에 마음을 턱 놓고 철갑차 부대의 태반을 한꺼번에 넘겼다.

전략한 대로 들어맞았음을 보자 서촉 전군은 떠나갈 듯한 금고 소리와 아울러 사방에서 튀어나왔다.

마대군은 아단을 사로잡고 관흥은 원한에 사무친 월길 원수를 말 위에서 한 칼에 베어 버렸다.

강유·장익·장포 등의 전공이 컸음은 물론이다.

어쨌든 기동전을 주로 하여 그 힘을 뽐내고 있던 서강군은 거의 태반이 죽거나 부상을 입었다. 남은 패잔병도 모두 엎드려 항복하고 말았다.

이리하여 서강군 25만 대군은 전멸되다시피 하였다. 싸움이 끝나자 공명은 아단의 밧줄을 풀어 앞으로 끌어오라 하였다.

"아단은 듣거라! 촉한의 황제야말로 대한(大漢)의 정통이다. 나는 어칙을 받아 위를 토벌하나 서강국에 대해서는 아무런 야심이 없다. 그대들은 역적 위나라에 속은 것이다. 내 석방해 돌려보내니 서강국 왕에게 전해라."

공명은 아단을 패잔병 무리와 함께 본국으로 돌려보냈다.

그리고 급히 기산을 향하여 회군하였다.

도중에서 성도에 사자를 보냈다. 후주 유선에게 승군의 사태를 상주하기 위함이었다.

이때 커다란 기회를 놓친 것은 위수에 진을 치고 있는 조진의 대군이었다. 돌이킬 수 없는 깨달음이었다.

조진은 공명이 기산을 떠나서 서방에 갔다는 소식을 듣자 전군을 끌고 출병하였다.

그러나 그때는 이미 공명이 사방을 평정하고 서산으로 돌아왔다. 또한 기산을 지키고 있던 촉군은 공명의 지시대로 움직였기 때문에 여러 차례 위군을 파하였다.

그런데다 서방에서 돌아오는 촉군을 만나 좌우로 협공을 받아 조진은 위수에서 총퇴각하지 않을 수 없는 궁지에 빠졌다.

처음부터 조진은 그리 자신이 없는 대임을 맡았기 때문에 사뭇 마음이 슬펐다. 이제는 양책도 없고 하여 낙양에다 사자를 보내 원군과 사령(司令)만을 기다리고 있었다.

위수 조진의 진중에서는 시간마다 급히 사자가 달려왔다. 하나같이 패전을 알리는 비보뿐이었다.

위제 조예는 파랗게 질려 군신을 모았다.

"누구 이 나라를 구할 자는 없는가?"

수심에 잠겨 목소리마저 비통했다.

이때 화흠이 나서서 상주했다.

"이제는 폐하께서 수레를 몰고 위수에 납시어, 3군의 사기를 돋우는 수밖에 도리가 없을까 하옵니다. 또다시 여러 장수를 대치해 보아야 그것은 하나같이 적의 전략에 오를 뿐이옵니다."

그러나 태부(太傅) 종요는 이에 반대했다.

"적을 알고 나를 아는 때에 백전백승을 한다는 옛말이 있사옵니다. 조진은 처음부터 공명의 적수로는 부족하였사옵니다. 지금 폐하께서 친히 납신다 하여도 부족함을 보충할 만한 효과를 기하기는 어렵사옵고, 만일 다시금 패전하는 마당에는 위의 존립에 관계될 것이옵니다. 오히려 이 시기에 초야에 묻혀 있는 인재를 널리 구해 그에게 인수를 내리시어 공명을 궁지에 빠뜨리는 계책만이 있을까 하옵니다."

종요는 위국의 대원로였다. 조예는 초야에 파묻힌 대재란 누구를 말함인지 기탄 없이 천거하라고 했다.

"다른 사람이 아닌 사마의 중달이옵니다. 지난날 적의 계략에 빠져 시정의 유언비어를 믿으며 그를 추방하셨는데, 돌이켜 생각해도 애석한 일이옵니다. 듣자하니 지금 사마의는 향리인 완성(宛城)에 은거하고 있다 하옵니다. 그 대영재를 오늘이라도 부르시는 것이 옳을 줄 압니다."

그러나 조예는 회의하는 기색이었다. 늘 마음 속으로 아프게 생각하던 바였다. 지금 종요에게 지적을 당하자 더욱 조예는 울

적한 표정을 지었다.

"짐의 일대 과실이었소. 그러나 원한을 품고 향리에 돌아가 숨은 그가 명을 받들겠소?"

"아니옵니다. 칙사를 내리시면 원래 우국지정이 있는 사람이라 반드시 어명을 거역하지 않을 것입니다."

이리하여 칙사로 하여금 평서도독(平西都督)의 인수를 주고 또한 조서에 썼다. 서둘러 사마의 중달에게 전달케 하였다.

'그대 나라를 근심하여 남양 제군의 군마를 모아 날을 택하여 장안에 나오라. 그러면 짐이 또한 수레를 마련하여 장안에 맞아들여 그대와 상회하여 함께 공명을 칠 수 있을 것이네.'

이때 기산 진중에 있던 공명은 연전연승을 하고 있는 여세를 휘몰아 위국의 중핵을 칠 준비를 하고 있었다.

"이미 기운이 익어간다. 다음에는 장안을 한 합에 치고, 나아가 낙양으로 들어가자."

이럴 때 백제성 이엄이 그 아들 이풍(李豊)을 급히 보내왔다.

'그렇다면 동오가 움직이기 시작한 것이 아닐까? 범상한 일이 아니구나.'

백제성이 있는 지리를 따져 공명은 얼핏 이렇게 생각했다.

그러나 이풍을 불러들여 만나자 그러한 기색이 보이지 않았다.

"오늘은 아버님을 대신하여 경사를 전하려고 왔습니다."

"경사라니?"

"기억하고 계시겠지요. 옛날 관우 장군이 형주에서 패한 다음, 그 화근이 되었던 맹달(孟達) 말씀입니다. 서촉을 배반하고 위국에 항복한 맹달 말입니다."

"알고 있네. 그 맹달이 어찌 됐단 말이냐?"
"이러 하옵니다."
이풍은 주위를 의식해 소곤거려 알리는 것이었다.
맹달은 위국에 항복하여 한때는 조비의 신임과 총애도 받았었다. 그러나 조비가 죽은 다음 신제 조예의 대에 와서는 돌아보지 않았다.
더욱 요즘 어떤 모함을 받아 가볍게 취급되고 있었다. 또한 전에 촉신이었던 관계로 의심을 받아 그다지 마음이 편안치가 않았다. 그의 부하 군졸들도 기산에 공명이 나와 연승을 한다는 소식을 듣고 촉한의 고향 산천을 그리고 있다는 것이었다.

이리하여 맹달은 그러한 자신의 심경과 주위 환경을 서한으로 엮어서 제갈 승상께 올려 달라는 부탁을 이엄에게 전해 왔다는 것이었다.
"그래서 아버님이 한번 몰래 맹달을 만났습니다. 지금까지 생각으론 위의 오로 대군을 일으켜 서촉을 진격할 심산이었다 합니다. 그것을 승상께서 이미 알고 계실 것이라고 말을 했답니다. 그러니까 이제 항복할 뜻을 잘 전해 달라 하며, 승상께서 장안을 치시면, 자기는 신성(新城)·상용(上庸)·금성(金城)에 있는 군세를 휘몰아 급히 낙양을 쳐서 위국 전토를 붕괴시키겠다고 하여 아버님께서 상세히 말씀 올리라 하였습니다."
공명은 손뼉을 치며 기뻐했다.
"음, 참으로 요즘에 없었던 경사다. 잘 전해 주었네!"
공명은 만면에 희색을 띠며 기뻐했다.
"맹달이 본 마음으로 돌아가서 촉한을 도와 촉한군이 밖으로 공격하는 반면, 안으로 내란을 일으켜 낙양을 친다면 삽시간에 천하 대세는 달라지리라."

이풍을 후히 대접하기 위하여 막장들로 하여금 주연을 베풀게 했다.

이때 급히 사자가 달려왔다.

"위왕 조예가 완성에다 칙사를 보내어 사마의 중달(仲達)을 평서도독에 봉하고 그가 나오기를 기다리고 있는 모양입니다."

그 말을 듣자 공명은 아연하여 얼굴이 변했다.

"무엇이? 사마의를…."

가정에서 대패한 촉군

 갑자기 술이 깨는 것인지 공명은 얼굴색이 핼쑥해졌다.
 곁에 앉아 있던 참군(參軍) 마속이 공명의 모습을 보고 의아스럽게 생각했다.
 "승상! 어찌 된 일입니까? 사마의 따위 인물을 두고 무엇을 그처럼 놀라십니까?"
 "아니야. 그렇지가 않아."
 공명은 무겁게 머리를 내저어 보였다.
 "내가 보기에는 위에 인물이 있다면 사마의 한 사람이다. 이 공명이 두렵게 생각한 사람은 실은 사마의밖에 없어. 지금 맹달이 내통하겠다는 기쁜 소식이 있었으나, 그 역시 사마의 때문에 뒤집혀질지도 모를 일이다. 참으로 공교로운 때에 사마의가 등장하였구나."
 "그러시다면 급히 사자를 보내어 맹달에게 그 취지를 전해 주면 어떻겠습니까?"

"그래, 급히 사자를 보내야겠다. 어서 사람을 불러라."

공명은 주연을 중도에서 그만두고 맹달에게 보내는 서한을 급히 썼다.

사자는 그날 밤으로 공명의 서한을 안고 맹달이 있는 신성에 이르렀다. 맹달은 기뻐하였다.

이엄이 자기의 뜻을 공명에게 전달한 것이라고 믿은 때문이었다. 그러나 서한을 끝까지 읽고는 얼굴색이 갑자기 흐려졌다.

그것은 조예의 명을 받아 사마의가 완성에서 일어났다는 말과 사마의의 지략을 칭찬하고, 그에 대비하는 만전의 계책으로 세심한 주의를 적어 놓은 것이었다.

'참으로 소문과 같이 의심이 많은 사람이로군.'

맹달은 비웃으며 아무런 생각 없이 공명의 서한을 말아 버렸다. 그리고 자기편에서 공명에게 답장을 써서, 그 밤으로 사자를 돌려보냈다.

한편 맹달의 회신을 한눈으로 죽 내려 읽은 공명은 분을 참지 못하여 맹달의 서한을 구겨 버렸다.

"퍽 어리석은 자이군. 맹달은 두고 보아라. 그처럼 장님과 같은 생각을 하고 있다가는 사마의에게 죽고 말리라. 아아, 실로 애석한일이다!"

공명은 눈물을 글썽이면서 천장을 우러러보았다.

"승상! 어찌하여 한탄하십니까?"

"마속, 이 편지를 보라. 맹달은 아무리 사마의가 신성에 쳐들어온다 해도 낙양에 올라가 임관식을 한 다음 올 것이니 적어도 한 달이 걸린다고 했어. 그동안 수비가 충분하니 과히 염려하지 말라는군. 그러니까 사마의 따위가 무엇이냐고 하며 교만에 빠져 있어. 이제는 다 틀렸어."

"어째서 틀렸다는 것입니까?"

"중달은 낙양에 가기 전에 완성에서 맹달을 칠 것이야. 이곳에서 맹달에게 경고를 하기에 앞서서 중달은 신성에 도착할 것이다. 이미 늦었어!"

공명은 길게 탄식해 마지 않았다.

그러나 공명은 이 사태를 그냥 두고 보지는 않았다. 그날로 사자를 급히 신성에 보냈다.

이때 퇴관 이후로 향리인 완성에 내려온 사마의 중달은 큰아들 사마사(司馬師)와 둘째아들 사마소(司馬昭)를 의지하여 숨듯이 조용한 생활을 하고 있었다.

두 아들은 담대하고 지략이 있었으며 그 어느 편이나 병서를 깊이 탐독하는 장래가 엿보이는 젊은이들이었다.

오늘도 두 형제는 아버지 사마의 서재에 들어섰다. 아버지의 표정이 매우 침울해 보였다.

둘째아들인 사마소가 물었다.

"아버님, 대체 무엇을 그처럼 깊이 생각하십니까?"

"음, 아무것도 아니다."

사마의는 굵은 손가락으로 수염을 쓰다듬었다.

맏아들인 사마사가 아버지의 표정에서 수심을 엿보았다.

"아버님 심중이 지금 매우 울적하시다는 걸 알고 있습니다."

"듣기 싫다! 너희들이 뭘 안다고 하느냐?"

"천자께서 부르심이 없음을 탄식하고 계시지 않습니까?"

"꼭 머지않아 옵니다."

사마소가 단언을 했다.

사마의는 물끄러미 깊은 생각에 잠긴 채 두 아들을 번갈아 보앗다. 아들들의 모습이 믿음직했기 때문이었다.

이런 일이 있은 지 며칠이 지나지 않아 칙사가 사마의의 대문을 두들겼다.

물론 사마의는 대명을 받는 동시에 일족 낭당을 모아 즉시 격문(檄文)을 완성해 각 도에 반포하였다.

평소부터 사마의의 이름을 알며, 그의 덕망이 높음을 알고 있는 자가 적지 않은 탓으로 완성 향리엔 구름 같은 인마가 모여들기 시작했다.

그러나 사마의는 많은 병력이 모이기를 기다리지 않았다.

그날로 행군을 시작, 뒤늦게 몰려오는 군졸은 뒤를 따르게 했다. 진군할수록 병력은 그 수효가 늘어갔다.

사마의가 이처럼 급히 일부 병력을 가지고 행군하는 데엔 까닭이 있었다. 사마의는 완성에 앉아 있어도 천하 대세를 모르고 있지 않았다. 요즘 신성에 있는 맹달이 모반하리라는 것도 이미 알고 있었다.

사마의에게 밀고해 준 것은 금성 태수 신의(申儀)의 부하였다. 맹달은 금성과 상용 두 태수에게 낙양 소란을 몰래 획책하고 있음을 알렸던 것이다.

사마의는 이것을 중대하게 보았다. 만일 그 계략이 이루어지는 날 제 아무리 대위국이라도 멸망을 면치 못하리라 생각했다.

사마의가 칙명을 받기 전 며칠을 두고 울적하였던 것은 이 때문이었다.

'미연에 이를 알았다. 위의 국운, 천자의 홍복이 모두가 또 하나의 큰 경사라 하지 않을 수 없다. 어찌 되었든 오늘 사마의가 나아가지 않았다면 낙양과 장안은 한 합에 떨어졌을 것이다.'

사마의는 가볍게 이마를 치며 길사를 위하여 일어난 군대를 이

끌고 곧장 신성을 향하여 질풍같이 휘몰아갔다.
　사마의가 초조히 서둘렀던 까닭은 과연 공명이 앞질러 생각했던 일과 맞아 떨어졌다.
　사마의의 군대는 이틀 길을 하루에 진격해 갔다. 또한 이에 앞서 사마의는 참군 양기(梁畿)라는 자에게 명하여 신성 부근에다 매복시키고 공명을 토벌할 것이니 사마의군을 따르라는 말을 퍼뜨리게 했다.
　"사마의군은 낙양에 올라가 천자의 칙명을 받은 다음 공명을 토벌할 것이다. 이때 공을 세워 입신 양명할 자 있거든 사마의군을 따르라."
　이것은 신성에 있는 맹달의 마음을 늦추기 위하여 하였을 뿐 사마의군은 밤낮을 헤아리지 않고 신성을 향하여 행군하였다.
　진군 도중인 낙양에서 장안으로 가는 위의 우장군 서황(徐晃)과 부딪쳤다.
　서황은 사마의에게 만나기를 청했다.
　"이미 폐하께서 장안에 납시어 조진을 독려하며 공명을 치려고 하는데 풍문에 듣건대, 사마의 도독은 낙양으로 간다고 하니 폐하도 안 계시는데 굳이 낙양에 가는 까닭은 어디 있소이까?"
　의심하며 수상쩍게 생각했다.
　사마의는 허리를 굽혀 서황의 귀에 사실대로 말했다.
　"내가 급히 가는 곳은 신성이오."
　"그렇다면 이 사람도 귀군을 돕겠소."
　만면에 회색을 띠었다. 바라고 있던 일이라 사마의는 서황의 일군을 그 선봉으로 삼았다. 그러자 참군 양기가 말했다.
　"이런 것이 손에 들어왔습니다."
　공명으로부터 맹달에게 보내는 의견서였다.

그것을 보자 사마의는 펄쩍 뛰며 놀랐다.

"위험하다. 만일 맹달이 공명이 경계하는 대로 복종한다면 일은 수포로 돌아간다. 과연 능자는 앉아서 천리 밖을 본다고 했어. 나의 이 비밀을 이미 공명이 알고 있구나. 빨리 진군해라!"

사마의는 그의 두 아들을 격려하며 밤을 쉬지 않고 행군했다.

이러한 정세에 빠져 있으면서도 조금도 깨닫지 못하고 있는 것은 신성의 맹달이었다.

금성 태수 신의와 상용의 신탐(申耽) 등에게 대사를 말하며, 밀명하고 있는 것을 안심하고 있었다.

"머지않아 공명에게 합치자!"

실상 신의와 신탐이 몰래 상의하여 성 아래에 위군이 오는 대로 호응하여 한 칼에 맹달을 칠 것을 약속하고 있는 줄은 꿈에도 생각지 못하고 있었다.

"사마의는 낙양으로 가지 않고 장안으로 향한 모양입니다."

신성의 첩자들이 각지에서 얻은 정보를 맹달에게 보고했다.

"처음엔 낙양으로 행군했으나 도중에서 서황을 만나 위제가 도정에 없음을 알자 장안으로 간다 합니다."

계속하여 거짓된 정보가 들어왔다.

"흥, 일은 다 되었다. 이제 날을 택하여 낙양을 치면 이 맹달의 세상이다."

맹달은 앞으로 펼쳐질 일을 생각하며 크게 기뻐했다. 그리고는 상용 신탐과 금성 신의에게 급히 사자를 보내어 군의를 열어, 즉시 낙양을 칠 것을 앞질러 알려 두었다.

며칠 후 새벽이었다. 아직 낙양을 칠 날이 오기 전이었다.

성 아래에서 들려오는 떠나갈 듯한 금고 소리에 맹달은 소스라쳐 일어났다.

갑옷을 갖추고 급히 성루에 올라가 보았다. 위의 우장군 서황의 일군이 깃발을 휘날리며 달려오고 있었다.

"아! 벌써…."

맹달은 눈이 휘둥그래지며 시위를 힘껏 당겼다.

서황은 이마에 화살을 맞고 말 아래로 굴러 떨어졌다.

성루에서 이 광경을 바라본 맹달은 서슬이 퍼래졌다.

"나의 대사는 탄로되었다. 그러나 적의 수효는 얼마 되지 않고 대장 서황은 한 살에 죽었다. 싸워 죽이는 사이에 상용과 금성 원군이 올 테니 성을 나가 죽기로 한하여 싸우라!"

급히 상용과 금성에 사자를 보냈다. 그리고는 맹달 자신도 말 위에 올라 성문을 달려나갔다.

"천하의 정의군이다!"

맹달은 앞장서서 달아나는 적을 무찌르며 추격했다.

그러나 추격할수록 적의 수효는 많아지는 것이었다. 맹달은 흘끗 뒤돌아보았다.

구름처럼 밀려오는 대군이 보였다. 그 위에 '사마의'라는 석자가 금색 천에 박혀 펄럭이고 있는 것이었다.

"아, 서황의 군졸이 아닌가?"

맹달이 기절초풍하여 뒤돌아 섰을 때에는 벌써 그의 군용은 지리멸렬이 되어 흩어졌다.

맹달은 급히 말을 몰아 자기의 성문을 향하여 달리며 외쳤다.

"빨리 성문을 열어라."

이때 성문이 활짝 열렸다. 그리고 물밀듯 휩쓸려 나오는 것은 신탐과 신의의 군이었다.

"반적은 어딜 가느냐?"

"하늘이 내린 칼을 받아라!"

뒤쫓아오는 것은 동지라고만 믿었던 신탐과 신의였다.

맹달은 숨이 막힘을 느꼈다.

"사람을 알아보라!"

부르짖으며 급히 말을 몰아 달아났다.

그러자 신의와 신탐은 그를 비웃었다.

"너야말로 문을 잘못 알았다. 어찌 돌아올 생각을 하였느냐. 저 성루에 꽂힌 깃발이 촉한 것인가 대위국 것인가를 죽기 전에 보고 가거라!"

이때 성루에서는 이보(李輔)와 등현(鄧賢) 등이 비오듯 화살을 퍼붓는 것이었다. 맹달은 기를 쓰고 달아났으나 맹렬히 추격하는 신탐의 창에 그만 찔리고 말았다.

이리하여 사마의는 순식간에 승전한 뒤 전군을 수습하여 신성에 들어갔다. 그리고 맹달의 목은 낙양에 보냈다.

사마의는 이보와 등현에게 신성을 수비케 하고 신탐과 신의의 군졸을 합세하여 다시금 장안을 향하여 길을 떠났다.

한편, 맹달의 목은 낙양 성문에 높이 매어 달렸다. 그 죄상과 전황이 알려지자 촉군이 휘몰아온다는 소문으로 낙양 백성들의 수심에 찼던 얼굴은 다시금 봄이 온 듯하였다.

"사마의가 일어났다!"

"사마의 중달이 다시금 위군을 지휘하게 되었다!"

민중들은 희색이 만면하여 기뻐하였다.

이미 장안에 나가 있던 위제 조예는 사마의가 오기를 조급하게 기다리고 있었다.

신성에서 사마의가 장안에 이르러 배알하자, 조예는 옥좌 가까이 사마의를 불렀다.

"사마의가 아닌가! 왕년에 그대를 향리에다 돌려 섭섭히 지내게 했음은 짐의 잘못으로 적의 모략에 넘어갔던 탓이다. 지금 깊이 후회하는 바이네. 그대 또한 그 원한을 잊고 위국의 난에 달려왔고, 또한 도중에 맹달의 난을 막았음은 경하할 일이다. 만일 그대가 일어나지 않았다면, 위국의 양경(兩京)은 한시에 무너졌으리라. 이 어찌 경하할 일이 아니겠는가!"

조예는 사마의의 등을 어루만지며 말했다.

사마의는 엎드린 채 감격에 찬 눈물을 흘렸다.

"칙명도 받자옵지 않고 도중에서 싸워 그 죄를 크게 생각하옵던 바, 이처럼 옥음을 내리시니 신은 몸둘 바를 모르겠사옵니다."

허리를 굽혀 절을 했다.

"아니야. 질풍 같은 계략, 신뢰의 천격(天擊), 그 옛날 손오(孫吳)를 능가하는 것이다. 군장은 기회를 존중해야 한다. 이후 사태가 급하거든 짐에게 고할 것 없이 족히 경의 판단으로 처리하라."

조예는 전례없이 특권을 주었다.

그리고 금도끼와 의장의 하나인 금월(金鉞) 일봉을 하사했다.

이렇게 하여 위의 대진용은 갖추어졌다.

신비(辛毘), 일명 좌치(佐治). 이는 양작(陽雀) 태생으로 대재라는 이름이 천하에 알려진 사람이었다.

지금은 위제 조예의 곁에서 떠나지 않는 군사(軍師)의 중임을 맡고 있었다.

손례(孫禮), 자는 덕달(德達)이다. 호군 대장이었다.

사마의는 총병력 20만 대군을 이끌고 장안성에서 나아가 선형진(扇形陣)을 쳤다.

그 선봉 대장으로는 특히 사마의가 조예에게 상주하여 하남(河南)의 장합(張?)으로 삼았다.

사마의는 장합을 장막으로 불러들였다.

"그저 적을 칭찬하는 것은 아니다. 이 중달이 보기에는 공명은 참으로 천하의 영웅이요, 당대의 일인자야. 이를 격파하기란 쉬운 일이 아닐세."

대전을 앞두고 심회를 말했다. 그리고 천천히 입을 열었다.

"이 지방은 산이 험해. 그래서 겨우 열 개 가량의 오솔길이 있을 뿐이다. 만일 내가 공명의 자리에서 위국을 친다면 우선 자오곡(子午谷)으로부터 장안으로 들어가는 작전을 쓸 것이다. 그러나 공명은 그렇게 하지 않을 것이야. 왜냐하면 그가 예전에 싸우는 것을 보아하니, 그의 용병은 참으로 신중해. 언제든지 불패의 장졸을 택하여 싸우고 있어."

사마의의 말은 공명을 손바닥에 놓고 보는 것 같았다.

'영웅은 영웅을 알아보는구나' 하고 장합은 그저 묵묵히 듣고만 앉아 있었다.

"내가 짐작하건대, 공명은 야곡(斜谷)을 나와 미성을 바라보며 거기서 다시 병력을 갈라 기곡(箕谷)에 들어갈 것이다. 그래서 내 계책은 조진의 군에게 미성을 굳게 지키게 하고, 일면 기곡으로 가는 길목에다가 기습병을 매복시켰다가 적이 오면 일시에 섬멸하는 것이다."

"그러시면 도독께선…?"

"비밀 중의 비밀인데…."

사마의는 목소리를 낮추어 말했다.

"진령(秦嶺) 서쪽에 가정(街亭)이란 고지에 열류성(列柳城)이라고 있다. 이 성이야말로 한중의 목숨과 같은 곳이다. 그렇다고는

하나 공명은 조진이 밝지 못함을 알아 그까지 병력을 돌리고 있지 않을 것이다. 그러니까 장합과 나와는 급히 그곳을 공략하는 일이야."

"과연 신책입니다."

"가정을 뺏으면 공명도 한중으로 퇴각하지 않을 수 없다. 군량 수송이 이 길에서 끊어지게 되니까."

"과연 묘책이올시다."

장합은 기뻐하며 말했다.

"아니, 계책을 듣고서만 그렇게 기뻐할 일은 아닐세. 상대방은 제갈공명이야. 맹달 같은 인물하고는 달라. 가벼이 볼 수 없단 말일세."

"알겠습니다."

"일 리(一里)를 나가면 십 리 밖까지 척후를 보내고, 십 리를 나가면 적의 복병이 있다는 것을 알고 나가야 한단 말이네."

"잘 알았습니다."

"그러면 떠날 준비를 하라!"

장합은 명령이 떨어지자 그날로 떠났다.

그리고 조진의 군에다 격문을 보내어 작전 방침을 알리며 경계를 굳게 해두었다.

"공명이 아무리 유혹해도 성에서 움직이지 마라!"

기산 일대의 산악과 들에는 천하를 가를 것만 같은 큰 격전이 바야흐로 시작되려 하고 있었다.

지형이 이토록 광대한 이 천지는 공명 스스로가 선택한 싸움터이기도 하였다. 한편 이 크나큰 싸움을 앞두고 촉한군이 우선 지리적으로 우위에 놓여 있음은 물론이었다.

한편 신성이 함락되었다는 소식을 듣고 공명의 마음은 얼마간 아팠다. 그는 이 비보를 받자 막장들을 바라보며 말했다.

"맹달의 죽음은 애석할 것도 없다. 그러나 사마의가 그처럼 대군을 수습해 오니 가정 일로가 염려되네. 그는 가정을 중요시할 것이야. 가정은 아군의 목숨이나 다름없어. 하루도 기다릴 수 없으니, 누가 가서 빨리 수비해야겠는데…."

누구를 보낼 것인가를 생각하며 여러 장수를 훑어보았다.

이때 마속이 앞에 나서며, 보내 주기를 간청했다.

"승상! 저를 보내 주십시오."

"……?"

마속의 뜻밖의 제청에 공명은 놀랐다.

마속은 사마의가 제 아무리 천하의 명장이라고 하나 자기도 어려서부터 병법을 배웠음을 내세웠다. 이제 약관의 나이가 지났으나 아직 이렇다할 만한 공도 얻지 못하여 세상에 부끄럽다는 말까지 하는 것이었다.
"원컨대 저를 꼭 보내 주십시오."
마속은 간절히 간청하는 것이었다.
마속은 공명을 그의 아버지처럼 사모하고 존경해 왔다. 공명 역시 자식처럼 그의 성장을 지금까지 지켜보아 왔다.
본디 마속은 위국을 토벌할 때 전사한 마량(馬良)의 아우였다. 마량과 공명은 본디 깊은 교류가 있어 그의 유족을 지금까지 거두어 왔다. 더욱이 공명은 마속의 재기를 매우 아껴 주고 있는 터였다.
지난날 죽은 현덕이 공명에게 한 말이 있었다.
'마속은 재기가 지나쳐 중히 등용치 말라.'
그러나 공명은 마속을 사랑하는 마음이 두터워 그 말을 잊을 만큼 되어 버렸다.
더욱이 마속은 날이 갈수록 재능이 무르익어 군략과 병략 등에도 능통하였다.
그리하여 공명의 휘하에서 으뜸가는 존재로 알려졌다. 이러한 마속을 보고 공명은 큰 인재가 될 것이라 믿어 왔다.
그 마속이 지금 출정을 간청하고 있는 것이다. 공명은 깊이 생각했다.
아직 젊어 중임을 맡기기에는 시기가 이르다. 그러나 이 장래의 인재를 시험해 본다는 뜻으로 입을 열었다.
"출정하겠단 말이지?"
그러자 마속은 반갑게 웃으며 말했다.
"가겠습니다."
"만일 가정 일대를 수비하는데 실패한다면 일가친족을 모두 군율에 처하셔도 원한이 없겠습니다."

　마속은 맹세까지 했다.

　"전쟁 중에는 농담이 없음을 알렷다?"

　공명이 다짐을 받았다.

　"적의 사마의와 부장 장합은 결코 업신여길 상대가 아니다. 마음 깊이 간직하고 결코 실수가 없도록 하라!"

　공명은 몇 번씩 되풀이하여 말하고는 아문장 왕평에게도 다음과 같이 명령했다.

　"그대는 평소에도 매사에 신중하여 경솔하지 않은 줄 아네. 그래서 마속의 부장으로 보내니 부디 가정을 잘 수비하라!"

　공명은 가정 지역의 지도를 펴놓고 지형을 보며 진법을 자세히 설명하고 장안을 칠 생각은 하지 말라고 일렀다.

　이 다시 없는 요지를 지키며 적의 그림자도 나타나지 않게 하는 것이 장안을 점령하는 첫째의 길이라고 설명하였다.

　"알았습니다. 존명을 어기지 않고 수비하겠습니다."

　마속은 부장 왕평과 함께 2만여 기를 이끌고 가정으로 떠났다.

　마속을 보낸 지 하루가 지나자 공명은 고상(高翔)을 불렀다.

　"가정 동북 기슭에 열류성이라는 땅이 있다. 그대는 거기에 있다가 가정이 위태로워지거든 급히 마속을 도우라."

　이르고는 1만 기를 주어 고상을 떠나보냈다.

　그리고도 공명은 마음을 놓지 못하였다. 그리하여 위연을 후군으로 떠나보내고 조운과 등지 두 군을 원호군으로 기곡 방면에 보냈다.

　공명은 사사로운 정에 움직여 후진을 떠나보낸 것인지 가정을 굳게 지키고자 하는 마음으로 떠나보낸 것인지 혼란스러웠다.

이리하여 공명 본군은 강유를 선봉으로 야곡으로부터 미성을 향하여 떠났다.

한 합에 미성을 점령하여 장안으로 통하는 진로를 열려고 하였던 것이었다.

마속은 가정에 도착하여 지세를 살펴보고는 크게 웃었다.

"승상께선 너무 일을 신중히 하셔. 산이라고 하나 그리 대단치 않은 곳 아니오? 겨우 초부들이 다니는 오솔길이 있는 이 가정으로 어떻게 위군이 대군을 가지고 올 것인가. 승상의 작전은 너무 신중하여 오히려 의심을 가지게 한단 말이야."

지형을 보고 마속이 산 위에다 진을 치라고 명하자 부장 왕평은 굳이 만류했다.

"승상께서 생각하옵는 건 산 오솔길을 막아 그곳을 차단하려는 것입니다. 만일 산 위에다 진을 치면 위군이 산기슭을 포위하여 그 임무를 다할 길이 없을 것입니다."

"그것은 부녀자의 의견이지 대장부가 취할 길은 못 돼. 이 산이 낮다 하나 삼면에 절벽이 둘러 있어 만일 위군이 온다면 이끌어 몰살하기엔 천연으로 된 지형이야."

"승상께선 크게 승전하라고 명하지는 않았습니다."

"함부로 입을 놀리지 마라! 손자(孫子)도 말했어. 사지에 놓고 나서 후에 산다고. 나로 말하면 어려서부터 병법을 배웠고 승상께서도 때로는 이 마속에게 묻기도 하시네. 잠자코 나의 명령대로 따르게나."

"그러면 장군께선 산 위에다 진을 치십시오. 저는 5천 기를 이끌고 따로 기슭에 진을 치겠습니다. 외각지세로 방비하겠습니다."

왕평이 이렇게 반대했다.

대장의 위엄을 손상한 듯한 느낌에 마속은 얼굴색이 변했다. 그리고 평소에 공명에게 항상 총애를 받았다는 생각이 젊은 가슴을 휘몰아쳤다.

이럴 즈음 부근 백성들이 산을 기어오르며 외쳤다.

"위군이 옵니다. 위군이…."

이젠 망설일 시간이 없었다. 마속은 자기의 주장을 고집했다.

"산 위에다 진을 쳐라!"

마속 자신도 산봉우리 위로 올라갔다.

그러나 왕평은 마속의 말을 거역하고 5천 기를 이끌고 산기슭에다 진을 쳤다. 그리고 이 두 개의 진을 그림으로 그려 급히 사자를 공명에게 보냈다.

'직접 명령을 바람'이라는 내용이었다.

마속은 진을 치고 나서 생각했다.

'왕평이란 놈이 드디어 나의 명령에 따르지 않는군. 개선한 다음 승상 앞에서 그 죄를 문책하리라.'

마속은 산기슭을 바라보며 저주했다.

다음날, 그 다음날도 계속하여 고상과 위연의 군이 열류성 부근에서 가정 후방을 에워싸고 음으로 양으로 위군의 진출을 견제하고 있다는 소식을 듣자 마속은 더욱 기세를 부렸다.

'위군이 오기만 하면 한 합에 쳐 엎을 것이다.'

이때 사마의는 아직 가정에는 촉군의 그림자도 없으리라 생각하고 있었다. 그런데 선발된 사마소가 선봉인 장합을 만나자 기겁을 하며 가정에 촉의 군세가 이만저만 아님을 알렸다.

"그렇다면 우리 생각만으로 움직일 순 없어."

사마소는 급히 돌아가 아버지 사마의에게 그 이야기를 했다.

"아! 천하의 공명이다. 그 귀신 같은 혜안을 어찌…. 이미 늦었

단 말인가?"

사마의는 놀라서 멍하니 앉아 있었다.

그러나 사마의는 그 본진을 조금씩 가정·기곡·야곡을 향하여 움직이기 시작했다.

"조용히 따라오너라!"

어느 날 밤 10여 기를 이끌고 전선에 나가 살펴보았다.

달이 낮같이 밝았다. 몰래 적 가까이에 가서 제방을 돌아 이윽고 어느 고지에서 적진을 살펴보았다.

"이것이 웬일이냐?"

사마의는 깜짝 놀라 좌우를 돌아보았다.

"하늘이 도왔어! 촉군은 패지에다 진을 치고 스스로 멸망을 기다리고 있구나!"

그는 본진으로 돌아가자마자 참군을 모이게 했다.

"가정을 지키는 촉군 장수가 대체 누구냐?"

마속이라는 말을 듣자 사마의는 껄껄 웃었다.

"천려일실이라는 말이 있어. 공명도 사람을 쓰는 데 실수가 있군. 산을 지키고 있는 촉장은 어리석은 인물이다. 한 합에 섬멸할 수 있을 것이다."

그는 장합을 향하여 말했다.

"산 저쪽 10리 기슭에 촉의 일진이 있다. 그대는 그 일진을 쳐라. 나는 신탐과 신의 2군을 지휘하여 산 위에 있는 명맥을 끊을 것이다."

사마의가 산상의 명맥이라고 본 것은 진중에서 없어서는 안 될 물이었다.

그 물을 촉군은 산 아래에서 길어 올려갔던 것이었다. 장합은 사마의의 명을 받고 다음날 새벽에 전군을 휘몰아 왕평의 고립을 꾀하였다.

산 위에 있는 군세와의 연락을 차단하는 동시에 산 위에 있는 군졸들이 물을 길어 가는 길도 차단해 버리고 말았다.

이러한 다음 사마의는 위의 대군을 인솔하여 가정 산기슭을 몇

겹으로 포위해 버렸다. 그리고 천지가 진동하는 금고 소리를 울려 적이 있음을 알렸다.

산 위의 마속은 호기있게 외쳤다.

"홍기가 펄럭이면 밀고 올라오는 위군을 모조리 잡아 죽여라!"

그러나 진동하는 금고 소리만 요란할 뿐 위군은 좀처럼 공격하지 않았다.

"겁을 먹고 있는 모양이다. 이쪽에서 공격하여 분쇄해 버리자."

마속은 오직 공을 세우기에 바빴다.

오솔길을 내려가 마속은 위군 장수의 목을 두 개나 가지고 헐레벌떡 산 위로 다시 올라왔다. 마속군은 처음 부딪칠 때에는 많은 위군을 무찌르며 승리했으나, 돌아올 때에는 재빠른 신병을 당할 수 없어 많은 병력을 잃었다.

그래도 마속은 기뻐했다.

"오늘 싸움도 우리가 이겼다."

그러나 그날 밤부터 물이 궁함을 알았다.

"무엇이… 길이 차단되었다고?"

그러나 때는 이미 늦었다. 길을 탈환하려고 할 때마다 무수한 병력을 잃었을 뿐이었다.

날이 갈수록 산 위의 인마는 갈증으로 미쳐 날뛰었다. 물이 한 방울도 남지 않아 생으로 먹지 않으면 화식할 수밖에 도리가 없었다.

더욱이 물을 길러 간다 하고 밤이면 산기슭을 내려간 군졸은 소식도 없이 사라져 버렸다. 죽었거나 아니면 위군에 항복해 버린 것이었다.

드디어 많은 촉군이 위군에 항복함을 보자 사마의는 그 곤궁을 알아채었다.

"이때다. 총공격하라!"

위군의 전군은 신속하게 움직였다.

마속은 기절초풍하여 서남 일로를 향하여 급히 도망했다. 사마의는 일부러 길을 활짝 열어 놓았다가 이 대군이 산을 내려오자마자 사위로 포위하여 섬멸하기 시작했다.

그러자 가정 후방 50리 밖에 있던 위연과 고상은 급보를 받고 가정으로 몰려 왔다. 그러나 도중에 매복하고 있던 사마소가 들고일어났다. 이에 또 촉장 왕평이 뛰어들어 촉위 양군은 문자 그대로 난군이 되어 서로 죽이고 죽였다.

온 종일 싸웠으나 그 어느 쪽이 승리한 것인지조차도 알 수 없었다.

결국 가정 격전에서 촉군은 대패하고 말았다.

산기슭에 진을 치고 있는 왕평과 후방을 싸고 있던 위연은 물론 열류성까지 나아갔던 고상 등이 일제히 들고일어나 마속군을 도왔으나 이미 때는 늦었다.

마속군은 이미 10여 일 동안 물에 굶주려 인마 모두가 지쳐서 위군의 포위를 거의 벗어나지 못하고 죽음을 당하고 말았다.

그러나 산과 들에는 3, 4일을 두고 전화가 하늘을 찔렀다. 위연이 마속을 구원하러 나올 줄 알고 있던 사마의는 사마소에게 명하여 그 옆을 찔렀고, 장합은 기습병을 몰아 포위하여 사로잡으려 했다.

"서촉이 자랑하는 대장의 목을…"

그러나 왕평과 고상군이 들이닥쳤으나 그 목적은 이루지 못하였다. 그러나 위연군도 큰 손해를 입었으며 왕평군도 만신창이가 되어 버렸다.

 드디어 나흘째 되던 날 아침, 열류성에 모여서 다시 선후책을 쓰자는 고상의 의견을 따라 급히 전군을 수습하여 달려나갔다.

 그러나 도중에서 또 새로운 적을 만났다. 조진의 부도독인 곽회의 일군이었다. 곽회는 대도독 조진과 함께 기산 앞에 진을 치고 있었으나, 가정이 함락됐다는 소식을 듣자 이곳으로 달려온 것이었다.

 곽회는 사마의 혼자만의 공을 질투하여 열류성을 함락시켜 적의 퇴로를 막아 전공을 올리려는 야심을 품고 있었다.

 위연과 고상은 이 새로운 일군과 싸운다는 것은 자멸하는 것이라고 생각하고 급히 길을 돌려 양평관(楊平關)으로 달려가 숨어 있었다.

 곽회는 이 움직임을 알았다. 그리하여 급히 전군을 이끌고 열류성 아래까지 올라갔다.

 그러자 성 위에서 성포가 주위를 흔들고 울렸다. 곽회가 기급하여 바라보자 눈부신 깃발이 휘날리고 있었다.

 뜻밖에도 위군의 깃발이었다. 분홍 큰 깃발에는 평서도독 표기장군 사마의라고 쓰여 있었다.

 "곽회, 무슨 일로 왔는가?"

 우렁찬 소리가 들려왔다.

 곽회는 쭈뼛하여 바라보았다.

 다른 사람 아닌 사마의가 성루 가까이에 와서 수염을 쓰다듬으며 홍소하고 있었다.

 곽회는 새삼스레 놀랬다. 그리고 마음 속으로 이 사람을 당해 낼 수는 없다고 생각하여 성 안에 들어가 대면을 청하여 심복이 될 것을 말하고 절을 했다.

"가정의 적이 패한 이상, 공명도 달아날 길밖에 도리가 없어. 그대는 깨끗하게 그대의 군세를 가지고 공명을 추격하시오."

또 한번 사마의의 말에 주뼛함을 느끼며 곽회는 성을 나섰다.

다시금 사마의는 장합을 불렀다.

"적의 위연과 왕평이 패군을 이끌고 양평관을 지킬 것이다. 그에 유혹당하여 깊이 소로로 들어갔을 공명의 뒤를 쳐서 퇴세를 만회하려고 할지도 몰라. 그러니 나는 오히려 소로를 빠져 촉군 뒤로 돌아가야겠어. 그대는 산길을 거쳐 기곡에 나아가 촉군이 흩어져 가도 그걸 전멸하려고 급히 추격하지 마라. 무기와 군량, 말을 수습하여 야곡을 빼앗고 서성을 점령한 다음 다시 다음 작전을 펴기로 하세. 서성은 산간의 작은 현이기는 하지만 거기엔 군량이 쌓여 있을 거야. 원정 유랑하던 촉군의 군량만 빼앗으면 그들은 패하고 말 것이니 구태여 아군의 희생을 낼 필요가 없어."

장합은 사마의의 명을 받아 일군을 이끌고 급히 야곡을 향하여 떠나갔다.

사마의는 신탐과 신의를 열류성에 머물게 하고 자신도 전진해 갔다. 그의 전법은 승전하면 승전할수록 견실하였다.

이때 왕평에게서 급사가 달려왔다.

가정의 포진도와 서한을 가지고 온 것이었다.

"아! 마속이…."

서면을 바라본 공명은 당황했다.

"그렇게까지 일러주었건만… 아! 드디어는 아군을 함정에 빠뜨렸구나!"

공명은 눈물을 주르르 흘리며 입술을 꽉 깨물었다.

장사(長史) 양의는 지금까지 공명의 이러한 모습을 본 일이 없어서 안타까운 심정으로 입을 열었다.

"무엇을 그렇게 한탄하십니까?"

"이것을 보게!."

왕평의 서한과 포진도를 양의 앞에 던졌다.

"마속이 요로를 지키지는 않고 일부러 산 위에다 진을 치고 말았어. 위군이 산기슭을 포위하여 물을 길어 갈 길이 차단되었으니… 그 아무리 젊었다 한들 그렇게 미련할 줄은 몰랐어."

"그럼 제가 가서 승상의 어명이라고 하고 포진을 변경시키겠습니다."

"그렇게 일이 되면 모르지만 사마의 중달은 적어도…."

"그러나 밤을 쉬지 않고 간다면…?"

양의가 떠나갈 준비를 하고 있을 때였다.

이때 가정의 참패와 열류성을 빼앗겼다는 소식을 알리는 사자가 도착하였다.

공명은 하늘을 향하여 통곡했다.

"대사는 지나갔다. 나의 실수였어!"

공명은 크게 절망하여 고개를 떨구었다.

"관흥과 장포 있느냐?"

"무슨 일이옵니까?"

두 장수는 공명의 앞에 섰다.

"각기 3천 기씩 이끌고 무공산(武功山) 소로에 나가라. 위군을 보아도 싸우지 마라. 다만 금고를 울리고 함성을 지르기만 하고 있어. 적은 스스로 달아날 것이다. 그래도 추격하지 말고 죽이지 마라. 그리하여 적의 그림자가 보이지 않거든 급히 양평관에 들어가라."

"알았습니다."

"장익은 이리 나오라!"

공명은 또 장익을 불러 일군을 주어 검각(劍閣)에 가서 길이 없는 산에다 길을 만들라 명했다.

공명은 이미 총퇴각을 할 수밖에는 길이 없음을 깨달았다. 그리하여 떠나갈 준비를 했다. 그리고 일면으로 마대와 강유를 불렀다.

"그대들은 산간에 숨어 적이 오면 막다가 도망해 오는 우군이 있으면 받아들이고 기회를 보아 퇴각해 오라."

공명은 비장한 각오로 명했다.

또한 마충의 일군에게도 일렀다.

"조진의 진을 옆에서 공격하라. 그는 그 기세에 눌려 압도적인 행동으로 나오진 못할 것이다. 그 사이에 나는 천수·남안·안정 세 군의 관민을 옮겨 한중에 들어가게 할 것이다."

이리하여 퇴각할 태세는 갖추어졌다.

그리고 공명 자신은 5천 기를 이끌고 급히 서성현(西城縣)으로 향하였다.

그곳에 이르러 쌓아 놓았던 군량을 한중으로 옮기게 했다.

이때 급히 사자가 달려왔다.

"큰일났습니다. 사마의 스스로 15만 대군을 이끌고 곧장 이곳으로 오고 있는 모양입니다."

공명은 아연실색했다.

좌우를 돌아보아야 그 힘을 믿을 만한 장수는 이미 사방으로 나가고 없었다.

남아 있는 사람은 거의 문관들뿐이었다.

더욱이 먼저 5천 기를 이끌고 왔던 군졸들도 태반이 군량을 옮기는 데 나가고 없다. 이제 남은 병력이란 눈으로 헤아릴 수 있

는 정도였다.

"위의 대군이 구름같이 몰려오고 있어. 3면에서 휩쓸고 오는 것은 위군이요, 위군들의 깃발뿐이구나!"

성 안에 남아 있던 군졸들은 우왕좌왕하며 파랗게 질려 어쩔 줄을 몰랐다.

"아, 과연 잘 정비된 군대다!"

공명은 성루에서 밀려오는 위군을 바라보며 망연자실해했다.

작은 성과 적은 병력으론 그 아무리 분전해 보아야 사나운 파도 앞에 놓인 모래 기둥에 지나지 않았다.

공명은 물끄러미 깊은 생각에 잠겨 있다가 갈 바를 모르는 군졸들에게 큰 소리로 명령했다.

"네 문을 열어라. 문마다 물을 끼얹고 화톳불을 밝게 태우고, 귀인을 맞는 때처럼 청소를 하라!"

그리고는 더욱 소리를 높였다.

"함부로 수선을 떠는 자는 참할 것이다. 정숙히 깃발을 갖추어라. 각 부서마다 그 자리에서 움직이지 말라. 문마다 보초를 서고 적이 와도 잠들어 있는 척하고 있어야 한다."

공명은 언제나 쓰고 있던 윤건을 벗고 화양건(華陽巾)으로 바꾸어 쓰고 옷도 새로운 학창의로 갈아입었다.

"거문고를 가져오너라."

공명은 두 동자를 데리고 성루로 올라가는 것이었다.

성루의 네 문을 열고 한가롭게 청아한 소리로 거문고를 뜯었다. 이때 위군은 벌써 선진이 도착해 이를 보고 너무나 뜻밖의 일이어서 중군에 있는 사마의에게 본대로 전했다.

"무엇이! 거문고를 뜯고 있어?"

사마의는 믿기지 않았다.

사마의 자신이 말을 급히 몰아 성 가까이 와서 보았다.
"아! 제갈량…."
사마의는 멀리서 바라보았다.
달이 낮처럼 밝게 비추는 성루에 조용히 앉아 향을 피우고 거문고를 뜯으며 그 입가에 이따금 미소를 띠고 있는 사람은 다름 아닌 공명이었다.
사마의는 저도 모르게 몸을 부르르 떨었다.
네 문은 빨리 들어오라는 듯이 활짝 열려져 있었다. 더욱이 물을 끼얹어 청소마저 하였고 화톳불이 환히 타오르고 보초병은 한가로이 졸고 있는 것이었다.
사마의는 더욱 기겁하여 급히 말을 돌리면서 손짓했다.
"빨리 퇴각하라!"
그러자 둘째아들인 사마소가 깜짝 놀라며 말했다.
"아버님, 적의 위계임이 틀림없습니다. 어찌하여 퇴각하라고 하십니까?"
"아니다."
사마의는 벌써 말이 귀에 들어가지 않았다.
"네 문을 열어 놓고 있는 태세가 나를 노하게 하고 유혹하려는 계책이다. 절대 함부로 덤비지 마라. 상대는 제갈량이야! 빨리 퇴각하여라."
드디어 위의 15만 대군은 밤을 헤아리지 않고 퇴각하고야 말았다.
이를 본 공명은 손뼉을 치며 웃었다.
"그럴 듯한 사마의도 제 꾀에 넘어갔다. 만일 15만 그의 대군이 성 안으로 들어온다면 한낱 거문고가 무엇에 쓰이겠는가? 하늘이 도운 것이야!"

기뻐하며 부하 군졸들에게 다시 명했다.

"성 아래 있는 군졸이 겨우 2천 기. 만일 놀라서 그대로 도주하였다면 모두 사로잡히고 말았을 것이다. 지금쯤 사마의는 이곳을 퇴각하여 길을 북산(北山) 방면으로 잡고 있을 것이다. 이미 매복시켜 둔 관흥과 장포군의 역습을 받아 크게 상처를 입고 있음이 틀림없으리라!"

공명은 즉시 서성을 빠져나와 한중으로 옮겨갔다.

그러자 서성에 있던 관민도 공명의 덕을 사모하여 공명과 함께 대부분 한중으로 따라갔다.

공명의 짐작은 틀림없었다. 사마의군이 북산 협곡에 이르러 촉군의 습격을 받아 크게 패하였다는 소식이 들어왔다.

승전하였으나 이에 관흥과 장포는 뒤쫓지 않고 다만 적이 버리고 달아난 군량과 무기를 수습하여 한중을 향하여 급히 전군을 몰아갔다.

또한 기산 전면에 있던 조진의 위국 본군도 공명이 드디어 달아났다는 소식을 듣고 움직이기 시작하였으나 마대와 강유군이 도중에서 기다리고 있다가 크게 타격을 주었다.

이 싸움에서 위군은 대장 진조(陳造)를 잃었다.

한중에 도착하자 공명은 급히 전령을 기곡에 있는 조운과 등지에게 보냈다.

'나는 아무 일 없이 한중으로 퇴각하였소. 노고를 깊이 감사하게 생각하오. 경들이 또한 무사히 이곳으로 오기만을 비오.'

조운과 등지가 있는 곳은 국경에서는 가장 험준한 곳이었다. 더욱이 우군은 모두 한중으로 이미 빠진 다음이었다.

지금은 원호하기 위하여 산중에 고립된 두 장수였다. 조운은 조금도 두려움 없이 이미 퇴각하기 시작했다.

우선 등지군을 먼저 떠나게 하고 그는 산골짜기에 숨어 있었다. 이윽고 위군 부도독 곽회가 그곳에 추격해 왔다.

"기산에 버려둔 촉군 졸배들이 움직이기 시작했다. 한 놈도 한중으로 돌려보내지 마라!"

부하 장수 소옹에게 3천 기를 주어 퇴로를 막아 섬멸케 했다.

"조운이 여기 있다. 오는 자는 누구냐?"

난데없이 사나운 한 늙은 장수가 소옹의 앞에 나타났다.

"아, 조운이 여기 있었구나!"

소옹은 놀라 군졸을 독려하여 싸웠으나 드디어 조운의 한 창에 등판을 뚫리고 말았다.

조운은 급히 퇴각했다. 그러자 또 곽회의 부하장수 만정(萬政)이 일군을 휘몰아 추격해 왔다.

"이건 뭐냐!"

조운을 힐끗 뒤돌아보며 부하 군졸들을 향하여 소리쳤다.

"어서 너희들은 30리 밖에 가서 기다리고 있어라. 곧 뒤를 따라 갈 터이니."

몇 사람의 부하들을 남겨 놓았을 뿐 전군을 먼저 떠나보냈다. 그리고 마치 망부석처럼 우뚝 서서 창을 들고 있었다.

이 광경을 보자 만정은 가까이 가지 못하고 곽회에게 달려가 말했다.

"조운은 아직도 옛 모습이 역력합니다. 공연히 큰 손해를 입을 것 같습니다."

그러나 곽회는 무시하였다.

"기린도 늙으면 둔한 말이 되는 법. 힘빠진 그 옛날 조운이 이제 무엇을 한단 말이냐?"

조운과 싸우기를 명령했다.

조운이 버티고 있는 장소는 좌우가 절벽이어서 많은 병력이 있어도 아무 쓸모가 없었다. 달려올라가 부딪치는 대로 조운의 창에 찔려 죽고 말았다.

날이 저물었다. 적이 더 이상 달려들지 않음을 보자 조운은 슬금슬금 말을 몰아 나갔다.

"이제 움직였다!"

만정은 조운을 추격했다.

그런데 숲 속 깊숙이 만정이 왔을 때였다.

"이제 왔느냐?"

조운은 나는 듯이 말머리를 급히 돌려 반격했다.

만정은 너무나 급하여 어쩔 줄을 모르다가 말과 함께 절벽으로 굴러 떨어졌다. 이리하여 조운은 한 명의 군졸도 잃지 않고 천천히 한중으로 돌아왔다.

이때 사마의는 촉한 전군이 깃발을 말아 쥐고 한중으로 달아났다는 소식을 듣고 서성으로 대군을 옮겨 그 등지에 남은 백성들을 모이게 했다.

"서촉을 사모하여 한중으로 간 백성들은 대위국 인덕을 모르고 있는 것이다. 너희들은 선조 때부터 살아온 이 땅을 떠나선 안 될 것이다."

그리고는 공명이 다스리던 때의 일과 또한 공명이 이 땅에 있을 때의 모습을 여러 가지로 물어 보았다.

이때 한 늙은이가 대답했다.

"도독께서 대군을 이끄시고 이곳에 오셨을 때, 공명의 밑에는 힘없는 촉병이라곤 2천여 기밖에 없었습니다. 어찌하여 그때 급히 퇴각하셨습니까? 저희들은 이상하게 생각했습니다."

비로소 공명의 계책에 말린 것을 안 사마의는 아무런 표정을 나타내 보이지 않았다.

그러나 그후 하늘을 쳐다보며 탄식하였다.

"내가 싸움은 이겼어. 그러나 나는 공명에게 미치지는 못했다."

이리하여 사마의는 각 군데의 요해지를 굳게 지키게 하고 개선하여 장안으로 향했다.

장안에 돌아가자 사마의는 위제 조예에게 곧 상주하였다.

"농서 제군의 적은 모조리 토벌하였사오나 서촉의 병마는 아직도 한중에 남아 있습니다. 그렇다고 대위국의 안태가 이루어졌다고는 보기는 어렵습니다. 그러니 만일 소신에게 다시금 토벌하기를 명하시면 소신은 천하의 병마를 이끌고 서촉에 들어가 도둑의 무리를 뿌리뽑도록 하겠습니다."

조예는 너무나 반가와 사마의의 말을 그 자리에서 받아들이려고 했으나 상서(尙書) 손자(孫資)가 가로막고 간했다.

"옛날 태조께옵서 장로(張魯)를 평정하실 때 군신에게 남정(南鄭)이란 땅은 천옥이요, 야곡 5백 리의 석혈(石穴), 무(武)로 나아갈 땅은 아니라고 말씀하신 일이 있습니다. 이제 그 험난을 밟고 서촉에 들어간다 하오면 내정의 혼란을 엿보고, 동오가 허실을 찔러올 것이 틀림없습니다. 그러기보다는 제 국경을 굳게 지키고 서서히 국력을 키워 촉오(蜀吳)의 파탄을 기다리는 것이 옳은 줄 아옵니다."

조예는 양론을 가지고 망설였다.

"사마의, 어떤가?"

조예는 사마의에게 물었다.

"그도 매우 좋은 의견이라고 봅니다."

사마의는 공손히 손자의 의견에 굽혔다.

이리하여 손자의 방침을 채택, 장안의 수비에는 곽회와 장합을 머물게 하였다. 그밖의 요해지에도 만선의 수비를 시키고 조예는 낙양으로 돌아왔다.

이때 공명은 한중에서 그가 일찍이 맛보지 못한 패군을 수습하기 시작하였다. 이미 각 부대는 한중으로 돌아왔다.

군대를 다시 일으켜야 할 만큼 촉군의 수효는 줄어들었다.

이 무너진 군대를 하루빨리 창건하기에 앞서 해야 할 일이 또 한 공명의 마음을 어둡게 하였다.

가정 싸움에서 서촉 전군을 패배케 한 마속의 문제였다.

"마속을 불러오라!"

드디어 처단하기로 결심한 공명은 삼엄한 군법회의를 열었다.

이윽고 들어온 마속은 벌써 얼굴색이 변한 채 공명의 앞에 꿇어 엎드렸다.

"마속…!"

"네."

"그대는 어릴 때부터 병서를 읽어 전략을 암송하는 정도였어. 그러나 이번 가정을 수비함에 있어 내가 모처럼 전략 대강을 일러주어 보냈건만, 드디어 돌이킬 수 없는 대과를 범하였음은 어인 연고인가?"

"네…."

"그처럼 가정이야말로 아군의 목숨과 같은 곳이니 깊이 신중을 기하여 지키라고 입이 아프도록 당부에 당부하지 않았는가?"

"승상 면목이 없습니다."

"이제 성인이 된 줄로 생각했더니 그처럼 둔자였으니…."

통탄과 경멸을 섞은 공명의 말을 듣자 마속은 평소의 호연한 마음이 솟아올라 몸둘 바를 몰랐다.

"왕평이 무엇이라 말씀드렸는지는 모르겠습니다만, 그러한 위의 대군이 와서는 누구를 수비시켜도 방비하기 어려웠을 것입니다."

"무엇이…."

공명은 자리에서 벌떡 일어났다.

"왕평의 진법과 네 패배와는 비할 바가 아니야. 왕평은 산기슭에다 진을 치고 촉군이 무너지기 시작하자 적은 병력을 가지고도 정연하게 잘 후퇴했기 때문에 적도 한때에는 복병으로 의심하고 어떤 계책이 있는 것이 아닌가 하여 감히 가까이 오지 못하였다고 들었다. 이는 촉군에 대하여 그후 크게 영향을 주었어. 그에 비하여 너는 왕평이 하는 말을 물리치고 네 마음대로 산 위에다 진을 치는 우둔한 짓을 하지 않았느냐?"

"그렇습니다. 그러나 병법에도 높은 곳에서 낮은 곳을 보는 그 군세가 이미 파죽이라 하지 않지 않습니까?"

"이런 못난 놈!"

공명은 버럭 소리를 질렀다.

"익지 않은 병법, 마치 너를 두고 하는 말이다. 이제 와서 무엇이라고 주둥이를 놀리느냐? 마속, 너의 유족은 네가 죽은 다음에도 이 공명이 무사히 양육할 것이다. 너는 죽는 것을 원망해서는 아니 될 것이야!"

공명은 머리를 돌려 장수들이 서 있는 곳을 바라보았다.

"깨끗이 군법을 시행하라! 이 어리석은 자를 끌어내어 원문 밖에서 참수하라!"

공명은 엄숙하게 명을 내렸다.

　마속은 소리내어 통곡했다.

　"승상! 제가 잘못하였습니다. 만일 저를 베어서 대의를 바로 잡는다면 마속은 조금도 원한이 없겠습니다."

　사형의 중벌이 내리자 그는 참된 마음으로 돌아간 것이었다. 그 마속의 말을 듣자 천군만마를 두려워하지 않던 공명도 머리를 숙이고 눈물을 흘리지 않을 수 없었다.

장수들이 엄한 군령을 받고 마속을 이끌어 원문 밖에서 처형하려는 때였다.

"잠깐 기다리시오!"

밖에서 달려오는 사람이 있었다.

성도에서 사자로 오는 장완이었다. 그는 황망히 영내에 들어가 공명을 만나 간청했다.

"승상! 이처럼 천하가 다사다난한 때 어찌하여 마속과 같이 유능한 인재를 베십니까? 실로 국가의 손실이라 보옵니다."

"오, 장완인가. 그대와 같은 인물이 나에게 그러한 말을 하리라곤 생각지 않았네. 손자(孫子)도 말하였어. 이김을 천하에 제압하려는 자는 법을 쓰는 데에 밝음이 있다고. 사해가 갈라져 싸우고 사람과 사람의 도가 문란한 이때 법을 버리고 어찌 천하를 바로잡을 수 있겠는가… 깊이 생각해 보게나."

"그러나 마속은 아까운 인재이옵니다. 그렇게 생각되시지 않습니까?"

"그 개인적인 정이 더한 죄가 되네. 마속이 범한 죄는 오히려 그보다 가벼워. 그러나 애석하게 생각되는 자일수록 단연 베어 버려야 해. 아직도 처형하지 않고 있는가? 빨리 목을 베어라!"

공명은 군졸을 시켜 처형하기를 재촉했다.

순간 마속은 떨어진 목이 되어 공명 앞에 바쳐졌다.

"용서하라. 죄는 나의 불명에 있었다!"

공명은 옷소매로 얼굴을 가리며 엎드려 통곡했다.

때는 서촉 건흥(建興) 5년 여름이었다.

젊은 마속의 나이는 39세였다.

마속의 베인 머리는 진문에서 진문으로 돌려보게 했으며, 그와 동시에 군법을 밝히는 일문도 게시되었다.

그런 다음 후히 장사를 지냈다. 또 마속의 유족은 공명의 보호 아래 자유로운 생활을 약속했으나 공명의 마음은 조금도 위로되지 않았다.
'죄는 나에게 있다.'
공명은 자책하고 또 자책하였다.
스스로 칼을 목에다 박고 싶었으나 서촉의 위기가 눈앞에 다가와 그러지도 못했다.
더욱이 선제 현덕의 유조도 있었다.
공명은 중책을 느끼자 죽으려 해도 죽을 수 없다는 것을 느끼며 마음을 다져먹었다. 그리고 성도에 돌아가는 장완에게 일문을 표(表)하여 촉제에게 상주했다.
그 전문은 부끄러움이 꽉 찬 문장으로 끝을 맺었다.
이번 싸움의 대패가 공명 자신의 불명이었다는 것을 깊이 사죄하고 국가의 많은 병력을 잃은 죄를 빌었다.

'소신 양(亮)은 3군의 최고 지위에 있기 때문에 누구도 소신의 죄를 벌함이 없사옵니다. 하여 소신 스스로 신직(臣職)의 위(位)를 삼등으로 내려 승상의 직위를 폐하께 돌려보내는 바이옵니다. 원하옵건대 소신 양의 촌명(寸命)만은 윤허해 주시기 바라옵나이다.'

촉제 유선은 대패했다는 일선 소식을 듣고 마음이 적잖게 아팠던 데에다 다시금 공명의 표를 읽자 더욱 괴로웠다.
그리하여 유선은 칙사를 보내었다.

'승상은 촉한의 대로(大老), 비록 한 번 실책이 있다 하여 어찌 관위를 폄강하리요. 부탁하건대 구직에 머물러 다시 사기를 일으켜 나라를 다스려 주기 바라오.'

공명은 일문을 받고도 옛 직위에 돌아오지 않으려 했다.
"이미 마속을 베어 법의 존엄을 밝혔사오니 소신 스스로 법을 지키지 않사오면 이 앞날 군기를 바로잡고 촉한의 국정에 나갈 수 없사옵니다."
드디어 조정에서도 그의 청을 받아들여 승상을 폐하였다.
'이후 우장군으로 촉군을 총독하라' 는 임명을 내렸다.
이에 공명은 울며 배수하였다.

그 어떤 강한 나라도 싸움에 크게 패하면 온 나라가 쇠해지기 쉬운 것이 옛날과 오늘의 역사다. 그러나 서촉의 백성은 낙망하지 않았다.
'어디 두고 보아라, 이 다음에는…' 하고 오히려 온 나라 백성이 적개심에 끓고 있었다.
또한 공명이 눈물을 흘리며 마속의 목을 베었다는 얘기는 온 나라 백성들에게 활기를 주었다.
그리하여 패한 군대와 흩어지기 쉬운 군기도 사뭇 엄중히 굳어져갔다.
더욱이 공명 스스로 승상의 자리를 물러나 책임을 지는 겸손한 태도에 온 촉군 장수들은 감탄하였다.
"총수의 허물은 전군의 허물이다. 제갈량 한 사람에게 죄를 씌울 수는 없다" 하고 분발하였다.
마속의 죽음이 의미 없는 죽음이 아님을 밝히고 공명에겐 오히려 명예로운 칭송이 뒤따랐다.
 또 노장군 조운에겐 특히 은상을 내리고, 왕평이 가정 싸움에서 군령에 충실했음을 치하하여 상을 내리고, 다시금 승진시켜 참군으로 삼았다.

 칙명을 띠고 한중에 머물러 있던 비위가 어느 날 공명을 위로하려는 뜻으로 말했다.
 "서역의 많은 백성들이 승상을 사모하여 한중으로 따라왔다고 듣고 촉한 백성들이 모두 기뻐합니다."
 공명은 괴로운 듯이 중얼거렸다.
 "보천(普天) 아래 한의 땅 아닌 데가 없소. 귀공의 말은 국가의 위력이 아직도 부족하다는 것을 말함과 같은 것이오."
 "승상께선 강유란 대장을 얻지 않았습니까? 폐하께서도 매우 기뻐하십니다."
 "한 사람의 강유를 얻었다 하여 가정의 패배를 메울 수는 없소. 하물며 잃어버린 촉군과 아첨은 군중의 금물이오."
 공명은 가정 싸움의 패배를 두고 늘 자책하는 것이었다.
 이때 어떤 인사가 공명을 찾았다.
 "신의 계산처럼 틀림이 없으신 장군께서 다시금 대군을 일으켜 위국을 보복할 생각은 이미 갖고 계시지요?"
 "그럴 수가 없소이다."
 공명은 머리를 저어 보였다.
 "지모만을 가지고 싸움에 이길 수는 없소이다. 가정 싸움에서는 촉한이 위국보다도 병력이 많았으나 패배했소. 생각컨대 지모도 아니고 수효도 아니오."
 공명은 조용히 숨을 내뿜었다.

"대군이 필요치 않아. 오히려 적은 수효라도 훌륭한 연마가 으뜸이야. 또한 군기가 제일이고… 제공들은 이 공명에게 과실이 있다면 서슴지 말고 일러 달라. 그것이 충성이야. 지금 깊이 반성한다면 오늘의 치욕을 씻을 수 있을 것이야."

공명은 먼 하늘을 바라보았다.

이러한 상황에서 참으로 촉국 국민은 바빴다.

싸움으로 피폐한 국내를 쇄신하려고 밤잠도 제대로 자지 않을 만큼 부지런히 움직였다. 물론 공명도 권토중래할 생각으로 묵묵히 앞을 생각하고 있었다.

그는 한중에 그대로 머물러 있으면서 내일을 위하여 온 정성을 기울이고 있었다.

다시 출사표를

 가정에서의 승리는 위국이 강대하다는 것을 다시 한번 천하에 보여 주었다.
 위국 안에서는 승전에 발맞추어 여론마저 좋게 일어났다.
 "이때를 타서 촉국에 들어가서 화근을 제거하라."
 사마의는 조예가 이에 움직이지 않음을 두렵게 생각하여 측근 자에게 말하였다.
 "서촉에 공명이 있고 검각에 난소가 있다. 그러한 망론에 귀를 기울이지 마라."
 그러나 사마의가 아무 걱정 없이 지내고 있는 것은 아니었다.
 먼저 공명이 가정에 나와서 패전하고 갔으니 반드시 다음에는 진창도(陣倉道)에 나올 것이라는 점을 예상하고 있었다.
 그리하여 조예에게 권하여 그곳에다 난공불락의 성을 쌓게 하였다. 그리고 잡패장군(雜覇將軍) 학소를 수비대장으로 삼았다.

학소는 태원(太原) 사람으로 충심이 두터운 장수였다. 그의 부하 장수들도 정예군들만 모여 있었다.

학소는 진서장군의 인수를 받았다.

"소신이 진창을 지키는 이상 장안과 낙양은 높은 곳에서 홍수를 바라보시듯 안전할 것이옵니다."

조예에게 머리를 조아려 맹세하고 길을 떠나갔다.

이렇게 촉경의 국방이 안정됐다고 생각할 즈음 동오에 근접하고 있는 양주(楊州) 대도록 조휴(曹休)로부터 상소문이 올라왔다.

'동오의 번양 태수 주방(周?)은 진작부터 대위국에 항복해 올 생각을 하고 있던 바, 지금 밀사를 보내어 7개조의 조건을 말하여 동오를 토벌할 계책을 소신에게 보내왔사옵니다.'

조휴의 상소문은 곧 조의에 붙여졌다.

"대체 주방의 말은 믿을 수 있는 것인가?"

조예는 만좌에 앉은 문무백관을 돌아보다가 사마의를 바라보았다. 사마의는 앞으로 나와 말했다.

"주방은 동오에서도 지략이 있는 장수이오니 거짓 내통일지도 알 수 없습니다. 그러하오나 이것이 진실이라면 또한 버리기에는 아까운 것이옵니다. 그런 고로 대군을 세 길로 나누어 그의 거짓이 있어도 절대로 패하지 않도록 태세를 갖추어 출병한다면 손해볼 일이 없을 것으로 보아 다시 대책을 강구할 일이옵니다."

이리하여 완성(?城)과 동관(東關), 강릉(江陵) 세 길을 향하여 낙양의 대군이 속속 남하한 것은 그로부터 한 달 후였다.

이 움직임은 곧 동오에 알려졌다.

동오로서는 오히려 기다리고 있는 거나 다름없었다. 동오의 건

업성에서도 활발히 군사를 움직이고 있었던 것이다.

보국대장군 평북도원수(輔國大將軍平北都元帥)로 봉한 육손(陸遜)의 오군(吳郡)·주환(朱桓)·전당(錢塘)·전종(全琮)을 좌우 도독으로 삼고 강남 81주의 정병을 이끌고 세 길을 향하여 북상해 왔다.

또 한편 육손은 제갈근(諸葛瑾)의 일군을 강릉 방면에 보내어 그곳으로 내려올 사마의군을 공격케 했다.

이때 위급한 상황에 처한 것은 동오 주방의 꾀에 넘어간 위국 도독 조휴(曺休)에게 있는 듯 싶었다.

조휴는 주방의 모략에 쉽게 걸려들 위인이 아니었다. 그러나 주방이 오래 머물러 있으며 그를 믿게끔 하였다.

그리하여 주방의 모반에 응하여 위의 대군이 남하하는 것을 중앙에서 결정했다는 소식을 듣고 조휴도 대군을 이끌고 완성에 와서 주방을 만났다.

그러나 조휴는 아직도 주방을 믿을 수 없어 눈치껏 주방에게 다짐을 했다.

"귀공이 제출하신 7개조 계책은 중앙에서도 받아들이기로 되어서 위의 대군이 세 길로 남하하고 있는데, 귀공의 말은 틀림이 없을 테지요?"

"만일 의심되신다면 인질이라도 잡아 두십시오."

"아니, 의심하는 것은 아니오. 어찌 됐든 작은 문제가 아니니까. 이것이 만일 제대로 맞아 들어간다면 동오를 타파한 귀공의 공은 일약 위국에서 크게 상찬될 것이요, 동시에 이렇게 말하는 이 조휴도 명예롭게 될 것이오."

"도독께선 아직도 제 말을 의심하는 바가 적지 않군요?"

"그것을 알아두시오. 만일 귀공의 말에 잘못이 있게 되면 이 사람의 자리가 어찌 되겠소?"

"물론 잘 압니다."

주방은 작은 손칼로 자기의 머리칼을 싹뚝 베어 조휴의 앞에 내밀었다. 그리고 울음을 참는 듯 천정을 쳐다보는 것이었다.

조휴도 깜짝 놀랐다.

"아, 그 무슨 짓이오! 어찌하여 머리칼을…."

"아니올시다. 이 사람의 생각에는 스스로 목을 잘라 죽음으로써 마음을 표시해 보이고 싶습니다. 이 충심, 이 진심을 머리칼을 베어서라도 하늘에 맹세하는 것입니다."

주방은 어깨를 흔들며 울었다.

조휴도 눈시울이 뜨거움을 느꼈다.

"내가 잘못하였소. 공연한 농담을 하여 미안하오. 제발 마음을 푸시오."

조휴는 의심을 풀고 주방과 함께 주연을 열어 동관에 진출할 여러 가지 계획을 상의하였다.

그러자 가규(賈逵)가 찾아와서 고했다.

"어째 수상합니다. 머리칼을 잘라 의심이 없음을 보인다는 것이 말입니다. 도독께서 나가실 일이 아닙니다."

"나갈 일이 아니라니?"

"주방의 선도로 동관으로 출병할 예정이 아니십니까?"

"물론이지."

"이곳에 머물러 좀더 동정을 살피시는 것이 어떻겠습니까?"

조휴는 가규의 말을 듣자 웃으며 비웃었다.

"음… 그 사이에 자네가 동관에 나가 공을 세우겠단 말인가?"

다음날이었다.

조휴는 즉시 출전하라고 군령을 내렸다.

"동관으로 향하라!"

여러 장수들에게 군령을 내리고 급히 휘몰아갔다.

하지만 가규는 꾸지람을 듣고 뒤에 남아 있었다.

주방도 수십 기를 이끌고 선봉에 서서 동관을 안내하는 역할을 맡았다.

말 위에서 조휴가 주방에게 물었다.

"저기 보이는 험준한 산은 어디요?"

"석정(石亭)올시다."

"동관은?"

"저 산을 넘으면 얼마 가지 않아 있습니다. 우군을 나누어 나아가면 동관은 그냥 손으로 잡는 격이 될 것입니다."

조휴는 만족한 표정을 지었다.

그리고 석정산 위에서 요소요소에 군졸을 배치하고 그 이틀 후였다. 척후병이 달려와 알렸다.

"서남 산기슭에 수효는 알 수 없사오나 동오군이 있는 것 같습니다."

조휴는 금시 얼굴색이 변했다.

주방으로부터 이 지대에는 동오군의 군세는 1기도 없다는 말을 들었기 때문이었다.

이러할 즈음 또 척후병이 들어왔다.

"어젯밤에 주방 이하 수십 명이 행방을 감추어 버렸습니다."

"무엇이, 주방이 보이지 않아?"

조휴는 크게 후회하고 소리쳤다.

"그놈이 나를 속이기 위하여 제 놈의 머리칼까지 베어 모략을 하였단 말이냐? 음… 그따위 놈들의 계책이 있은들 무슨 소용이냐. 장보(張普)! 산기슭에 있는 동오군을 한 합에 쳐라!"

이미 위의 땅에 왔다는 것을 짐작하면서도 조휴는 사태를 바로 볼 만한 마음의 여유가 있었다.

장보는 군령을 받자 일군을 이끌고 급히 달려 내려갔다.

그런데 척후병이 보고 온 동오군은 생각하였던 바와는 달리 막강한 부대였다. 더욱이 동오군에서도 정예군이라는 이름을 가진 서성(徐盛)이 이끌고 있는 군졸이었다.

"안 되겠습니다. 이 적은 병력으로는 감당이 안 되겠습니다."

장보는 한참 후 무참히 패하고 달려와서 말했다.

조휴의 얼굴색도 검게 변했다. 그러나 그는 뒤에 오는 대군을 믿고 있었다.

"기병을 가지고 내가 승리를 거두리라. 내일 진시(辰時)를 기하여 내가 2천 기를 이끌고 산을 내려가서 거짓 패하여 달려나올 테니 그대는 3만여 기를 석정 남북에 갈라 매복시키고 있다가 일시에 몰아 치거라!"

그러나 그 내일이 오기 전이었다.

그날 밤중에 동오군의 거센 공격을 받아 조휴군은 어쩔 줄을 모르고 있었다.

더욱이 조휴군을 이곳에다 유인하여 넣는 것은 주방이 처음부터 육손과 상의한 일이어서 동오군은 압도적인 병력으로 사면을 포위했던 것이었다.

육손은 위군의 망동이 있을 것을 미리 알고 있었다. 그리하여 그 전날 밤 대군을 갈라 석정 뒤로 돌려 남북 산기슭에다 견고한 진을 치고 육손 자신이 정면을 공격했던 것이다.

또 그보다도 앞서 동오의 주환은 석정 뒷산에 올라가서 몰래 행군하고 있을 때 부근에 매복한 우군을 순찰하러 오는 위군 장보와 마주쳤다.

장보는 처음에 깜깜한 밤중인데다 우거진 숲 속이어서 우군인 줄만 알았다.

"어디 병사인가? 대장은 누구냐?"

날카로운 목소리로 나직이 물었다.

"이 군대는 동오의 정예, 대장은 주환이시다."

주환은 대검으로 장보의 머리를 베어 버리고 말았다.

깜깜한 밤중이었다. 이 어둠 속에서 야습전이 갑자기 벌어져 내일을 기다리고 있던 위의 본군의 혼란은 이만저만이 아니었다.

이에 조휴도 막을 길이 없어 흩어지는 군졸 속에 에워싸여 협

석도(夾石道) 방면으로 달아나 버렸다.

그러나 동오군은 이 방면에도 3면으로 섬멸전을 시작하였다. 죽어 넘어진 수효는 헤아릴 수도 없었고, 사로잡은 수효만도 1만 기가 넘었다.

이 무서운 포위망을 뚫고 빠져나온 위군은 말과 창칼도 버린 채 알몸으로 달아나 간신히 도독 조휴의 뒤를 쫓아갔다.

"목숨이 붙어 있는 것이 기적이구나!"

한참을 퇴각하여 조휴는 간신히 쉴 곳을 찾았다.

참으로 이 위지에서 조휴를 건져낸 것은 그의 꾸지람을 받고 후진에 남아 있던 가규였다.

조휴의 앞길을 걱정하던 끝에 가규가 일군을 이끌고 석정 북쪽 산에 이르러 위기일발 직전에 조휴를 구했던 것이다.

이 일각에 위군이 대패하였기 때문에 다른 두 방면으로 진격했던 사마의군과 만총(萬寵)군도 매우 불리한 태세에 놓여 있었다.

이리하여 삼로로 퇴각하여 달아났다.

한편 육손은 산처럼 쌓인 노획품과 수만 포로를 잡아 이끌고 건업으로 돌아왔다.

손권은 친히 궁성 밖에까지 나와서 육손의 손을 잡아들였다.

"경의 공이 크니 과연 이 나라의 기둥이오!"

또 머리칼을 베어 모계를 써서 공을 이룬 주방에게도 크게 상을 주고 일약 관내후에 봉하였다.

"그대의 공은 오래 죽백(竹帛)에 새겨지리라!"

서촉과 동오의 동맹은 그동안 아무런 변동을 보이지 않았다.

공명이 남만(南蠻)을 원정하기 전 위국 조비가 대함선을 건조하여 동오에 침입하려던 이전에, 등지를 사자로 동오에 보내어

수교를 청하였다. 이에 화답으로 동오도 장온을 보내어 두 나라 는 친선을 맺어 오늘에 이르렀던 것이다.
　이것으로 미루어 보아 위국이 가정에서 대승하여 서촉을 물리 친 다음, 그 즉시 인마를 돌려 동오와 싸우지 않았던 까닭은 다만 조휴의 간함에 있었으나 주방의 교묘한 유계로 인하여 대군을 움직였다고 할 수 있을 것이었다.
　더욱 큰 원인은 촉오의 굳은 동맹에 있었다.

　　'위가 동오에 침입할 때는 서촉은 즉시 위의 측면을 위협할 것임. 또한 위와 서촉이 싸울 때는 동오는 위의 측면을 쳐서 이를 격퇴할 의무가 있음을 밝힘.'

　이런 조약문이 왔던 것이다.
　기산과 가정의 싸움이 벌어지자, 동오는 응당 어떠한 형태를 가지고라도 위의 측면을 향하여 군사 행동을 일으키지 않으면 안 될 입장에 놓여 있었다.
　이러한 동오의 상황을 또한 위국이 모르는 바 아니었다.
　그렇기 때문에 조휴가 패하여 달아나자 동시에 동오군은 신속하게 손을 써서 물러가 버렸던 것이다. 서촉에 대한 조약 이행은 이로써 갚음을 한 것이나 다름이 없었다.
　이리하여 손권은 그 전과와 서촉과의 의무 완수를 장황하게 적어 촉제 유선에게 사자를 보냈다.

　'동오가 맹약을 존중함은 이러합니다. 폐하는 더욱 안심하시고 공명으로 하여금 위국을 치게 하십시오. 동오는 언제나 맹국의 신의를 가지고 위국의 국경을 위협하였고 드디어는 그들로

하여금 머리를 들지 못하도록 충격을 가해, 앞으로도 위국이 제 아무리 강대함을 자랑한들 동오가 일어나서 일격에 격퇴해 버릴 것이옵니다.'

이런 일이 있은 다음 위국에도 변화가 생겼다.

살펴보면 조휴는 석정에서 대패하여 낙양에 돌아갔으나 신병으로 죽고 말았다. 조휴는 위국의 원로요 조예의 일족이었다.

조예는 조칙을 내려 조휴를 후히 장사지냈다. 그러자 동오를 막기 위하여 남쪽 국경에 가 있던 사마의가 그 조휴의 장례를 기회로 갑자기 낙양으로 돌아왔다.

여러 문무백관들은 부쩍 의심이 생겼다.

"도독은 무엇 때문에 갑자기 낙양에 올라온 것일까?"

사마의는 이에 대답하였다.

"대위국군은 가정에서 크게 승리하였으나 그 대신 동오군에게 패전했소. 생각컨대 서촉의 공명이 대위국군이 패하였음을 알고 반드시 군사를 일으켜 쳐들어올 것이 분명하오. 그 위급을 전할 때 누가 공명을 막을 것인가? 그렇기 때문에 급히 낙양에 올라온 것이오."

사마의의 말을 들은 사람들은 모두 비웃었다.

"동오는 강하고 서촉은 약하다고 보고 있다면 먼저 싸움에 이겼어야 할 것이 아닌가? 동오에게는 못 이기나 서촉이라면 이기리라고 믿는 모양이지요."

그러나 그 정도의 비웃음에 신경을 쓸 사마의가 아니었다. 사마의로서는 어떤 깊은 생각이 있어서인지 가끔 조예를 배알하며 낙양에 머물러 있었다.

이때 공명은 한중에서 서촉군의 재편성을 끝마쳤다.

그 장비와 군량에 이르기까지 계획대로 추진하여 위국의 동정만 엿보고 있었다. 동오의 대승을 축하하여 성도에서 3군에게 술이 하사되었다.

공명은 후주가 내린 술로 하룻밤 크게 주연을 베풀고 장수들의 노고를 위로하였다.

술이 돌아 취흥이 무르익어 갈 무렵이었다.

뜰에 서 있는 늙은 소나무 가지가 뚝 하고 저절로 부러졌다. 공명은 이마를 찌푸리고 바라보았으나 장수들의 흥을 깨칠까 두려워 못본 척 잔을 들 때였다.

"지금 조운 장군의 자제 조통(趙統)과 조광(趙廣)이 찾아왔습니다."

시중 한 사람이 들어와서 알렸다.

그 순간 공명은 얼굴색이 변하며 손에 들었던 술잔을 놓쳤다.

"아, 노송이 드디어 부러진 모양이구나!"

공명의 예감은 틀리지 않았다.

이윽고 들어온 조운의 두 아들은 허리를 굽혔다.

"어젯밤 아버님이 돌아가셨습니다."

공명은 소스라치게 놀라며 슬퍼했다.

"조운은 선제 이래의 공신, 촉한의 기둥이나 다름없어. 크게는 나라의 손실이요, 적게는 내 한쪽 팔을 잃은 거나 마찬가지야."

공명은 소리 없이 눈물을 흘렸다.

이 슬픈 소식은 그 날로 성도에 보고되었다. 후주 유선도 소리내어 울며 슬퍼했다.

"그 옛날 당양(當陽) 난군 중에 조운의 갑옷에 싸여 구해지지 못했다면 짐의 오늘은 없었을 것이다. 슬프게도 그가 세상을 떠나다니…."

 조칙을 내려 순평후(順平侯)로 봉하여 성도 교외에 있는 금병산(錦屛山)에다 국장으로 후히 장사지내 주었다.

 그리고 그 아들 조통을 호분중랑장(虎賁中郞將)으로 봉하고 아우 조광은 아문장으로 임명하여 그 아버지의 분묘를 지키게 하였다. 이런 일이 있은 다음 군신 한 사람이 나와서 말했다.

 "한중에 있는 공명으로부터 지금 양의가 사자로 왔사옵니다."

 이윽고 양의는 유선의 앞에 엎드려 공명의 상소문을 올렸다. 그것은 공명이 두 번째 올리는 비장한 출사표였다.

 후주는 천천히 공명의 상소문을 펴 보았다. 그 출사표에는 다음과 같이 쓰여 있었다.

 '한(漢)과 도둑은 양립할 수 없사옵니다. 왕업은 아직도 평안하다고 볼 수 없사오니 이를 토벌하지 않는 것은 앉아서 멸망을 기다리는 거와 마찬가지 일이옵니다. 오히려 나아가 토벌하는 것이 마땅한 일이옵니다. 그 어느 편이 왕업을 융성케 한다함은 거론할 여지가 없사옵니다.'

 공명은 출사표 서두에다 우선 이렇게 정세 판단을 내렸다.

 공명이 깊이 간직하고 있는 이상과 주전론(主戰論)을 두고 성도의 안일을 일삼는 문관들이 반대하는 경향이 있기 때문이었다.

 '이 창업이야말로 일조일석에 이루어질 것이 아니오라 위를 섬멸하는 이상의 어려움과 인내가 필요함은 더 이를 말이 없사옵니다.'

 신중하고도 비장한 글로 위국의 그 강대한 전력과 촉한의 불리한 지세와 약점을 써내려 엮어 놓았다.

더욱 공명 자신이 한중에 머물러 전포를 벗지 않고 있는 이유를 여섯 조목으로 갈라 적고 불요불굴의 정신으로 다만 선제의 유조를 받드는 한마음만이 있다는 정성 어린 글을 적은 다음 그 끝에다 이렇게 적었다.

'지금 백성이 궁핍하고 군졸이 피폐하오나 사태는 어찌할 수 없사옵니다. 겨우 한 주의 땅을 가지고, 촉한의 10배의 적을 대하여 지구전을 하려 하옵니다. 이것이 소신이 아직 전포를 벗지 않고 있는 까닭이옵니다. 소신 국궁진력(鞠躬盡力)하와 죽음으로써 싸우겠나이다. 성패에 있어서는 소신이 밝게 살피는 점이 있사옵니다. 엎드려 표(表)를 올리오니 성단(聖斷)이 있으시옵기를 우러러 비옵나이다.'

건흥(建興) 6년 11월

실로 비장한 글이었다.

이때 위국은 많은 군졸을 동오 국경에 보내어 싸움에는 이롭지 못하였고 조휴마저 죽었다.

그후 위국은 싸움을 일으킬 기세도 보이지 않을 뿐만 아니라 서쪽 수비에도 의연 그 세력이 약해져 있었다.

이 기회를 엿보아 공명이 다시금 출사표를 올린 것이었다.

후주는 벌써 공명의 이러한 전략에 찬동하고 있었다. 후주가 윤허하자 양의는 그날로 한중으로 떠나갔다.

"빨리 진군하여라!"

공명은 반년에 걸려 정비한 군졸 30여만 병을 이끌고 급히 진창도를 향하여 길을 떠났다.

이때 공명의 나이 48세였다.

때는 살을 에이는 듯한 추위가 휘몰아치는 동짓달이었다.

천하의 험지로 알려진 산과 계곡에는 눈이 산처럼 쌓여 있어서 눈썹과 입김도 얼어붙을 만큼 혹한이건만 30여만 대군은 묵묵히 진군해 갔다.

경계 지역을 수비하고 있던 위군의 병사들이 한중의 이러한 움직임을 보자 소스라치게 놀랐다.

'공명이 다시금 침략해 오고 있음. 촉의 군세는 수십 만, 급히 방어전 수배를 바람.'

사자가 이런 내용을 가지고 그날로 낙양으로 떠났다.

낙양에서도 결코 낙관하고 있지는 않았다.

동오에게 패전한 타격이 적지 않았던 탓으로 촉군을 막기 위해 전력을 다한다 해도 또한 동오가 어떻게 나올지를 몰라 조바심을 하고 있었다.

"공명이 또 공격해 온다니…, 장안 일선에서 촉을 막아 국란을 건질 대장은 없는가?"

위제 조예는 만당에 앉아 있는 군신들을 돌아보았다. 그 자리에는 대장 조진도 있었다.

조진은 면목이 없는 듯이 말했다.

"신 앞서 용서에 나가 기산에 이르러 공명과 대진하였사오나 그 공이 없어 죄가 많았습니다. 모름지기 충성을 다할 길이 없어 부끄럽게 생각하던 바이옵니다. 그런데 요즈음 한 장수를 얻었사옵니다. 그는 60근이 넘는 대검을 잘 쓰며 멀리 앉아서도 쇠로 만든 강궁을 쓸 수 있으며, 몸에는 두 개의 유성퇴(流星鎚)를 가지고 있어 하나를 내밀 때마다 떼죽음을 당하옵니다. 원컨대 이 장수와 함께 소신을 선봉으로 삼아 주시면 공명의 무리를 섬멸하여 성려를 그치게 하겠나이다."

조예는 곧 불러들이라 명령했다.

이윽고 보기에도 무서운 장수가 조예의 앞에 엎드렸다. 7척 장신으로 눈은 누렇게 빛나며 얼굴색이 검은 것이 마치 큰곰같이 우람한 몸을 가진 장수였다.

"음, 장할시고…."

조예는 빙긋이 웃었다.

"그의 태생은?"

조진에게 물었다.

"왕쌍(王雙), 직접 답을 올려라!"

조진이 말하자 왕쌍은 더욱 가까이 나와 엎드렸다.

"용서 적도(狄道)에서 낳았고, 이름은 왕쌍이옵니다."

"이렇듯 천하 장수를 얻었으니 길조가 아닐 수 없다. 촉군이 제아무리 공략해 온다 한들 후환은 없을 것이다."

조예는 그 자리에서 왕쌍을 선봉장으로 임명하여 호위장군(虎威將軍)의 호를 내렸다.

그리고 조예는 비단 전포와 황금 갑옷을 왕쌍에게 하사했다.

"이것이 그대의 체구에 맞을 것이다."

또 조진에게 먼저와 같이 대도독 인수를 주었다.

"패하였음을 비겁하게 생각지 마라. 다시금 대도독으로 싸움터에 나가 먼저 전공을 살려서 공명을 토벌해라!"

조진은 감읍하여 낙양 15만 대군을 이끌고 장안을 향하여 길을 떠났다. 곽회와 장합 등의 군세와 합하여 전선 요새에 군졸을 배치하고 방어전의 태세를 갖추었다.

이미 한중을 떠난 촉군은 진창도를 진격해 오는 도중에 벌써

요해지에 구축한 한성에 부딪쳤다.

그것은 공명이 재침략할까 두려워서 사마의의 상소로 서둘러 세워진 진창성으로 이 성을 지키는 장수도 위국의 양장인 학소였다.

"많이 내린 눈 속의 험로인 데다가 위의 학소가 요해에 틀어박혀 있으니 도무지 왕래가 불가능할 것 같습니다. 길을 달리하여 대백령(大白嶺) 조도(鳥道)를 넘어 기산으로 나가시는 것이 좋을 것 같습니다."

촉군 장수들이 공명에게 말했다.

그러나 공명은 이내 머리를 저어 보였다.

"이 한성을 함락시키지 못해서야 기산으로 나간들 위의 대군을 격파할 수 있겠나. 진창도의 북쪽은 가정이야. 이 성을 함락시켜 촉군의 발판으로 만들어야만 해."

공명은 위연에게 진창성을 공격하게 했다. 그러나 연일 공격해도 성은 조금도 움직임이 없었다.

이때 촉군 진중에 운상이라는 인물이 있었다.

이 운상은 위군 장수 학소와는 본디 동향 사람으로 친한 벗이었다. 그리하여 운상은 스스로 공명에게 청하여 보았다.

"저를 성 아래까지 보내 주십시오. 학소와는 매우 친한 사이었으나 제가 서천(西川)에 떨어지면서 한동안 만나지 못했습니다. 지금 그를 만나 항복하도록 권해 보겠습니다."

공명은 바라고 있던 일이라 운상의 청을 받아들였다.

이리하여 운상은 진창성 아래에 가서 성루에 소리쳤다.

"성장 학소 장수의 친구 운상이오. 오랜만에 친구를 만나려고 왔으니 성문을 열어 주시오."

학소는 성루에서 내려다보고 옛 친구인 운상임을 알자 성 안으로 불러들였다.

"오래간만이네."

"자네도 잘 있는 모양이니 반가우이."

"그런데 자네는 무슨 일로 왔나?"

"꼭 자네에게 만나게 할 사람이 있어서 왔네."

"음, 누군가?"

"그건 물론 제갈공명이지."

운상의 말을 듣자 학소는 갑자기 얼굴색이 변하였다.

"빨리 돌아가게."

"왜 그러는가?"

"나로 말하면 위국에, 그대는 촉국에 쓰인 몸이네. 그런 말을 한다면 친구로서 만날 수 없네."

"아니, 친구이기 때문에 그대에게 오지 않았는가? 대체 그대가 지금 이 성 안에 있는 몇 천 기로 어찌 성이 떨어지지 않는다고 할 것인가. 촉군 수십만을 눈으로 보지도 못하였는가? 승패는 이미 결정된 것이야. 애석하게도 그대와 같은 영재가…."

"듣기 싫으이."

학소는 자리에서 벌떡 일어나 성문 쪽을 손짓했다.

"빨리 가게. 해가 저물기 전에…."

"이대로는 갈 수 없네. 우군의 위촉을 받고 온 몸이야."

"좋아, 여봐라! 누구 없느냐?"

학소는 부하 군졸을 불러 눈앞에서 명령했다.

"이 손님을 말 위에다 결박하라!"

군졸은 말을 이끌고 와서 막무가내로 운상을 말 위에 태웠다.

그러자 학소는 성문을 열라 하고 스스로 운상이 탄 말 엉덩이

를 칼자루로 사정없이 후려쳤다.
운상은 촉진에 돌아가 당한 대로 공명에게 말했다.
"그렇다면 내 자신이 지휘하여 한 합에 공략해 버리리라."
공명의 얼굴빛이 서서히 흐려가고 있었다.

강유의 대계

한중에 머물러 있는 일 년 동안 공명은 끊임없이 군의 기구로부터 그 정비와 무기에 이르기까지 일대 개혁을 감행했다.

예를 들면, 돌격의 속도에 필요한 산기대(散騎隊)와 무기대(武騎隊)를 새로 편성하여 말에 익숙한 장수를 그 부대에 배치했다. 그리고 노궁수(弩弓手)라 하여 위치와 솜씨가 낮았던 것을 공명이 발명한 위력 있는 신무기를 새로 주어 한 부대로 창설하였다. 그 부대를 맡은 장수를 연노사(連弩士)라 이름하였다.

연노라는 것은 여덟 치 가량되는 쇠화살을 꽂아 한 번 쏘면 열 대가 한꺼번에 날아가는 무기였다.

또 대연노(大連弩)는 비창현(飛槍弦)이라고도 하여, 이것은 한 창으로 철강을 뚫고 다섯 사람이 줄을 통기면 쏟아져 나가는 무기였다. 이 밖에 돌을 발사하는 석노(石弩)도 있었다.

군량을 운반하는 수송차로는 목우유마(木牛流馬)라는 특수한 차가 고안되었고, 군졸의 철모와 갑옷에 이르기까지 일대 개량을 하여 보완한 것이었다.

이 밖에도 공명의 지혜로 만들어진 무기가 수없이 있었으나 무엇보다도 큰 것은 공명이 남긴 병학(兵學)이었다. 팔진법 등 그 밖의 병법이 종래의 것보다도 새로운 것이었다.

이렇게 새로운 무기로 정비한 공명은 스스로 진두에 나아갔다. 학소가 지키는 진창성은 규모부터 작아서 고전하였음은 말할 것도 없는 일이었다.

그러나 성은 좀처럼 흔들리지 않았다.

"이러다가 위의 대군이 오면 큰일이다."

공명은 진두에 나가 치열한 공격을 가하기 시작했다.

높은 사닥다리와 충차 같은 신무기까지 동원, 수백 대로 성벽 사방을 포위하고 공격했다. 그러나 학소는 조금도 동요하는 빛도 없이 성루마다 불화살을 갖추게 했다.

그리고 북소리와 함께 비전을 떨어뜨리고 기름을 쏟아 부었다. 이럴 때마다 촉군이 자랑하는 운제와 충차는 불덩이가 되고 촉군은 눈앞에서 불을 쓰고 타 죽어 갔다.

"호를 묻어라!"

공명은 흙을 파서 밤낮을 가리지 않고 성 밖에 있는 호를 묻기 시작했다.

그러자 학소는 군졸을 시켜 호를 묻는 쪽마다 성벽을 높이 쌓게 하는 것이었다.

"그러면 성 밑을 파라!"

땅 밑을 깊이 파서 성 안으로 들어가려 하였다.

그러자 학소는 또한 그것을 눈치채고 성 안에서 갱도를 만들고, 그 갱도를 가로 길게 파서 물을 퍼부었다.

천하의 공명도 어찌할 수 없었다. 일찍이 성을 공격함에 있어서 이처럼 머리를 앓아 보기는 처음이었다.

"이미 20일이 지났구나."

공명이 탄식할 때 급히 사자가 달려왔다.

"위의 선봉 왕쌍의 깃발이 가까이 오고 있습니다."

공명은 심기가 불편해졌다.

"벌써 적의 원군이 왔는가? 사웅(謝雄), 그대가 나가라!"

부장에는 공기(?起)를 택하여 각각 3천 기를 주어 급히 왕쌍을 맞아 싸우게 하였다. 그리고 공명은 성 안에서 나올 위군이 두려워 20리 밖으로 퇴진하고 말았다.

전군을 수습하고 자중했던 공명의 짐작은 틀림없었다.

각처에서 사태의 악화를 알려왔다.

또 그 사이에 먼저 보냈던 촉군은 피투성이가 되어 패배해 달려와 처참한 전세를 알리는 것이었다.

"대장 사웅은 적장 왕쌍에게 죽고, 후진을 이끌고 갔던 공기 장군도 왕쌍의 칼에 무참히 패했습니다. 위의 왕쌍을 당하는 장수가 없었습니다."

공명은 크게 놀랐다.

"더 참고 있을 수 없다. 왕쌍의 군과 성중 병력이 연락되면 나의 대사는 사라지고 만다."

공명은 요화·왕평·장의(張嶷)에게 명하여 새로운 군사를 떠나보냈다. 이 사이에도 위의 원군은 맹장 왕쌍을 선봉으로 하여, 뼈가 쑤시는 추위 속에서도 밤낮을 가리지 않고 진창성으로 행군해왔다.

그 행군을 막으려고 떠나간 촉군은 제1진이 벌써 무너지고 제2

진인 요화와 왕평의 군사와 부딪쳤다. 그러나 노도와 같이 휩쓸어오는 위군의 세력 앞에서 한 합에 흩어져 버리고 말았다.

난군 중에서도 촉장 장의는 왕쌍의 추격을 받아 왕쌍의 장기인 60근 대검을 휘두르는 바람에 간신히 혈로를 열어 달아났다. 그러나 왕쌍의 유성퇴에 맞고 말았다.

유성퇴란 무거운 쇳덩어리에 사슬을 단 것으로 왕쌍은 이 유성퇴를 여러 개 몸에 지니고 있다가 이것이라고 생각이 미칠 때 갑자기 적에게 던져 버리는 무기였다.

요화와 왕평은 장의를 구출하여 간신히 달아났으나 장의는 피를 토하며 거의 죽어 갔다.

이리하여 촉군은 적과 추위에 떠는가 하면, 위군은 땀을 흘리며 쫓아 전진하여 왕쌍군의 선봉은 벌써 진창성에 이르렀다. 그리고 횃불을 높이 들고 성 중에 알렸다.

"원군이 도착하였다!"

위군은 성 밖에 진을 치기 시작하였다.

그 규모는 이만 저만이 아니었다. 크고 작은 수레를 늘어 세우고 그 위에다 재목을 쌓아 울타리를 만들고 참호까지 파는 모양이었다.

이것을 바라본 공명은 어떻게 손을 쓸 도리가 없었다. 말하자면 백계(百計)가 궁하여 덧없는 며칠을 보내고 있을 때였다.

"승상! 이러고 있을 때가 아닙니다."

"오, 강유가 왔는가. 무슨 계책이라도 있는가?"

"제가 생각하기에는 이럴 땐 이(離)가 상책이라고 봅니다. 집착에서 떠나는 일입니다. 이 대군을 가지고 작은 성 하나를 치기에 마음마저 갇혀 있다가는 적의 계책에 떨어지기 쉬운 일이라고 생각합니다."

"그렇지! 떠나는 일이 중요한 일이었어!"

강유의 한마디에 공명도 크게 깨달은 바 있었다. 이리하여 공명은 일전하여 그 방침을 변경하였다. 즉 진창 계곡에다 위연의 일군을 남겨 진을 치게 하고, 또한 가정 방면에다 왕평과 이회(李恢)에게 명하여 굳게 지키게 하였다.

그리고 공명 자신은 밤을 틈타 마대·관흥·장포의 군을 이끌고 진창을 빠져나가 멀리 야곡을 넘어 기산을 향하여 서둘러 행군하기 시작하였다.

이러할 즈음 위의 장안 본진에서는 대도독 조진이 왕쌍으로부터 승전하고 있다는 첩보를 들었다.

"공명도 한 합에 그처럼 됐다면, 지난날의 위세는 이미 꺾여졌구나. 싸움은 이미 끝난 것이나 다름없어!"

실로 진중에서는 기뻐하였다.

그런데 선봉 중호군(中護軍) 비요(費燿)가 기산 계곡에서 혼자 두리번거리는 촉병을 사로잡아 왔다. 조진은 필경 적의 간첩이라고 생각하여 장막 안에 끌어들여 심문했다.

그러자 그 촉병은 이렇게 대답했다.

"저는 결코 그런 사람이 아닙니다. 실은…."

불안한 듯 주위를 두리번거렸다.

"사실을 말하고 싶습니다만, 주위에 사람이… 원컨대 부디 주위를 물려주십시오."

이리하여 조진은 좌우에 있는 장수들을 물러나게 했다. 그러자 촉병은 서슴지 않고 말했다.

"저는 강유의 신하입니다."

속주머니 안에서 서찰을 꺼냈다.

조진이 펴 보니 틀림없는 강유의 글씨였다. 쭉 읽어가자 잘못하여 공명의 위계에 빠져 지금 촉진에 머물러 있으나 지난날 대위국 국록을 먹을 때 평소에 입은 홍은과 천수군에 있는 어머니를 잊을 수 없다는 이야기를 눈물을 머금고 쓴 듯하였다.
  그리고 끝에다가 이렇게 썼다.

  '그러나 기다리고 기다리던 시기는 지금 눈앞에 닥쳐와 있습니다. 만일 이 강유를 불쌍히 여기시고 그 충성을 믿어 주시면 별지의 계책대로 하여 촉군을 섬멸하십시오. 강유는 몸을 돌려 공명을 사로잡아 선물로 가지고 가겠습니다. 원컨대 그 공으로 다시금 대위국에 쓰이는 몸이 되게 해 주십시오.'

  이렇게 누누이 내용을 적은 이외에 별지에는 따로 밀계를 자세히 적어 놓았다.
  조진은 그 자리에서 마음이 움직였다.
  설령 공명까지는 사로잡지 못한다 하더라도 촉군을 타파하고 강유를 얻는다면 일석일조의 전과는 되는 것이었다.
  "음, 잘 알았다. 그렇게 전해라."
  그 촉병을 위로하며 내응할 날짜를 약속하여 돌려보냈다.

  조진은 곧 비요를 불러 강유의 계책을 말했다.
  "그는 위군이 진격하여 촉군이 공격하면 거짓 패하여 달아나라고 말하고 있네. 그때 강유가 안에서 올리는 횃불을 보고 다시 급히 되돌아서 협격하자는 책략이야. 이 얼마나 다시 없을 호기냐 말이네."
  "글쎄, 신중히 생각할 일입니다."
  "어찌하여 그대는 반가워하지 않는가?"

"그러나 공명은 지장입니다. 강유 역시 만만치 않은 사람입니다. 모르면 몰라도 속임술이 아닐까요?"

"그렇게 의심하면 한이 없어!"

"그렇다고 도독께서 친히 움직이시는 것은 좋지 않습니다. 우선 제가 일군을 이끌고 나가 시험해 보겠습니다. 만일 공이 있을 때엔 그 공은 도독께 돌리고 패하면 제가 문책을 받겠습니다."

그렇게 해서 비요는 5만 기를 이끌고 야곡을 향해 떠났다.

협곡에서 촉군 초계병과 마주쳤다. 달아나는 초계병을 추격하여 더욱 깊이 들어가자 막강한 촉군의 군사가 밀려 나왔다. 일진일퇴로 며칠이 지났다.

그러자 날이 갈수록 촉군은 물이 스며들듯 불어나는 것이었다. 그와 반대로 위군은 적의 야습을 받아 전군이 점차 피로에 빠져 들고 있었다.

그러자 그날 사협(四陜) 계곡에서 떠나갈 듯한 금고 소리와 함께 기치 창검을 번쩍이며 네 바퀴 수레가 금개 철갑의 기마 장수들에게 에워싸여 바람같이 나오고 있는 것이 보였다.

"공명이다!"

위군은 혼비백산하여 흩어지기 시작했다.

비요는 멀리서 이 광경을 바라보고 있었다.

"빨리 나가 싸워라! 그리고 때를 보아 거짓 패해 달아나라. 퇴군하는 것은 이쪽의 전략이다. 얼마 있지 않아 적의 후진에서 불이 오를 것이다. 그것을 계기로 일시에 뒤돌아서 협공하라. 적진 속에는 위군에 내응하는 자가 있다! 우리의 승리를 의심할 여지가 없다. 확실한 나의 승리다!"

비요는 흥분한 장수처럼 급히 말을 몰아 나갔다.

비요는 공명의 수레를 추격해 가며 외쳤다.

"패군지장은 병법을 논하지 않는다 했거늘 부끄러움도 모르고 또 왔는가!"

공명은 수레 위에 앉은 채 시선을 돌려 말했다.

"그대는 누군고? 난 조진에게 할 말이 있다!"

공명은 상대조차 하지 않았다.

그러자 비요는 노기를 띠며 소리쳤다.

"조도독은 금지옥엽, 어찌 부끄러움을 모르는 파렴치한인 그대 따위와 만난단 말인가!"

공명은 백우선을 들어 3면 산을 향하여 손짓을 했다.

그러자 얼마 후 마대와 장의의 군졸이 쏟아져 나왔다. 위군은 이미 계획한 대로 재빨리 퇴각하기 시작했다.

싸우고는 달아나고 싸우려고 하다가도 달아나기만 했다. 그리고 뒤만 돌아보았다. 혹시나 촉진 후방에서 불길이 오르지 않나 해서였다.

비요도 말 위에서 오직 그것만을 기대하며 협산 사이를 거의 30리나 후퇴하였다. 그럴 때에 촉군 후방에서 검은 연기가 피어올랐다.

"아, 드디어 강유가 내응하는 불길이 오른다!"

말 안장을 두들기며 비요는 말 위에서 펄쩍 뛰었다.

그리고 말머리를 돌리며 큰 소리로 군령을 내렸다.

"빨리 되돌아서 공격하라! 협격할 때가 왔다!"

대장의 예언이 맞아들어감을 보자 위군의 기세는 범이라도 삼킬 듯하였다. 드디어는 추격해 오던 촉군과 마주 바라보게 되자 위군은 노도처럼 진격했다.

위군의 맹위에 오히려 전세는 역전하였다. 와 하고 촉군은 흩어져 달아나기 시작했다.

"공명의 수레는 어디로 도망하는가?"

비요는 대검을 휘둘러 공명의 수레를 추격하였다.

나뭇잎처럼 흩어져 달아나는 촉군에 뒤떨어져 달아나는 공명의 수레가 눈앞에 보였다. 비요는 한 칼에 공명의 목을 자를 것 같은 생각으로 바짝 뒤쫓아 갔다.

"빨리 추격해라! 잡병에 눈을 팔지 말고 공명만을 추격하라!"

5만 기의 대군은 계곡을 주름잡듯 하며 휩쓸어 왔다. 이미 강유가 올린 불의 화기가 가까이 있는 듯하였다.

눈에 덮인 숲이었으나 벌써 불바다가 되어서 눈은 녹아 삽시간에 계곡엔 탁류가 넘쳐 흘렀다.

그러나 적군은 그 그림자 뒤에 사라져 어디에 숨어 버렸는지도 알 수가 없었다. 앞이 트여 있어야 할 계곡 입구는 암석과 큰 나무로 막혀 한 발자국도 넘을 수 없게 되어 있었다.

"강유의 반군은 어떻게 하고 있을까?"

비요는 갑자기 의심이 들기 시작했다.

적의 전략에 떨어진 것이라 느꼈기 때문이었다. 그러나 이미 때는 늦었다. 큰 나무와 돌이 굴러 떨어지고 기름 묻은 나무와 돌멩이가 소리를 내며 비오듯 쏟아졌다.

사람과 말이 쓰러지며 아비규환의 광경이 눈앞에서 일어났다.

"적의 계략이다! 후퇴하라!"

비요는 기절초풍하여 난군 속을 헤치며 좁은 오솔길로 달아나기 시작했다. 그러자 저쪽 계곡에서 한 떼의 군마가 금고 소리를 울리며 날려나왔다.

다른 사람이 아닌 비요가 기다리고 있던 그 강유였다. 비요는 첫눈에 알아보고는 소리쳤다.

"불충불효의 적자놈이 아닌가? 너 이놈! 사람을 속였겠다? 어디 두고 보아라. 요 애송이 같은 놈아!"

그러나 강유는 얼굴에 엷은 웃음을 띤 채 급히 말을 몰아왔다.

"누군가 하였더니 비요였던가! 내가 잡으려고 한 것은 조진이었는데 학의 창에 까마귀가 걸렸군. 에잇! 싸우기도 귀찮으니 투구를 벗고 항복하라!"

"무엇이 어째?"

비요가 날뛰었으나 강유의 앞에서는 칼을 들어야 소용없었다.

비요는 다시 달아나기 시작했다. 그러나 돌아선 길도 이미 막혀 있었다. 산 위에서 많은 차량을 굴려 불을 질렀기 때문에 불길은 하늘을 찌르고 올랐다.

"아, 하늘이…."

비요는 문득 걸음을 멈추었으나 불에 타 죽지는 않았다. 스스로 칼로 목을 찔러 죽어 버리고 말았다.

"항복할 자는 이 밧줄을 잡아라!"

절벽 위의 사방에서 밧줄을 내려 드리웠다. 위군 군졸은 앞을 다투어 밧줄에 매달렸다. 그러나 5만군에서 반수도 건지지 못하고 말았다.

그후 강유는 공명의 앞에 나가 사죄하였다.

"이 계책은 제가 쓴 것입니다만 매우 잘못되었습니다. 조진을 잡지 못하였으니 실패한 것이옵니다."

공명은 강유를 평하여 말했다.

"그렇군. 아깝게도 대계를 지나치게 썼어. 대계는 좋으나 그것을 적게 써서 큰 전과를 얻는 것이 기략의 묘미가 아닌가."

한편 동오 국경에서 퇴각하여 사마의가 낙양에 머물러 있는 것을 비난하는 무리가 한두 사람이 아니었다.

득세하여 한가함을 일삼는다는 것이었다.

그러나 이때 '공명이 다시금 기산에 나와서 위군의 선봉 대장을 몇 사람이나 죽였다' 하는 패보가 날아오자 사마의를 비난하던 소리는 뚝 그쳤다.

사마의는 역시 범상한 눈이 아니라고 그의 앞을 보는 선견에 탄복한 때문이었다.

이러한 비난은 그 어느 때든지 문약한 문관들의 입에서 흘러나오기 마련이었다. 이번에는 사마의를 비방하던 소리가 다른 방향을 돌려졌다.

'대체 도독은 있는 것인가, 없는 것인가? 조진은 무엇을 하고 있는가' 하는 비난이 낙양과 장안을 떠돌았다.

조진은 위의 황제의 일족이다. 그렇기 때문에 조예는 마음이 매우 편치 않았다. 때문에 조예는 사마의를 불러 대책을 하문하였다.

"두려운 것은 서촉이 아니라 공명 그자의 존재야. 어찌하면 좋겠는가?"

"그렇게 근심하실 일이 아니옵니다."

사마의는 서슴지 않고 대답했다.

"자연히 촉군을 물러가게 하는 방법이 있사옵니다."

"그런 상책이 있단 말인가?"

"있사옵니다. 소신이 생각하기에 공명의 군대는 1개월 동안 먹을 군량밖에 없다고 보여집니다. 왜냐하면 계절로 보아 눈이 많고 길이 험하옵니다. 그런 고로 공명은 속전속결하려고 할 것입니다. 대위국군의 전략은 장기전을 하는 길이오니 폐하께서 사자를 보내시어 총병 도독께 그 사유를 알려서 절대로 움직이지 않게 하는 것이 상책일까 하옵니다."

"음, 그러면 빨리 그 방침을 알리도록 하라!"

"산에 눈이 녹으면 촉군은 군량이 떨어져서 총퇴각할 것입니다. 그때 추격하면 대승할 것이 틀림없사옵니다."

"그렇게 경에게 선견이 있으면서 어찌하여 경이 스스로 진두에 나아가 계책을 하지 않았는가?"

"소신은 낙양에서 편히 묵고, 목숨을 아끼고자 이러는 것이 아니옵니다. 요는 동오의 움직임을 아직도 알 수 없어 기다리고 있사옵니다."

"동오는 어떤가?"

"물론 마음을 놓을 수가 없습니다. 그러나 동오는 동오 스스로 움직이지 않고, 서촉의 동정을 보아 움직이려는 듯하옵니다."

이렇게 조예와 사마의가 말을 주고받은 다음에도 조진에게서 오는 보고는 위군의 별다른 승리가 없다는 소식뿐이었다.

이렇게 되자 조진은 자신을 잃은 듯하였다.

"도저히 이대로 수비하기 어렵사오니 다시금 조치하시길 엎드려 바라옵니다" 하고 모름지기 조예의 출전이든지 아니면 사마의의 구원이라도 바라는 것이었다.

그러나 사마의는 어떤 생각을 하고 있음인지 꿈쩍도 하지 않은 채 위제를 보고는 별다른 건의가 없었다.

"이때야말로 총도독이 참고 견디어야 할 때이옵니다. 칙사를 보내시어 공명의 허실에 걸리지 말고 깊이 들어가 계책에 떨어져서는 안 되니 지구전을 하라고 하명하소서."

이리하여 조정에서는 한기를 사자로 보내 조진에게 그러한 방침을 전달하게 했다. 그리고 사마의는 그 한기를 낙양성 밖에까지 배웅하였다.

"잊은 일이 있다. 이것은 조진 도독의 공을 바라는 뜻에서 꼭 주의해야 한다고 일러라. 그것은 촉군이 퇴각할 때 결코 성질이 급한 자라든지 만용을 내는 자가 추격케 해서는 안 된다. 경솔하게 추격하면 반드시 공명의 꾀에 넘어갈 것이다. 이 말을 조정의 명으로 전하도록 하라."

사마의는 몇 번이고 다짐하여 전하도록 명했다.

그런 후 사마의는 위군의 위급을 전함에도 불구하고 수레를 돌려 유유히 낙양 쪽으로 사라져가는 것이었다.

한기는 총병도독 본부에 이르러 조진을 만나자 조정의 방침을 낱낱이 전하였다.

조진은 황공하게 조정의 전갈을 받았다. 그리고 한기를 떠나보낸 다음 부도독 곽회와 마주 앉아 의논하였다.

"그건 결코 조정의 방침이 아닙니다. 즉 사마의의 개인적인 의견입니다."

곽회는 웃으며 의견을 물었다.

"누구의 의견이든 이 방침이 어떠한가?"

"과히 나쁘지는 않습니다. 공명을 잘 보고 있습니다."

"그러니 만일 촉군이 이쪽에서 생각하듯 퇴각하지 않는다면?"

"그땐 왕쌍에게 계책을 주어 좁은 길마다 틀어막아야 합니다. 그러면 촉군은 군량이 떨어져서 퇴각할 수밖에 없을 것입니다."

"그렇게 된다면 성공이기는 하지만…."

"저한테 묘책이 하나 있습니다."

실상 곽회는 낙양 칙사가 가져온 사마의의 방침에 매우 감탄하였으나 그렇다고 하여 그 방침대로 한다면, 총병도독 본부에 사람이 없다는 말밖에 되지 않아서 그것이 싫었다.

곽회가 조진에게 속삭인 계책은 또한 조진을 움직이기에 충분하였다.

 조진 역시 연전연패하고 있는 그 오명을 씻고 싶었던 것이다.

 이리하여 곽회의 계획은 천천히 실행에 옮겨졌다. 실상 촉군의 커다란 약점이 군량에 있다는 것은 누구도 짐작하고 있는 일이었다. 이젠 날이 갈수록 군량을 징발하라는 공명의 군령이 더할 것이 틀림없었다.

 곽회는 이것을 노렸다. 군량을 미끼로 하여 촉군을 함정에 빠뜨리려는 것이 곽회의 계책이었다.

 그렇게 거의 한 달이 지났다.

 위군 장수 손례(孫禮)는 군량을 가득 실은 것처럼 보이는 몇 천 대의 차량을 몰고 기산 서쪽 산악지대를 연이어 행군하도록 하였다. 진창성과 왕쌍의 진중을 향해 후방에서 운반해 오고 있다는 것을 첫눈에 알아볼 수 있게 하였다.

 차량마다 푸른 천으로 싸고 그 아래에는 유황·염초·기름·마른풀 등을 싣고 있었는데, 이것이 곽회가 생각한 묘계라는 것이었다. 그리고 곽회는 기산과 가정 두 요새지에다 군을 크게 배치하여 곽회 자신이 지휘하여 장료의 아들 장호(張虎), 악진의 아들 악림(樂琳) 두 장수를 선봉으로 삼아서 미리 작전을 일러주었다.

 또 진창도에 있는 왕쌍군에게도 연락하여 촉군이 흩어지는 것을 보아서 섬멸하도록 군령을 내렸다.

 "용서에서 기산 서쪽을 넘어 수천 차량에다 군량을 싣고, 운반해 가고 있습니다."

 척후병이 공명의 본진에 와서 알렸다.

 "무엇이 군량을?"

 촉군 장수들은 놀라기까지 했다. 이때 촉군은 각 방면 간도로

간신히 전량을 운반해 오
는 형편으로 그 예비량도 이제 한
달 남짓밖에 안 남았을 무렵이었다.

그러나 공명은 전혀 딴말을 물어 보았다.
"군량대의 적장이 누구라고 했지?"
"척후병의 말에 의하면 손례라고 합니다."
"손례라는 자를 아는 사람이 없느냐?"
"손례는 위왕의 총애를 받던 상장군입니다."
지난날 위에 있었던 한 장수가 말했다.
"그 언젠가 위왕이 대석산에 사냥을 나간 일이 있었습니다. 갑자기 한 마리의 호랑이가 나타나 위왕에게 달려드는 것을 손례가 방패가 되어 호랑이에게 달려가서 칼로 죽여 버린 다음부터 위왕의 신임이 두터워 오늘에 이른 것입니다."

"그래…."

공명은 수수께끼가 풀렸다는 듯이 웃고 나서 여러 장수들을 돌아보았다.

"군량을 옮기는데 그러한 우수한 장수를 쓸 리가 없다. 생각컨대 차량 위에다 푸른 천을 감았다니 그 안에는 화약과 땔감이 들어 있을 거야. 허허허… 나의 뱃속에다 불을 넣으려고 하다니…."

공명은 무시했다. 그러나 공명은 결코 웃음으로 무시해 버린 것은 아니었다.

급히 장막 안으로 여러 장수를 불러들였다. 적의 계책을 이용하여 적을 섬멸할 계책을 쓰자는 것이었다.

다방면으로 정보를 수집하도록 하였다.

바람처럼 척후병들이 본진으로 내왕했다. 이러한 장막 속에서 공명은 신속한 명령을 차례로 내렸다.

마대가 3천 기를 이끌고 어디론지 빠져나갔다. 다음으로 마충이 즉각 5천 기를 이끌고 길을 떠났다.

오반과 오의의 군도 어떤 임무를 띠었다. 그 밖에 관흥의 군이 급히 떠나갔다. 공명은 봉우리 위에 올라가서 서쪽을 연신 눈여겨 바라보고 있었다.

위군의 차량 부대의 행군은 느리기 짝이 없었다.

1리쯤 나아가 척후를 보내고 또 5리쯤 나아가서도 척후가 돌아온 다음에야 행군을 계속하는 것이었다.

"공명의 본진이 움직이고 있습니다."

"틀림없이 군량을 약탈하려고 대거 떠나간 것 같습니다."

"마대·마충·장의 등의 촉군이 본진을 떠났습니다."

정보가 차례로 들어왔다.

손례는 되었다 하고 이 정보를 조진의 본진에다 보고했다.

조진은 또한 악림과 장호의 선봉을 향하여 말했다.

"밤이 되어 기산 서쪽에 화광이 충천할 때면 이미 촉군이 화계에 걸렸고 그 본진이 비어 있을 때다. 그때를 놓치지 말고 공명을 사로잡도록 해라."

이미 해가 기울어지고 있었다.

기산 서쪽에 이르자 손례의 수송부대는 야영을 하려는 듯 수천 차량인 화공차(火攻車)를 이곳 저곳에다 배치하고 촉군을 불태워 죽일 계획을 하고 있었다.

발화(發火), 매병(埋兵), 섬멸 셋으로 정하고 전군이 거짓으로 잠을 자는 척하려는 무렵이었다. 그때 인마가 가까이 다가오는 소리가 밤의 적막을 깨뜨렸다.

때마침 서남풍이 힘차게 불어왔다.

손례는 '적이 오면…' 하고 주먹을 불끈 쥐고 기다렸다.

그런데 아직 위군이 일어나기도 전에 불을 지른 자가 있었다. 촉군 병졸이었다.

손례는 처음 우군의 실수가 아닌가 하여 낭패하고 있었으나, 촉병이 불을 지른 것이 틀림없다고 느끼자 소스라쳐 놀랐다.

"공명이 이미 알았구나. 급히 퇴각하라!"

수천 차량은 삽시간에 불더미가 되어 버렸다. 이미 촉군은 두 편으로 갈라져서 화살과 돌을 비오듯 퍼붓더니 어느새 천지가 진동할 듯한 금고 소리를 울렸다.

불길이 하늘을 찌르는 속에서 위병은 갈팡질팡했다. 이때 마충과 장의의 촉군이 바람처럼 뛰어들어 닥치는 대로 죽였다.

스스로 배치한 화차의 사지에서 위병은 불을 무릅쓰며 죽을 각오로 싸우지 않을 수 없었다.
더욱이 골짜기 숲 속에 흩어져 매복하고 있었기 때문에 대장의 명령이 한결같이 통하지 않았다.
불 속에서 쓰러지고 짓밟히고, 달아나다가 타죽은 위병의 수효는 이루 헤아릴 수 없었다. 이리하여 곽회의 묘계는 여지없이 무너져 전멸을 당하고 말았다.
이렇게 전멸당한 줄을 모르고 있던 조진의 본진에서는 불길이 오르자 공격을 가했다.
"때는 왔다!"
이미 조진의 명령을 받은 장호와 악림 두 군이 나섰다.
급히 전군을 몰아 공명의 본진을 향해 뛰어들었다. 그러나 적은 그림자도 보이지 않았다. 이미 예측하였던 바라고 생각하는 순간이었다.
금고 소리와 함성이 어둠 속에서 갑자기 일어났다. 촉군 오의와 오반의 군이었다. 위군은 기습에 놀라 물러나려 하였다.
하지만 그 혼란한 틈을 타서 들이닥쳐 태반이 죽고 몇몇은 간신히 혈로를 열어 달아났다. 그것을 또 기다리고 있었다는 듯이 관흥과 장포의 군사들이 섬멸시켜 버렸다.
날이 밝자 조진을 목표로 서에서 남북에서 모여드는 패잔병과 장수들은 피투성이가 되어 있었다.
조진은 비로소 자신의 전략이 경거망동이었음을 느끼고 마음속으로 후회하고 탄식해 마지않았다.

이제 조진의 낙담은 거의 공포에 가까왔다.
그렇다고 곽회의 실수를 나무랄 수도 없는 일이었다. 그가 바로 부도독이기 때문이었다.

"이후 함부로 움직이면 참형에 처할 것이다. 다만 진영을 지키며 수비만 하라!"

조진은 다시 한번 삼엄히 경계하기를 명령했다.

지나치도록 수비에만 전력을 기울였다. 그렇기 때문에 기산 땅은 열흘 동안이나 군졸의 발길이 닿지 않았다. 눈이 녹았다. 산과 들에는 아련한 봄기운이 돌기 시작하였다. 아지랑이를 헤치며 한 마리의 새가 허공을 한가로이 날아가고 있었다.

공명은 조용히 앉아서 천기를 살피면서 마치 아지랑이를 보며 살아가는 선인의 모습과도 같이 여러 날을 묵묵히 지냈다.

그러던 어느 날이었다.

서찰을 써서 진창도에 있는 위연에게 몰래 보냈다.

양의가 궁금하여 물었다.

"위연군을 퇴각해 오라고 하신 모양인데 웬일이십니까?"

"그래, 진창도뿐이 아니라 이곳 진영도 퇴각해야겠어."

"그러면 어디로 진격하시겠습니까?"

"진격하는 것이 아니라 한중으로 돌아가야 하겠네."

"그것을 저는 모르겠습니다."

"어찌하여?"

"이처럼 촉군은 승세에 올랐고, 눈이 녹아서 바야흐로 사기가 백 배로 올랐는데 어찌하여 퇴각하십니까?"

"지금은 퇴각해야 할 시기라고 보네. 위군이 굳게 수비한다는 것은 우리 병(病)을 잘 모르기 때문이야. 우리 병이란 군량의 부족이다. 어찌할 수 없는 중병이나 다행히 적은 그 고갈을 기다릴 뿐 적극적으로 우리의 통로를 끊지 않고 있다. 이것은 우리가 아직도 여명이 있다는 것을 말하는 것이네. 만일 지금 돌아가지 않는다면, 이 대군을 구할 수 없는 중태에 빠뜨릴 것이야."

"그 점은 저희들도 늘 생각하고 있던 일입니다만 전번 싸움에 많은 전리품도 있고 하오니 좀더 기다려 보는 것이 어떻겠습니까? 그 사이에 승리를 계속한다면 자연 활로가 열려 적산(敵産)을 가지고 장안을 친다면 군량은 문제없을 것이 아닙니까?"

"알겠네. 허나 웬만한 건 먹을 수 있지만 적의 시체는 먹을 수 없지 않은가. 이곳 위의 적을 살피건대 크게 대패했다는 보고가 낙양에 들어가는 날은 온 국력을 기울여 대군을 몰고올 것이 틀림없어. 그렇게 되면 적은 신병인데다가 후방 퇴로가 트인 길을 가진 대군이야. 어찌 우리의 승리를 보장할 것인가? 패하여 퇴각하는 것이 아니라 승리하고 퇴각하는 것이네. 퇴각한다는 것은 싸우는 중이라는 것, 떠나간다는 것은 작전하기 위한 행동에 지나지 않는 것이네."

공명은 나직이 알아듣게 말했다.

그것은 양의의 입을 통하여 여러 장수들의 불만을 막으려는 생각에서였다.

"더욱이 위연에겐 일계를 주었으니, 퇴각한다고 해도 무위하게 퇴각하진 않을 것이네. 틀림없이 그곳에 있는 왕쌍의 머리를 베어 가지고 올 것이다."

공명은 예언하듯 말했다.

관흥과 장포 등 젊은 장수들은 퇴각함에 불만을 가지고 있었으나, 양의의 위로로 전군이 퇴각할 준비를 하고 있었다.

그렇다고 하나 적군 몰래 퇴각을 시작하였음은 물론이다. 물이 마르듯 천천히 군졸의 수효를 줄여서 퇴각시켰다. 그리고 마지막까지 금고대를 남겨 두고 언제나 하던 대로 조련의 북소리를 울리고, 기치를 높이 달아 대군이 있는 것처럼 해 보였다.

한편 위의 조진이 대패한 이후 수비에만 정신을 팔고 있을 때, 좌장군 장합이 낙양에서 일군을 이끌고 와서 합세하였다.

조진은 장합을 보자 물었다.

"그대는 낙양을 떠날 때 사마의를 만나지 않았는가?"

"만나다뿐입니까. 제가 이곳에 온 것도 사마의의 지시에 의해서입니다."

"음, 그럼 사마의의 방침에 따라 왔단 말이지?"

"낙양 중신들이 이곳 패전에 실망하고 있습니다."

"나의 부덕한 탓이다. 조정에 대한 면목이 없다."

"승패는 병가의 상사가 아닙니까. 이번 싸움에 패했다 하나 다음에 대승을 하면 되지요. 그런데 요즘 전황은 어떻습니까?"

장합이 이렇게 말하자 조진은 비로소 마음이 누그러졌다.

"요즘은 매우 전황이 유리해. 그후 크게 싸운 일은 없으나 여러 군데서 우군이 승리하고 있어."

"아…, 그것은 안 될 일입니다."

"안 되다니… 어찌하여?"

"낙양을 떠나올 때 사마의가 신신당부했습니다. 그것을 경계하라고요."

"무엇이, 우군이 승리해서는 안 된단 말인가?"

"그런 뜻이 아닙니다. 촉군은 아무리 군량이 궁핍하다 해도 그렇게 경거망동을 하여 퇴각지 않는다고요. 그러나 촉군이 산발적으로 출몰하여 그때마다 피해 달아날 때는 잘 살피라고 했습니다. 반대로 공명의 대군이 움직이거나 군세가 강할 때엔 아직 퇴각할 시기가 멀다고 보아야 한다고요. 이런 것이 병가의 현묘한 이치이니 부디 조장군께 전하라고 말했습니다."

"음, 과연 그렇군. 그러면 이 며칠째 우군이 승리하였다는 것은 그리 믿을 바가 아니군."

조진은 생각한 바 있음인지 급히 첩보에 능한 군졸을 불렀다. 그리고 공명의 본진을 살펴서 보고하라고 명령했다.

얼마 후 첩보병이 돌아와 보고했다.

"기산 위에도 아래도 적병은 한 명도 보이지 않습니다. 다만 기치와 책문만이 남아 있습니다."

다음에 뛰어든 첩보병이 다시 보고했다.

"공명은 한중을 향해 총퇴각을 하고 있습니다."

보고를 듣자 조진은 머리를 긁적거리며 후회했다.

"또 제갈량에게 속았구나!"

그 즉시 장합은 신병을 이끌고 공명의 뒤를 추격해 보았으나 이미 때는 늦었다.

이때 진창도 입구에 남아서 위의 왕쌍과 대진하고 있던 위연은 공명의 서한을 받자 급히 그날로 퇴각하기 시작했다. 그러나 그 첩보는 곧 왕쌍에게 알려져 왕쌍은 기를 쓰고 위연군을 추격하기 시작했다.

"위연, 어디로 가는가? 왕쌍이 여기 있으니 돌아서라!"

왕쌍은 호통을 치며 급히 위연을 추격했다.

달아나는 촉군의 걸음도 빨랐다. 그러나 왕쌍의 추격이 어찌 빨랐던지 딴 장수들보다 주력이 앞서 왕쌍의 주위에는 겨우 30여 기가 있을 뿐이었다.

이때 뒤에서 달려오던 군사가 말했다.

"대장! 너무 빠르십니다. 적장 위연은 아직 뒤에 있습니다."

"무엇이! 그럴 리가 없는데?"

왕쌍이 돌아보니 진창성 밖에 있는 진중에선 검은 연기가 오르고 있었다.

"그러면 뒤로 돌아갔는가?"

왕쌍은 급히 말머리를 돌려 달렸다.

험로로 이름난 이 진창 협구의 동문(洞門)까지 오자, 갑자기 위에서 큰 나무와 돌이 쏟아져 내려 순간 그의 부하 장졸들과 그의 말이 쓰러지고 말았다.

"왕쌍은 어딜 가는가?"

갑자기 그의 뒤에 일군이 나타났다. 그 속에서 위연의 목소리가 들려왔다. 말 위에서 떨어졌기 때문에 왕쌍은 갑자기 달아나지도 못하고, 그 무상한 무력을 써볼 사이도 없이 위연의 대검이 어깨를 내리찍었다.

위연은 왕쌍의 머리를 베어 창 끝에 달고 유유히 한중으로 돌아왔다. 왕쌍이 죽었다는 소식이 조진의 본진에 들어오자마자 동시에 진창성 수장 학소의 죽음도 보고되었다.

학소는 병사였으나 조진에게 있어서는 겹쳐지는 흉사였다.

총병인수(總兵印綬)

 한편 촉과 위(蜀魏) 두 나라의 싸움이 길어지고 치열해지기를 바라고 있는 것은 두말 할 것도 없이 동오였다.
 이때 동오의 손권(孫權)은 오래 끌어오던 야망을 드디어 표면에 나타내었다.
 그도 촉한이나 위국을 본받아 황제라 호칭하였다.
 4월에 무창(武昌) 남쪽편에다 성대한 단을 만들어 대례(大禮)의 식전을 행하여 천하에 특사령을 내렸다.
 그리고 즉일로 황무(黃武) 8년의 연호를 황룡(黃龍) 원년이라고 새로 정하였다.
 선왕 손견에 대하여도 무열황제(武烈皇帝)라 하였다. 이로써 오 황실의 즉위는 끝이 났다.
 그 아들 손등(孫登)도 물론 황태자로 봉해졌다.
 그리고 태자 보육의 임무는 제갈근의 아들 제갈각(諸葛恪)을 태자 좌보(左輔)로 하고, 장소의 아들 장휴(張休)를 태자 우보(右輔)로 명하였다.

제갈각은 그 혈통을 따진다면 공명의 조카가 된다. 그 재질이 총명하고 목소리는 높고 맑아 어릴 때부터 신동이라는 말을 들었으며 6살 때엔 이런 일도 있었다.

언젠가 오왕 손권이 장난삼아 한 마리의 노새를 뜰에다 끌어들여, 노새의 얼굴에다 분을 바르게 하고 거기다 글자를 써 놓았다.

'제갈자유(諸葛子諭)'

이것은 제갈근의 얼굴이 다른 사람보다 길어서 그것을 야유한 것이었다.

그러나 임금의 유희여서 제갈근은 머리를 긁으면서도 억지로 웃어 보였다.

그러자 아버지의 곁에 있던 6살 먹은 제갈각이 붓을 들고 뜰에 뛰어내리더니 노새의 앞에 가서 두 자를 써 넣었다.

'제갈자유지로(諸葛子諭之驢)'

말하자면 그 아버지의 야유를 설욕하였던 것이었다. 이때 손권은 제갈각의 머리를 쓰다듬으며 칭찬하였다.

이렇게 보필을 정한 다음 다시금 승상 고옹(顧擁), 상장군 육손을 붙여서 태자를 지키게 하고 손권은 무창성에서 건업으로 돌아왔다.

이리하여 촉한과 위국이 피투성이가 되어 싸울수록 동오는 국력이 강대해지기만 하였다.

원로인 장소는 군졸을 조련하며 산업을 진흥시키고, 학교를 창립하고 농업과 말을 길러 후일을 내다보면서도 특사를 서촉에 보내어 더욱 선전함을 극구 칭찬하였다.

또한 그 특사의 사명에 대한 내용도 전하게 하여 국제적으로 이를 승인하도록 하게끔 하였다.

'우리 동오에 있어서도 전왕(前王) 손권이 등극하여 황제의 위에 즉위하였습니다.'

그 특사는 성도에도 갔고 한중에 있는 공명에게도 똑같이 갔다. 공명은 그리 편안치 않은 심정이었다.
왜냐하면 공명의 이상은 한조의 통일에 있었기 때문이었다. 하늘에는 두 개의 태양이 있을 수 없다는 것이 공명이 천하를 보는 관점이었다. 그러나 지금은 그런 말을 할 시기가 아니었다.
그렇다면 동오가 촉한에서 이탈되어 위국과 결탁할 것이 뻔하기 때문이었다.
그리되면 영원히 서촉의 대업과 흥함이 없어지는 것이다. 서촉이 망하는 때엔 공명의 이상도 드디어는 행할 수는 없게 되는 것이다.

'참으로 축하해 마지않습니다. 이제 더욱 동오와 서촉 양 제국의 공영(共榮)을 확약합니다.'

공명은 예물로써 경사의 뜻을 전했다. 그리고 당부의 말도 잊지 않았다.

'지금 귀국의 강병을 가지고 위국을 공격한다면, 위국은 반드시 붕괴할 것입니다. 우리 촉한군이 부단히 위국을 쳐서 피폐에 이끌어 넣었음은 말할 것도 없습니다.'

진격할 때가 지금이라는 것을 크게 주입시켰다. 이런 일이 있은 다음 육손은 갑자기 건업에 소환당하여 갔다.
오제는 육손의 의견을 들으려고 은근히 기다리고 있었다.
"서촉의 요청을 어떻게 하면 좋을까?"
"우호 동맹을 맺고 있는 이상 받아들이지 않을 수 없사옵니다. 그러하오나 서촉을 싸우게 하고 한편으로 위의 허실을 엿보아 낙양에 입성하는데 공명보다 한발 앞서야 하는 것이 동오의 상책인가 하옵니다."
"음, 그리 된다면야…."
손권은 만족하여 웃었다.

공명은 드디어 세 번째의 기산 출병을 결심하였다.
그 동기는 요즘 진창성 수장 학소가 병이 중하다는 정보를 손에 넣었기 때문이었다.
학소는 낙양에 사자를 보내어 급히 자기를 대신할 수 있는 수장을 청하였다.
이때 장안에 있던 곽회는 장합에게 3천 기를 주어 급히 진창성으로 보냈다.
"그러면 늦어. 상소는 다음에 하고 장합이 먼저 가거라."
그러나 이미 때는 늦었다.
학소는 죽고 진창성은 촉군에 점령되고 말았다. 진창성이 이렇게 빨리 떨어진 까닭은 공명이 재침해 온다는 소문을 촉군이 움직인 뒤에 강유와 위연 등의 군이 퍼뜨려 놓고는 그 전에 촉군 본진은 한중을 떠나 세상 사람들이 알기도 전에 진창성을 엄습하였던 것이었다.
그리하여 강유와 위연군이 진창성에 왔을 땐 성은 이미 떨어져 있었다.

　그 아무리 장합이 급히 구원을 온다 하여도 이 재빠른 작전에 앞설 수는 없었던 것이다.

　"승상의 신의 생각에 또 한번 놀랐습니다."

　위연과 강유는 입성하여 공명의 수레에 절을 하며 마음 속으로부터 머리를 숙이지 않을 수 없었다.

　공명은 낙성된 성 안을 시찰하고 불 속에서 죽은 학소의 시체를 찾게 하여 군졸들을 시켜 후히 장사를 지내 주었다.

　"이 사람은 적이지만 그 충성이 갸륵해. 이미 죽었으나 그저 파묻어 둘 수 없구만."

　공명은 강유와 위연을 향하여 말했다.

　"진창은 떨어졌으나 그대들은 갑옷을 벗지 마라. 즉시 이 앞에 있는 산관(散關)으로 급히 가라. 만일 시기를 놓치면 위군이 와서 제2의 진창이 되는 것이다."

　강유와 위연은 더욱 감탄하여 급히 산관으로 떠나갔다. 산관에는 위군의 적은 수효가 있을 뿐이었다.

　그리하여 한 합에 떨어뜨리고 촉기를 꽂은 지 한나절도 되기 전에 위의 왕성한 군세가 휘몰려 왔다.

　"과연 승상의 예언이 틀림없어. 적이 내습해 온다!"

　강유와 위연은 성문을 굳게 닫았다.

　망루에 올라 바라보니 군세가 정연하고 좌장군 장합이라는 깃발이 펄럭였다.

　한편 장합은 이 산관마저 촉군에게 점령되었으리라고 믿지 않았던 모양인지 진격해 오다가 촉군의 깃발을 보고 급히 퇴각하기 시작했다.

　"추격하라!"

촉군은 산관을 나와 장합군을 추격했다. 장합군은 적잖게 손해를 입고 장안으로 달아났다.

'이 방면은 대세가 안정되었습니다.'

강유와 위연은 공명에게 전황을 보고하였다.

공명은 이 보고를 받자 총병력을 이끌고 진창에서 야곡으로 나가 건위(建威)를 물리치고 다시 기산으로 몰고 나아갔다.

"드디어 공격할 시기가 무르익어 간다!"

이곳은 두 번째의 싸움터였다.

더욱이 두 번이나 퇴각했던 무량한 땅이기도 하였다. 참으로 공명에게는 감회가 깊은 곳이었다. 그는 장막에다 장수들을 모아놓고 말했다.

"위는 우리가 두 번째의 승리에 잠겨 이번에도 예와 같이 우군이 꼭 옹(雍)·미 두 군을 엿볼 것이라 짐작하여 그곳을 굳게 지키고 있을 것이다. 그런 고로 급히 음평(陰平)과 무도(武都) 두 군을 급습하라!"

공명은 음평과 무도 두 군을 얻어 적세를 그 방면에다 분산시키려 했다.

적의 병력을 분산시키기 위해서는 우군도 병력을 나누지 않을 수 없었다. 이리하여 이 양군에다 떠나보낸 촉군 병력은 왕평의 1만 기와 강유의 1만 기를 합하여 2만 기에 이르렀다.

장안에 돌아온 장합의 보고를 받았고, 또한 공명이 기산에 다시금 출진하였다는 첩보를 받자 곽회는 놀라지 않을 수 없었다.

"그렇다면 촉군은 반드시 양군을 습격할 것이다. 장합, 자네는 이 장안을 지키고 있어라. 내가 미성을 수비하고 옹성에는 손례를 보내어 방어케 할 것이다."

곽회는 즉시 병력을 나누어 그 방면으로 급히 보냈다.
또 한편 곽회는 기산 일대의 전황을 급히 낙양에 보고하였다.
'대군을 급히 내려보낼 것. 사태가 위급함.'
보고를 받은 위국 조정의 낭패는 말할 수 없었다. 이때 손권이 제위에 등극했으며 따라서 촉과 오 양국이 특사를 교환하였다는 소식이 전해졌기 때문이었다.
더욱이 서촉의 요청으로 무창에 주둔하고 있는 육손이 대군을 정비하여 호시탐탐 위국을 치려고 노리고 있는 형세였다.
이처럼 위에는 이롭지 못한 정보들이 밤을 새고 나면 날아들었다.
촉도 강적이고 동오는 말할 것도 없이 대적이었다. 그렇다면 그 어느 쪽을 더 견제해야 되는가 하는 의논과 함께 그 대책조차 확실한 것이 없어 안타깝기만 하였다.
"먼저 사마의에게 의견을 들어 보자!"
많은 원로들은 물론 조예 자신마저도 사마의 한 사람의 의견에 따르려는 마음이었다.
'급히 조정으로 나오라!'
조예의 부름이 있으면 즉시 달려오는 사마의였으나 오늘 등정한 그는 요즘의 어려움을 전혀 모르는 듯한 얼굴이었다.
그러나 조예가 하문하자 사마의는 자기 생각을 실꾸리를 풀 듯이 말했다.
"그런 일은 과히 염려하실 일이 아닌가 하옵니다. 공명이 동오를 사수하였다는 것은 있을 수 있는 일이옵니다. 또한 동오가 이에 응한다는 것도 두 나라 수교상 당연한 일이옵니다. 그러나 동오에는 육손이라는 인물이 군사권을 쥐고 있습니다. 동오가 스스로 싸움에 뛰어들지 않더라도 맹약을 어기는 것은 아니니까,

공략하는 척해 보이고 실상은 출정준비만 갖추며 움직이지 않을 것입니다. 촉이 공격하고 대위국이 방비하고 하는 틈을 엿보고 있음이 틀림없사옵니다. 그러니까 동오의 태세는 허실이오니 우선 전력을 기울여 싸우다가 최후에 허실을 찔러 수습하면 될 것입니다."

"과연 그렇겠군!"

이렇게 의논하면 사리가 뻔한 것을 부질없이 고심했구나 하고 생각하며 조예는 무릎을 치며 한탄했다.

"과연 대장군이 옳아! 경이 아니면 누가 공명을 칠 것인가!"

찬탄한 나머지 그 자리에서 사마의를 대도독에 봉하고 따라서 총병인수를 올려 사마의에게 맡길 것을 조칙으로 내렸다. 그러나 사마의는 매우 난처한 얼굴로 반가워하지 않았다.

총병인수는 전군 총사령인 조진이 가지고 있다. 그 아무리 칙명이라 하나 인수를 올리게 한다는 것이 여러 사람들의 눈총을 받을 위험성이 없지 않다는 것을 그는 너무나 잘 알고 있었기 때문이었다.

"어명을 내리시어 인수를 올리게 함은 당사자의 면목도 있고 하니 소신이 가서 찾도록 하겠나이다."

사마의는 윤허를 얻어 장안을 향하여 길을 떠났다. 그리하여 진중에 와병하고 있는 조진을 만나 세상 이야기를 하고 난 다음 넌지시 물었다.

"동오의 육손, 촉의 공명이 긴밀한 관계를 맺어 대위국 국경을 침입하고 있다는 것을 아십니까?"

"아, 사태가 그러합니까? 병석에 있다 보니 밖의 정세를 잘 알 수가 없구려."

조진은 눈물을 글썽이며 안타까워했다.

"건강에 좋지 않습니다."

사마의는 위로하고 나서 조진의 눈치를 살폈다.

"제가 도울 것이니 장막 안 일은 과히 염려치 마십시오."

"아니야. 병든 몸으로는 나라의 국난을 구할 힘이 없소. 부디 그대가 이 대란을 막아 주시오."

조진은 인수를 꺼내 사마의에게 건넸다.

그러나 사마의는 여러 번 사양했다.

"조정에는 후에 내가 상주하겠소. 결코 그대에겐 어떤 화가 미치지 않을 것이오."

이리하여 사마의는 더는 사양할 수 없다는 듯이 임시 맡아둔다는 대답으로 총병인수를 손에 넣었다.

서촉의 제갈공명과 위국의 사마의 중달이 천하를 판가름하는 싸움으로 기산에 대진한 것은 건흥 7년 4월 초여름이었다.

지금까지의 싸움에서는 사마의는 낙양에 있으면서 진두에는 나서지 않았다고 말할 수도 있을 것이다.

가정 싸움 때는 사마의 자신이 양평관까지 육박해 왔으나 공명이 성루에서 거문고를 뜯고 있음을 보자 놀라서 퇴각했었고, 공명 역시 바람같이 한중으로 퇴각해 버려 그야말로 천하를 다투는 대회전다운 구상은 실현되지 않았던 것이었다.

공명도 사마의의 비범함을 알았고, 사마의도 벌써 공명의 큰 그릇임에 놀라 서로 두려워하는 사이였다.

이제 이 천하의 두 거장이 대진한 것이다. 더욱이 사마의군 10여만 명은 아직 한 합도 싸우지 않은 사기 충천한 군졸들이었으며, 선봉장 장합은 백전을 치르고 난 역전의 웅장이었다.

"바라보건대 공명이 기산에 와서 세 곳에다 진을 치고 있어 그 진세가 왕성해 보이는데, 귀공들은 그가 이곳에 온 다음 몇 합이나 싸워 보았는가?"

기산에 도착한 날 사마의는 곽회와 손례에게 물었다.

"아니오. 지휘하시기를 기다려 아직 한 번도 싸워 본 운 일이 없습니다."

"공명은 반드시 속전속결을 희망하고 있을 터인데 적이 유유한 것으로 보아 어떤 계략이 있다고 보는가? 용서 제군에서 어떤 정보는 없었는가?"

"여러 성을 다 굳게 지키고 있는 모양입니다. 다만, 무도와 음평 두 군에 보낸 전령만이 아직 돌아오지 않았습니다."

"무엇이… 그렇다면 공명은 그 2군을 공략하려고 하고 있어! 귀공들은 급히 간도로 가서 두 군을 도우라. 그리고 수비를 굳게 한 다음 기산 뒤로 돌아나오라!"

이리하여 곽회와 손례는 그날 밤으로 수천 기를 이끌고 용서 간도로 돌아갔다.

도중에서 두 장수는 속의 얘기를 주고받았다.

"귀공은 공명과 중달 그 어느 편이 영명하다고 보오?"

"글쎄, 어느 편이라고 단정해 말하기는 어려우나 공명이 좀더 뛰어나지 않을까요?"

"그러나 이번 작전에선 공명보다도 중달 도독이 사태를 더 날카롭게 보고 있는 것 같아요. 기산 뒤로 나간다면 천하의 공명도 다소 낭패할 것이오."

두 사람이 이렇게 행군하고 있을 때 어느새 동이 트고 있었다.

갑자기 앞에서 행군하던 인마가 동요하기 시작했다.

바라보니 한(漢)의 승상 제갈량이라고 쓴 깃발이 펄럭이고 있고, 안개인지 인마인지 분간할 수 없는 것이 산 위에서 쏟아져 내려오고 있었다.

"저것이 무엇이냐?"

말이 채 끝나기도 전에 산이 떠나갈 듯한 철포가 울렸다. 이에 발맞춰 금고 소리가 정신을 잃게 했다.

순간 곽회와 손례의 5천 기는 아수라장이 되고 말았다.

"거긴 누구냐! 더 이상 앞으로 진격하는 것은 부질없는 일이다. 용서 두 군은 벌써 떨어져 내 수중에 있으니 그대들은 무익한 싸움을 거두고 투구를 벗고 항복하라!"

공명은 수레를 몰아 나오며 크게 꾸짖었다.

"내 눈으로 공명을 보았으니 어찌 목을 자르지 않을 것인가?"

그러나 두 장수는 죽기살기로 싸웠으나 왕평과 강유의 2군의 협공을 받고 만신창이가 되어 겨우 혈로를 열고 달아나기 시작했다.

"섯거라! 아직 이곳에 촉한 장포가 있다. 장비의 아들 장포를 못보고 가서야 되겠느냐!"

과연 장포가 돌풍처럼 바람을 가르며 달려나왔다.

그러나 달아나는 적도 어쩔 줄을 몰랐고, 장포도 너무나 급히 몰아가는 바람에 바위를 차고 말이 주저앉는가 하더니 말과 함께 장포는 계곡으로 굴러 떨어졌다. 뒤를 쫓아오던 촉병이 이 광경을 보고는 적을 추격할 것도 잊고 계곡으로 내려갔다.

"아, 장장군이 벼랑에 떨어졌다!"

장포는 바위에다 머리를 부딪혀 중상인 채 맑은 물이 흐르는 물가에서 기절하고 말았다.

곽회와 손례가 피투성이가 되어 돌아온 것을 보자 사마의는 너무 놀라 오히려 패한 두 장수에게 사과했다.

"이 실패는 결코 귀공들의 죄가 아니네. 공명의 지모가 나보다 뛰어난 탓이야. 그러나 이 중달에게도 따로 승산이 없는 것은 아니니 귀공들은 성으로 돌아가 그곳을 지키고 있게나."

사마의는 마음이 울적하였다. 하루 종일 깊은 생각에 잠겨 있다가 장합과 대릉(戴陵)을 불렀다.

"무도와 음평 두 성을 점령한 공명은 아마 전후의 경책과 백성을 위로하기 위하여 그 방면으로 나갔음이 분명하다. 지금 기산 본진에 위연과 공명이 있는 것처럼 보이나 사실은 거짓이다. 그대들은 1만 기를 이끌고 측면으로 기산 본진을 공격하라. 나는 정면으로 한 합에 중핵을 찔러 섬멸시킬 것이다."

이리하여 장합은 이미 알아두었던 간도를 빠져 밤 이경에서 삼경 사이에 걸쳐 기산 측면을 돌아갔다. 길은 발을 옮겨놓기 어려울 만큼 험한 데다가 암석 투성이었다.

그렇게 절반쯤 행군했을 때였다. 짐수레들과 잘려진 큰 나무들이 길을 막고 있었다. 촉군이 수일 전에 막아놓은 모양이었다.

장합은 불끈하여 이만한 것쯤이야 무슨 장애물이냐 하고 전군을 독려하여 헤쳐 넘으려고 할 때였다. 갑자기 사방에서 불이 확 퍼져 붙으면서 위군 진영이 위험에 처하게 되었다.

"어리석은 사마의가 또다시 부하들을 죽이는구나! 보아라! 공명이 여기 있다!"

산 위에서 외치는 사람은 다름아닌 공명이었다.

"대위국이 두려운 줄도 모르고 감히 영역을 침범하다니 공명은 그 자리에서 움직이지 마라!"

장합은 험로인 데도 급히 말을 몰아 오르려 시도했다.

그러자 산 위에서 껄껄 웃으며 꾸짖는 소리가 들려왔다.

"어리석은 자의 만용이란 바로 지금의 네놈의 모습이다. 받고자 하는 것이 이거냐!"

고함 소리와 함께 큰 나무토막과 돌덩이가 비오듯 쏟아져 내려왔다. 그 순간 장합의 말이 정통으로 맞고 쓰러졌다.

기겁하여 다른 말을 갈아타고 산기슭으로 달아나던 장합은 마침 대릉이 포위된 채 싸우는 것을 보고 달려들어 구출하여 함께 오던 길로 달아났다.

　공명은 싸움이 끝난 다음 부하 장수들에게 일렀다.

　"옛날 당양 싸움에서 우군 장비와 장합이 서로 싸울 때, 위에는 장합이 있다 하고 뽐내더니 오늘밤 장합의 용전을 보아하니 과연 그럴 만하구나. 그는 촉한이 마음을 놓을 수 없는 장수다. 때를 엿보아 그를 반드시 없애야 할 것이다."

　한편 위의 본진에 머물러 있던 사마의는 장합이 참패하여 퇴각하였다는 보고를 받고 아연실색하였다.

　'또 나의 작전을 이미 알아냈구나. 공명의 용병은 과연 신통의 경지로다… 그는 과연 뛰어난 인물이다.'

　사마의는 비록 적일망정 공명이 존경스러웠다.

　마음 속으로 이미 공명에게 당할 수 없다는 것을 느끼고 있었기때문이었다.

　'그렇다고 하나 공명도 사람이요 나도 사람이다. 사마의 중달이 그렇다고 하여 굴하진 않을 것이다' 하고 스스로를 격려하며 깊숙이 장막 속에 들어앉아 또 고심하기 시작하였다.

　심신을 가다듬고 다음 작전을 생각하기 위해서였다.

　싸움이 시작되자마자 벌써 두 번씩이나 크게 이긴 촉군은 사기가 하늘을 찔렀다. 또한 위군의 풍부한 장비와 말과 무기 등 한없이 많은 전리품을 손에 넣었다.

　이런 일이 있은 다음 사마의 군은 좀처럼 움직이지 않았다.

　공명도 할 수 없이 대진한 채로 거의 보름을 헛되게 보냈다. 그렇다고 무작정 그러고 있을 공명이 아니었다.

　공명도 이렇게 여러 날 동안을 깊은 생각에 잠겨 있었다.

　"움직이는 적은 전략에 빠뜨리기 쉬우나 움직이지 않는 적은

손을 쓸 재주가 없구나. 이러는 사이에 우군은 운송의 길이 막히고 군량이 고갈되어 자연 형세가 역전될 것이 아닌가. 어찌하면 좋은 방책이 나올 것인가?"

공명이 장막 안에서 여러 장수들과 의논하고 있을 때 성도에서 비위가 칙사로 도착했다.

기산싸움의 칙사

앞서 공명은 가정 싸움에 패한 책임을 물어 마속의 목을 벤 다음 승상의 관직을 조정에 돌려보냈었다.

비위가 조서로 가지고 온 내용은 다시금 승상의 직에 오르라 하명한 데에 지나지 않았다.

공명은 의연 머리를 흔들어 사양하였다.

"그러면 장수들의 사기가 떨어집니다."

그러나 많은 부하 장수들의 강권에 못 이겨 공명은 드디어 조명을 받들기로 하고 비위를 성도에 돌려보냈다.

이런 일이 있은 다음 얼마 안 있어 공명은 갑자기 한중으로 총퇴각할 것을 명령했다.

"우리 진영도 일단 돌아가자!"

사마의는 이 소문을 듣자 오히려 굳게 수비만 강화했다.

"추격하면 반드시 공명의 계책에 떨어질 것이다. 수비하고 움직이지 마라."

그러자 장합을 위시한 위군 장수들은 한결같이 불평이었다.

"지금 적군은 군량이 떨어진 상태에 있습니다. 추격하여 섬멸할 시기는 이때가 아닙니까?"

"아니야. 한중은 작년에도 풍작이요, 올해도 보리가 익고 있어. 군량이 없는 것이 아니라 다만 운반하기에 곤란을 느끼고 있는데 지나지 않아. 생각컨대 공명 스스로 움직여 나를 움직이게 하려는 심산이다. 잠시 정보를 수습하고 기다려라."

사마의는 여러 장수들의 불평을 이렇게 달랬다.

하루에도 몇 번이나 정보가 쏟아져 들어왔다.

'공명의 진은 무려 30여 리를 물러가서 진을 쳤다.'

이런 소식이 마지막으로 들어오고는 열흘 동안 아무 소식이 없었다. 그러더니 어느 날 또 다른 소식이 들어왔다.

'촉군이 이미 먼 곳에까지 퇴각하고 있음.'

사마의는 여러 장수들에게 말했다.

"보라! 30리까지 가서 계책을 써놓고 아닌 듯이 위장하면서 나의 추격을 유도하고 있지 않았는가. 절대로 공명의 계책에 말려들어서는 안 된다!"

다음날도 또 30여 리 가량 가서 주둔한다는 첩보가 들어왔고, 이틀이 지나서도 같았다.

'촉군은 또 30리를 물러가서 주둔하고 있음.'

그러자 막하 장수들의 의견과 사마의의 의견은 서로 달랐다. 또다시 장수들은 사마의에게 진언했다.

"공명이 퇴각하는 것을 보면 싸우는 척하면서 물러가는 작전입니다. 그 일면 퇴각하면서 일면 대진하고 있는 듯이 보이려는 것이 아닙니까? 이것을 그대로 보고 있다면 천하의 웃음거리가 될 것입니다."

이렇게까지 말하자 사마의도 마음이 움직였다.

더욱이 장합은 추격할 것을 완강히 주장하고 나섰다.

"그렇다면 그대가 가장 용맹한 일군들을 이끌고 추격하라. 그러나 도중에서 하룻밤 자서 군졸을 푹 쉬게 한 후 촉군을 상대하라. 나도 즉시 제2진을 이끌고 뒤를 따르리라!"

사마의는 갑자기 결심을 돌렸다.

장합이 정병 10만, 사마의가 5천 기를 이끌고 화살처럼 밤낮으로 행군하여 공명을 추격하기 시작했다. 그러다가도 문득 전군을 멈추어 하룻밤을 쉬게 하였다.

피곤이 사라진 위의 군졸들의 사기는 맑은 새벽 공기처럼 싱싱하였다.

한편 공명은 이 소식을 듣고는 웃음을 띠었다.

목마르게 기다리고 있던 일이 드디어 닥쳐왔기 때문이었다. 이 날 밤 공명은 여러 장수들을 모이게 하고 비장한 훈시를 내렸다.

"이 일전이야말로 촉군에게 중대사임은 말할 것도 없다. 촉한의 운명을 결정하는 것도 바로 오늘이다. 경들은 모두 목숨을 버릴 각오를 하고 싸우라. 우군의 한 명이 적군 열 명을 대적하여 맞을 각오를 하여야 할 것이다!"

그리고 공명은 고요히 눈을 감았다.

이윽고 공명은 다시 입을 열었다. 위의 강적을 정면에서 상대하지 말고 우회하여 오히려 적의 배후를 찌를 장수가 필요하다는 것을 설명했다.

그리고는 스스로 죽음을 각오하고 어려운 이 일을 하고자 청하는 자가 없느냐 하고 좌중을 돌아보았다.

그러나 아무도 나서는 사람이 없었다.

당연한 일이었다. 이 국운이 달린 대사를 맡을 장수는 지용담략을 겸비한 장수라야 한다는 말을 앞세웠기 때문이었다.

공명의 시선은 위연에게 멎었다. 그러나 위연도 머리를 숙인 채 말이 없었다.

"승상! 제가 가겠습니다."

앞으로 나서는 장수는 왕평이었다.

공명은 기뻐하는 기색도 없이 되물었다.

"만일 패하면 어찌할 것인가?"

왕평은 비장한 표정으로 그러나 담담하게 말했다.

"성공 여부는 생각지 않습니다. 다만 지금 승상께서 이 싸움은 촉한의 운명을 좌우할 싸움이라 하셨기에 저의 보잘 것 없는 재주를 돌아볼 여유도 없이 다만 죽음으로써 나라에 보은해야겠다는 생각뿐입니다."

"음, 왕평은 평시엔 지혜로운 장수요, 전시엔 충장이로다. 그 한마디면 되었다. 그러나 위의 대군은 두 대로 나누어 그 선봉은 장합이고 후진은 사마의가 맡고 있다. 그 사이를 찌르고 들어간다는 것은 바로 스스로 사지를 가는 거나 다름없다. 내가 명령하는 바는 그 사이에 뛰어들어 싸워야 하는 무리한 전략이다. 말하자면 희생을 각오한 싸움이야. 그래도 갈 것인가?"

"물론입니다. 가겠습니다!"

"그렇다면 잘 조련된 군졸을 더 주겠네. 누가 왕평 장수의 부장이 되겠는가?"

"저에게 맡겨 주십시오."

불쑥 나서는 사람이 있었다.

"그래, 장합이군! 적군 부장은 천하에 용맹을 떨친 장합이야. 장익으로선 감당하기 어렵지 않겠는가?"

공명의 말을 듣고 장익은 부르르 몸을 떨며 말했다.
"승상께서는 어찌 그처럼 말씀하십니까? 저도 죽음을 각오하여 떠나는 길이오니 무엇이 두렵겠습니까? 만일 비겁한 것이 있을 때엔 후에 이 머리를 베어 주십시오."
장익의 각오는 실로 비장하였다.
"그렇게까지 원한다면 보내리라. 그러면 왕평과 장익은 각기 1만 기를 이끌고 이 밤으로 떠나서 몰래 길을 돌아 도중 산중에 매복하고 있어라. 그리하여 내일 나를 추격하려는 위군의 선봉이 지나가면 사마의의 후진이 오기 전에 그 사이에 뛰어들어 급히 치고 나와 왕평은 장합군을 치고 장익은 사마의군의 전면을 쳐들어가라. 다음은 나의 계책이 있으니 우군을 돌아볼 생각을 말고 죽기를 한하여 끝까지 싸워라."
공명의 준엄한 군령을 떨어지자 두 장수는 우뚝 서서 마지막으로 본다는 비장한 표정을 보이고는 즉시 떠나갔다.
"그러면 떠나겠습니다."
공명은 물끄러미 그 뒷모습을 바라보았다.
"강유와 요화는 이리로 오라!"
공명은 그들에게 각기 3천 기를 주어 왕평과 장익의 뒤를 따라가 싸움터가 될 만한 그 부근 산중에 가서 대기하도록 했다.
그리고 두 사람이 떠나기 전에 붉은 주머니를 주었다.
"불가피할 경우가 생길 때는 이 주머니를 열어 그 계책을 찾아내도록 하라!"
다음으로 오반·오의·마충·장의가 불리어 갔다.
"그대들은 진을 갖추어 몰려오는 적의 전면을 상대하라. 그야말로 벽처럼 버티고 서서 싸워라. 그러나 내일 위군의 사기는 필승에 주려 이만저만이 아닐 것이다. 자칫하면 한 합에 무너지기 쉬우니 조심하여 일진일퇴하여라. 그러다가 관흥의 군이 나가면 그때는 죽기를 한하고 분전하라."

마지막으로 공명은 관흥에게 말했다.

"관흥은 일군을 이끌고 이 산 부근에 매복하였다가 내가 산 위에 올라 붉은 기치를 흔들면 급히 나가 싸우라. 이 싸움이 여느 싸움과 다르다는 것을 각오하라."

작전을 모두 지시한 다음 공명은 한잠을 푹 자고 일어났다. 그리고 동이 틀 무렵에 산 위로 올라갔다.

이날 공명의 심기는 자못 고요하면서도 긴장에 들떠 있었다.

말 없는 속에서 촉위 양군의 운명이 시간은 시시각각 다가오고 있었다.

이 싸움이야말로 훗날의 크나큰 발판이 될 수 있는 싸움이기도 하였다. 촉한의 마충·장의·오의의 5만 군이 사진을 펴서 적을 기다리고 있을 때 장합과 대릉의 3만군이 물밀듯이 휩쓸어왔다.

때는 태양이 내리쬐는 6월이었다. 인마는 땀에 절었고 산천초목은 불이 붙은 듯 살기가 감돌아 흐르고 있었다.

촉군은 한 합에 거의 2, 3리 가량 물러나 다시금 50여 리에까지 쫓겨갔다. 이른 새벽부터 급히 추격해 왔던 위군이 그제서야 겨우 한숨을 돌린 듯하였으나 피로해지기 시작하였다.

더욱이 해가 중천에 걸려 더위는 사뭇 무르익어 이글거렸다. 이 순간 갑자기 산 위에서 붉은 기치가 펄럭였다. 공명이 내리는 대호령이었다.

"지금이다!"

대기하고 있던 관흥의 5천 기는 질풍같이 계곡을 빠져나와 위군 측면을 공격했다.

일단 퇴각만 하던 촉의 군사도 갑자기 되돌아서 장합과 대릉의 군을 반격했다. 처참한 피의 운무가 산과 들에 넘쳐 흘렀다. 난군 속에서 양군은 서로 죽이기 시작했다.

이 싸움에서 촉의 손해도 많았으나 갑자기 반격을 받은 위군의 손해는 이루 헤아릴 수가 없었다.

특히 촉의 왕평과 장익의 양군이 뒤로 돌아갔기 때문에 3면에서 위군은 바야흐로 전멸을 면치 못하는 위기에 빠졌다.

이때 사마의의 주력이 이르렀다. 그러나 촉의 왕평과 장익이 처음부터 사지에 들어가 기다리고 있었기 때문에 쉽게 진격할 수가 없었다.

"죽기로 한하여 싸워라!"

왕평과 장익은 전군을 독려하며 이 새로운 사마의 군을 향해 쉬지 않고 들이닥쳤다.

뙤약볕 아래서 붉은 선지피가 산과 들을 물들게 하였다.

이때 촉의 강유와 요화는 이미 공명에게서 받았던 붉은 주머니를 열어 보았다.

"지금이야말로 주머니를…."

그 속에는 다음과 같은 군령이 쓰여 있었다.

'그대들 양군은 이곳을 버리고 사마의가 뒤에 두고 온 위수의 본진을 쳐라!'

강유와 요화 양군은 급히 위수 방면을 향하여 진군하였다.

진중에서 사마의는 이 첩보를 받자 놀라 자빠졌다.

"아! 장안으로 빠지는 길이 위태롭다!"

위군에 갑자기 퇴각 명령이 내려졌다.

사마의의 주력과 장합과 대릉군은 사방팔방에서 모여드는 적을 물리치며 간신히 위수를 향하여 달아났다.

이리하여 어느덧 밤이 되었다. 위군은 거의 태반을 잃고 멀리 퇴각하면서 달빛에 어린 피비린내 나는 싸움터를 돌아보며, 걸음을 빨리 하였다.

그러나 싸움이 끝나기 무섭게 촉한에도 비보가 날아왔다. 전번 싸움에서 부상을 입고 성도에 돌아갔던 장포가 죽었다는 것이었다. 파상풍이 겹쳐 죽었다는 소식이 공명에게 알려진 것이었다.

"아! 장포도 죽었는가."

공명은 소리내어 통곡하다가 갑자기 피를 토하고 혼수 상태에 빠졌다.

그후 10여 일이 되어 겨우 의식을 회복하였다. 그러나 쌓여 있던 피로가 터진 것인지 좀처럼 전과 같은 건강으로 회복되지 않았다.

"슬퍼하지 마라. 나의 일을 진두에 나타내지 마라. 내가 와병하고 있다는 소식을 알면 사마의가 그날로 달려올 것이다."

공명은 경계하며 정기를 휘날려 한중으로 돌아왔다.

그후 사마의는 이 일을 알자 무릎을 치며, 그 시기를 놓친 일을 후회하였다. 또한 지금까지의 일을 회고하며 감탄했다.

"그의 신묘한 지략은 도저히 사람의 능력으로는 측량하기 어려운 데가 있어."

이리하여 사마의는 군데군데의 요새를 굳게 지키게 하고, 낙양으로 돌아가 위제 조예에게 그 동안의 일을 상세히 상주하였다.

이때 공명도 오래간만에 성도로 돌아가 후주 유선을 배알하고 상부를 물러나 병을 다스리고 있었다.

초가을이 된 7월이었다.

위의 조진은 조정에 나타나 표문을 올렸다.

'나라의 어려움이 많은 이 가을, 오래 병석에 누워 성려를 덜어 드리지 못했아옵니다. 이제 자리에서 일어났아오니 미력이나마 다시금 군무를 받아 진력하고자 하오니 하명하시기를 바라옵니다. 가을이 서늘하옵고, 인마는 한가한데 듣자오니 공명이 병으로 쓰러져 있어 한중에 정예가 없다 하옵니다. 촉을 이때에 토벌하여 대위국의 환부를 제거함이 마땅하지 않으련지요.'

조예는 시중인 유엽에게 자문했다.
"촉을 토벌할 것인가 아니면 방치함이 좋을 것인가?"
"토벌하지 않으면 백 년 후회가 될 것이옵니다."
유엽은 그 자리에서 확실하게 대답했다.
이렇게 말한 유엽이 자기 집에 돌아가 있자 조정의 문관과 장수들이 몰려왔다.
"이 가을에 대군을 일으켜 위국의 우환인 숙적 촉을 토벌해야 한다고 폐하께 말씀하였다니, 그것이 참말이오?"
유엽은 대답 없이 웃기만 했다.
"그대들은 촉국의 산천초야가 어느 정도 험하다는 것을 모르고 있소. 우리가 평소에 촉을 과소평가하는 데서 크고 작은 우환이 위국에 생기기 시작했소이다. 폐하께서도 잘 관찰하고 계실 것이네. 그런 차에 어찌 경거망동을 해서 인마의 손상을 입겠는가?"
양기가 이 말을 듣고 직접 조예를 만났다.
"서촉을 토벌하는 것을 중지하셨나이까?"
"경은 한낱 서생이니 병법에 대해서는 말하지 마라!"
"다름이 아니오라 시중 유엽이 그런 싸움은 해서는 아니 된다고 하기에 아뢰는 것이옵니다."
"유엽이 그렇게 말을 했다고?"

"네, 유엽으로 말하면 선제의 모신이어서 모두 그의 말을 신임하고 있지 않습니까?"

"왜 그런 말을 했을까?"

조예는 곧 유엽을 불러들였다. 그리고 내 앞에서는 서촉을 토벌해야 한다 하고, 밖에 나가선 싸움을 반대하는 말을 퍼뜨리고 있음은 그 본심이 무엇이냐고 힐문하였다.

유엽은 천연스럽게 대답했다.

"말씀을 잘못 들으셨사옵니다. 소신의 마음은 조금도 변함이 없습니다. 촉의 험로를 무릅쓰고 함부로 인마를 진군한다는 것은 대위국이 스스로 국력을 소모하는 것이오며, 따라서 험지를 욕심내는 것이나 다름이 없사옵니다. 그들이 침범해 온다면 모르지만 대위국이 먼저 토벌하려고 진군할 일은 아니옵니다. 서촉을 토벌한다는 것은 결코 이롭지 못하옵니다."

조예는 어리둥절해했다. 이윽고 화제가 옮겨지자 곁에 있던 양기가 자리에서 나가 버렸다.

그때 양기가 보이지 않자 유엽은 목소리를 낮추어 말했다.

"폐하께선 병법에서의 시기를 살피시지 못하고 계시옵니다. 서촉을 토벌한다는 것은 대사 중에도 대사이옵니다. 어찌하여 양기라든지 궁중 잡배들에게 그처럼 대사를 함부로 말이 돌게 하시옵니까?"

"아 그렇군… 그 생각은 못하였소."

조예는 비로소 깨달았다.

형주에 갔던 사마의가 돌아왔다. 그도 유엽과 같은 의견이었다. 형주에 가서는 동오의 이곳저곳 동정만을 살피고 돌아왔다.

사마의가 보는 바로는 이러했다.

"동오는 서촉을 도울 것처럼 보이나 그것은 언제나 조약에 대한 의무 때문에 하는 것뿐이고 그 뜻은 딴 곳에 있었소."

이런 일이 있은 다음 총 80여만 중 40여만 대군이 촉한 국경에 물밀듯 휩쓸고 들어간 것은 그해 10월이었다. 낙양 조야가 깜짝 놀랄 만큼 순식간에 대군을 동원한 것이었다.

이때 다행히도 공명의 병은 많이 회복되어 있었다. 피를 토하고 혼수 상태에 빠졌다 하여 매우 중태요 불치의 병인 줄 알았지만, 그처럼 중병에 걸려 있지는 않았다.

공명은 위의 40만 대군이 촉경을 향하여 진격해 온다는 첩보를 듣고 왕평과 장의를 불렀다.

"장군들은 각기 1천 기를 이끌고 진창도 험로에 가서 위군의 진격을 막으시오."

두 장수는 아연해졌다. 적이 40만 대군을 휘몰아온다고 하는데 어찌 2천 기로 막을 것이냐 하는 마음에서였다. 이것은 그대로 죽으러 가라고 하는 말밖에 되지 않았다.

군령을 받고도 의심이 되어 아무 말 없이 앉아 있자 공명은 다시금 자세히 말했다.

"요즘 천문을 보니 좀처럼 볼 수 없는 천기의 징조가 보였어. 아주 큰 우기의 징조야! 적어도 20년 만의 큰 장마가 이 달 안에 있을 것이야. 위군의 수십만 군이 검문관(劍門關)을 엿보고 있으나 진창도의 험로와 도중의 수없이 험한 길, 게다가 큰비를 만나서는 도저히 인마를 움직이지 못할 것이야. 그러니 촉군은 굳이 그 곤란을 살 필요가 없겠지. 우선 장군들의 경병을 보내고, 적이 곤란에 빠지는 것을 보아 대군을 휘몰고 나아가 섬멸할 것이네. 나도 곧 한중으로 갈 것이고…."

공명의 말을 듣고서야 왕평과 장의는 길을 떠났다.

"그럼 곧 떠나겠습니다."

이리하여 경병 2천 기를 이끌고 고지를 선택하였다. 장마를 예측하여 한 달 남짓 필요한 군량을 가지고 진을 쳤다.

적의 40만 대군은 조진을 대도독을 삼고 사마의를 부도독으로, 또한 유엽을 군사로 앞세워 밤낮을 헤아리지 않고 진군해 왔다. 그러나 진창을 통하는 길에 접어들자 이르는 곳마다 백성들의 부락은 한 집도 남지 않고 타고 없었다.

이것 역시 공명의 선견으로 이루어진 일이라고 증오심을 가지며 묵묵히 여러 날을 행군이 진행되고 있었다.

그런 어느 날 사마의는 갑자기 조진과 유엽에게 말했다.

"앞으로 계속 행군하는 것은 절대로 안 됩니다. 어젯밤 천문을 보니 가까운 시일 안에 큰 장마가 질 것 같습니다."

"그래…?"

조진과 유엽은 의심쩍어 했다. 그러나 뛰어난 재질을 가진 사마의의 말이라 만일을 생각하여 이날부터 행군을 멈추었다.

나무를 베어 급히 비를 막을 움막을 짓고 거의 10여 일을 진을 치고 있자, 정말 장대 같은 비가 내리기 시작했다.

밤을 새고 나면 물은 산더미같이 휩쓸려 왔다. 차량은 물론 인마가 물 속에서 헤매고, 군량도 물에 잠겨 버렸다. 움막이 떠내려가 산 위로 옮겨가지 않을 수 없었다.

더욱이 길도 소용돌이치는 물길이 되었고, 계곡도 폭포가 되어 어디나 할 것 없이 바다가 되어 버렸다. 위군은 거의 뜬눈으로 밤을 밝히며 물 속에서 갈팡질팡하였다.

이러한 장마가 거의 30여 일 계속되었다. 병자와 물에 휩쓸려 죽고 하는 수효가 이루 헤아릴 수 없었다. 또한 후방과의 연락이 끊겨져 군량이 떨어지고 하여 40만 대군은 물만 바라보며 운명을 기다리는 길밖에 없었다.

이 놀라운 소식을 듣자 조예는 슬픔에 잠겨 단을 지어 비가 멈추도록 큰 제사를 지냈으나 아무 소용이 없었다.

화흠(華歆)·양부(楊阜)·왕숙(王肅) 등은 처음부터 출병을 반대한 중신들이어서 백성의 여론이라 하여 조예에게 간했다.

"빨리 대군을 돌아오게 하소서."

이리하여 회군하라는 조칙이 진창도에 전달되었다. 이럴 즈음 겨우 비가 그쳤다. 그러나 전군의 참상은 말로 형용할 수 없을 만큼 컸다.

칙사도 통곡하고 조진과 유엽도 손을 마주잡고 통곡하였다. 그러나 사마의는 서슬이 푸르렀다.

"하늘을 원망하기 전에 우리가 무지했음을 한할 수밖에 없습니다. 이제 회군하여 두 번 다시는 인마의 희생이 없도록 해야겠습니다."

겨우 물이 빠져나간 계곡에다 만일을 위하여 일부 병력을 배치하고 주력이 퇴각함에 있어서도 두 대로 나누어 그 일군이 퇴각한 다음 연이어 퇴각하도록 치밀한 후퇴작전을 세웠다.

이때 공명은 촉군 주력 부대를 적파(赤坡)라는 곳까지 나가 있게 하였다.

"병이 들고 피로에 지친 위군이 지금 퇴각해 가고 있습니다."

공명은 첩보를 받자 곧 명했다.

"추격하면 반드시 사마의의 계책에 떨어질 것이다. 이 천재지변을 피해 달아나는 적을 추격한다는 것은 병법에 있어 우둔한 짓이야. 퇴각하는 대로 내버려 두어라!"

공명은 움직이지 않았다.

위의 대군이 퇴각한 다음 공명은 여덟 부대로 대군을 나누어, 기곡과 야곡 두 길로 진격한 끝에 네 번째 기산에 나와 진을 펴려고 생각했다.

"장안에 가는 길은 여러 갈래가 있는데도 승상께선 어찌하여 정해 놓고 산으로 나가십니까?"

여러 장수의 묻는 말에 손으로 가리켜 말했다.

"기산은 장안의 길목이다. 보라! 농서 제군을 통하여 장안을 가려면 반드시 밟지 않고 지날 수 없는 지세가 얼마든지 있어. 더욱이 앞에는 위수가 있고, 뒤는 야곡에 싸여 첩첩 기복이 심한 봉우리요, 계곡을 싸고도는 자연은 그대로 방패요 성벽이요 참호다. 오른쪽으로 들어가 왼쪽으로 용병할 수 있는 곳은 산뿐이야. 그러기에 장안을 치는 데는 기산의 지리적 이로움을 이용해야 되네."

"과연 그렇군요."

여러 장수들은 비로소 공명의 뜻을 알았다.

또한 여러 차례 고전을 하면서도, 지세의 이로움을 알아 조금도 흔들리지 않는 공명의 신념에 탄복하였다.

이때 위의 대군은 겨우 위험에서 빠져나와 멀리 퇴각하고 나서야 긴 숨을 쉬었다. 길목마다 매복시켜 두었던 군졸들이 차례로 무사히 돌아왔다.

"나흘 동안이나 매복하고 있었습니다. 그러나 촉군 한 명의 그림자도 보이지 않아 돌아왔습니다."

그 후에도 거의 열흘 동안이나 매복하고 기다려 보았으나 촉군이 추격해 오는 기색은 보이지 않았다.

조진은 사마의에게 말했다.

"생각컨대 앞서 장마에 잔도며 애도(崖道)가 무너져 촉군이 움직일 수 없어 우군이 퇴각한 줄도 모르고 있는 것이 아닌가?"

"아니오. 그럴 리가 없습니다. 촉군은 반드시 우군 뒤를 밟아 나올 것입니다."

"어찌하여 그렇게 생각하는가?"

"공명이 급히 추격해 오지 않는 것은 우군 복병이 두려워 날이 개임을 보아 기산 방면에 나가지 않을까 싶습니다."

"그 말은 믿을 수 없네."

"그는 반드시 기산으로 나갈 것입니다. 모르면 몰라도 전군을 두 대로 나누어 기곡과 야곡 양도로 나올 것입니다."

"허허허… 어떨지?"

"결코 의심할 바 아닙니다. 지금부터라도 기곡과 야곡 도중에 일군을 보내 숨어 있다가 촉군의 선봉을 들이쳐야 합니다."

사마의가 역설을 하나 조진은 믿지 않았다.

상식으로 생각해도 천하의 공명이 눈앞에 있는 적을 두고, 그처럼 우둔한 전법을 쓸 리 없다고 생각하였기 때문이었다.

"그러면 이렇게 하시죠."

사마의도 자기의 주장을 고집하여 조진에게 말했다.

"지금 조장군과 제가 각 일군을 이끌고 야곡과 기곡 협로에 가서 매복했다가 적을 섬멸하기로 합시다. 만일 열흘 안에 촉군이 오지 않는다면, 그때 이 중달에게 어떠한 죄라도 물으시면 달게 받겠습니다."

"어떤 사죄를?"

"장군이 내리는 벌이라면 무엇이든 받을 것입니다."

"그래? 그거 매우 재미있겠군."

"만일 장군의 말씀이 틀리면 어찌 하시렵니까?"

"어떻게 할까?"

"이것은 큰 내기오니 저만 벌칙을 받을 수는 없습니다."
"그대의 생각이 맞는다면 폐하께서 하사한 옥대와 명마 한 필을 주겠네."
"고맙습니다."
"아직 답례는 이르네."
"아닙니다. 이미 받은 거나 다름없습니다."
중달은 자신에 차 껄껄 웃었다.
그날 밤 사마의는 기산 동쪽인 기곡을 향하여 길을 떠났다. 조진도 일군을 이끌고 기산 서쪽인 야곡 입구에 이르러 매복시키고 촉군이 오기를 기다리고 있었다.

그러나 복병하고 있다는 것은 싸우기보다도 더 괴로운 일이었다. 적이 올지 안 올지도 모르는 작전에 대비하여 밤낮을 움직이지 않고 기다려야 하기 때문이었다.
불은 물론이요 해충과 독사의 엄습을 받으면서도 참아야 하는 괴로움이 이만저만이 아니었다.
"이게 무슨 짓이야. 적도 오지 않는데 며칠을 두고 쓸데없이 기력을 낭비하다니. 대체 장수란 자들이 쓸데없이 오기를 부려 내기를 하다니… 무책임하게 움직이는 처사가 뭐냔 말이야!"
한 장수가 그 부하에게 불평을 말했다.
이때 진중을 시찰하던 사마의가 이 말을 들었다. 사마의는 장막에 돌아와 부하를 시켜 아까 불평하던 장수를 불러오게 했다.
"아까 불평한 장수가 그댄가?"
"아닙니다."
"아니라니… 내가 직접 들었는데?"
"……"

장수는 버럭 큰 소리를 지르는 사마의의 말에 놀래 대답을 못했다.

사마의는 엄숙한 표정을 짓고 말했다.

"내기를 하기 위하여 군졸을 움직였다고 그대는 곡해를 하지만 그것은 나의 상관인 조장군을 격려하기 위함이다. 또한 대위국 숙적인 촉군을 섬멸시켜 버리려는 사심없는 기대에서 한 일이야. 만일 승리한다면 그대들의 공도 모두 폐하께 상주하고 대위국 국복을 함께 하려는 일념뿐이다. 그럼에도 불구하고 상장의 말을 함부로 비판하고 불만을 그 부하들에게 말하여 사기를 떨어뜨린다는 것은 전쟁 중에는 있을 수 없는 일이다."

즉시 목을 자르게 했다.

그 장수의 머리가 진문에 걸린 것을 보고는 그러한 말에 공감을 하고 있던 군졸들은 간담이 서늘하여 괴로움도 잊고 촉군이 오기를 이제나 저제나 기다리고 있었다.

한편 촉의 위연·장의·진식·두경(杜瓊) 등의 네 장수가 2만 기를 이끌고 바로 기곡 길로 행군을 계속하고 있었다. 이때 야곡 길을 따로 진군하고 있던 공명에게서 연락이 왔다.

"승상께서, 기곡을 통과할 때는 부디 복병에 각별히 조심하여 함부로 진격하지 말라고 했소."

전령이 공명의 뜻을 누누이 전했다.

그 전령은 등지였다. 등지의 말을 들은 진식과 위연은 또 언제나 그렇듯이 의심이 시작되었다며 웃어 버렸다.

"위군은 30여 일이나 물에 갇혔다가 병자가 생기고 군기가 녹슬어 벌써 후퇴한 지 오랜데 어찌 예까지 올 여력이 있겠는가?"

두 사람은 공명을 조롱했다.

"아니오. 승상의 통찰에는 지금까지 틀림이 없었소."

그러나 위연은 들으려 하지 않았다.

"그렇게 달견인 승상이라면 가정 싸움에서 그런 패전은 하지 않았을 것이야. 단숨에 기산에 나가 앞서 진을 쳐 보일 테니 승상이 부끄러워하는가 않는가를 그대도 그때 보시게."

위연은 뽐내기까지 했다.

등지는 여러 가지로 일렀으나 이 사람의 마음을 돌이킬 길이 없음을 알자 급히 돌아와서 공명에게 알렸다.

"그럴 것이다."

공명은 어떤 생각에서인지 그리 놀라는 얼굴이 아니었다.

"위연은 요즘 나를 가벼이 보고 있어. 몇 번이나 위와 싸워도 크게 승기를 잡지 못했으니까. 겨우 이런 공명에게 머리를 숙여 보이는 것 같아 싫겠지. 무리도 아니야."

자신의 부덕을 한탄하며 나직이 이렇게 말했다.

"위연은 용맹하나 반골이 있는 장수라고 옛날 선제께서도 말씀하신 일이 있었다. 나도 그것을 모르는 바 아니야. 언제나 그의 용맹이 아까워 오늘에 이른 것이지… 이젠 그를 제거하지 않으면 안되겠구나!"

공명의 말이 떨어지기도 전에 숨이 턱에 찬 전령이 달려왔다.

"어젯밤 기곡 길에서 선봉을 나가던 진식 장수가 복병을 만나 5천 병사가 섬멸당하고 겨우 8백 기만 빠져나왔습니다. 따라서 위연의 군세도 위국에 빠졌습니다."

공명은 가볍게 혀를 찼다.

"등지, 다시 한번 기곡으로 급히 가라. 그리고 진식을 잘 타이르게. 버려두면 문죄가 두려워 오히려 표변할지도 모를 일이야."

공명은 무엇보다도 먼저 처리해야 할 일이라 생각하여 등지를 서둘러 보냈다.

둥지를 떠나 보낸 다음 공명은 한참 동안 눈을 감고 깊은 생각에 잠겼다.

이윽고 눈을 뜨자 지령을 내렸다.

"마대·왕평·마충·장의를 빨리 오라고 하라!"

네 장수가 장막에 들어서자 어떤 비책인가 은밀히 주었다.

"각기 급히 떠나도록 하시오!"

그리고 관흥·오의·오반·요화 등을 불러 각각 밀계를 준 다음, 공명 자신도 대군을 이끌고 진중을 나섰다.

이때 위의 조진은 야곡 방면에 나와 거의 7일 동안이나 매복하고 기다렸으나 촉군이 오는 눈치가 보이지 않자 으쓱해 있었다.

"사마의와의 내기는 내가 이겼구나!"

그는 촉군을 기다리는 일보다도 오히려 마음 속으로 사마의를 부끄럽게 해주려는 생각이 더 앞섰던 것이었다.

"사마의의 꼴을 좀 보아야지."

조진은 작은 쾌감에 흥겨워하고 있었다.

그 사이에 사마의와 약속한 열흘이 가까워졌다. 그때 척후병이 뛰어들었다.

"수효는 알 수 없으나 촉병이 계곡에 출몰하고 있습니다."

"그 수야 헤아릴 정도일 것이다."

조진은 진량이라는 장수에게 5천 기를 주어 계곡 입구를 막게 했다.

"열흘이 차면 내기는 내가 이기는 걸로 돼. 그러니까 이틀쯤은 깃발을 숨기고 금고 소리도 내지 말고 막고 있기만 하라."

진량은 5천 기를 이끌고 넓은 계곡 사이에 가서 동정을 살폈다. 그러나 촉군은 물이 모여 차듯 시간이 지날수록 수효가 늘어갔다.

결코 가볍게 여길 군세가 아님을 알자, 진량은 자기편에서 깃발을 올려 여기 위군이 있다는 듯이 위세를 보이었다. 그러자 촉군은 그날 밤부터 길을 달리하여 퇴각해 가는 것이었다. 그리하여 진량은 자기의 군세에 기급하여 길을 달리하는 줄만 알고 급히 추격하기 시작했다.

계곡을 기어올라 마치 그 지형이 넓은 호주머니 속같이 자리한 곳에 이르렀다. 그러나 촉군은 그림자조차 보이지 않았다.

진량은 비웃고 한편 안심하였다.

"뭐냐, 그럴 듯하게 보이고 달아날 줄만 아는 군졸들이군."

그러자 진량의 말이 끝나기도 전에 사방팔방에서 함성이 일어났다. 또 금고 소리가 계곡을 흔들었다. 삽시간에 진량의 5천 기는 호주머니 속에 든 것처럼 포위당하고 말았다.

깃발을 앞세우고 급히 달려나오는 것은 촉의 오반·관흥·요화의 군이었다. 위군은 놀라 흩어졌다. 그러나 이미 빠져나갈 구멍조차 보이지 않았다.

진량도 혈로를 열어 달아나려고 하였으나 비호같이 추격해 오는 요화의 한 칼에 말 아래 굴러 떨어지고 말았다.

"숨어 있는 자는 벨 것이다. 어서 투구를 벗고 항복하라!"

높은 곳에서 외치는 고함 소리가 들렸다.

공명과 그의 막장들이었다.

삽시간에 위병이 던진 투구와 깃발의 수효는 헤아릴 수 없었다. 촉군은 그들이 항복해 오는 것을 기다려 수습했다. 공명은 죽은 시체는 버리고 그 무기와 깃발을 빼앗아서 우군 병졸들에게 위장을 시켰다. 이리하여 적군의 장비로 전군을 위장시켰다.

이런 줄을 모르고 있는 조진은 진량의 부하라고 말하는 척후병으로부터 보고를 받았다.

"어제 계곡에 출동한 촉군을 모조리 섬멸시켰으니 안심하시기 바랍니다."

조진은 더욱 호기롭게 뽐내고 있었다.

바로 그날 해가 저물 무렵에 사마의로부터 전령이 왔다.

"기곡 방면의 촉군 선봉인 진식의 4, 5천 기를 이미 섬멸시켰으나 장군 쪽은 어찌 되었습니까?"

조진은 거짓말을 하였다.

"아직 이쪽에는 촉군이 한 명도 보이지 않는데, 내기는 나의 승리라고 사마의에게 전하라!"

그렇게 열흘이 지났다.

조진은 장막에서 막료들을 보고 말했다.

"내기에 지는 것이 싫어서 사마의는 그따위 말을 해왔으나 기곡 방면에 과연 촉군이 온 것인지 아닌지를 누가 안단 말이냐? 어쨌든 그를 내기에 지게 하여 얼굴에 분을 바른 여장으로 꾸며 사죄하게끔 할 것이다! 근래에 보기 드문 통쾌한 일이다."

이럴 즈음 금고 소리가 요란해 진문에 나가 보니 진량이 깃발을 올리고 천천히 돌아오고 있었다.

"지금 돌아옵니다!"

선두에 선 군졸이 말했다.

조진은 만면에 희색을 띠고 조금도 의심치 않았다. 그러나 거의 10여 보 남짓 왔을 때 우군인 줄만 알았던 군졸들은 갑자기 창을 겨누고 달려들었다.

"저것이 적의 대도독 조진이다. 목을 베어라!"

조진은 기절초풍하여 진중 속에 휩싸여 달아났다. 그러자 진영 뒤에서 검은 연기가 오르는가 싶더니 삽시간에 불바다로 변했다.

앞에서는 관흥·요화·오반·오의가 뒤에서는 마대·왕평·마충·장의 등이 뛰어들어 닥치는 대로 적을 죽였다.

그야말로 생지옥이었다. 피비린내와 서로 시체를 밟고 뛰어넘어 혈로를 열기에 죽을 둥 살 둥하는 난군 속에서 그래도 촉군은 조진을 놓치지 않고 추격해갔다.

그러나 조진은 겨우 빠져나가 목숨만은 구했다. 그것은 갑자기 산 위에서 한 무리의 군졸이 나타나 그를 추격하는 촉군을 막아주었기 때문이었다.

조진이 겨우 제정신이 돌아서 주위를 살폈다. 사마의 군에게 비로소 구원을 받았음을 깨달았다.

"대도독, 어찌 되셨습니까?"

사람됨이 음흉한 사마의는 비웃는 뜻으로 조진에게 물었다.

조진은 면목이 없다는 듯이 말했다.

"기곡에 있어야 할 그대가 대체 어찌하여 나의 위급을 구했는가? 꿈을 꾼 것만 같아서 무언지 잘 모르겠군."

"잘 아시고 있을 일이 아닙니까? 반드시 촉군이 이곳을 온다는 것을…."

"미안하게 됐네. 내기는 내가 졌어!"

"그런 것은 아무래도 좋습니다. 그러나 제가 전령을 보냈을 때 야곡 방면에서 아무런 이상이 없고 촉군이 한 명도 나타나지 않았다는 첩보를 받고, 이건 큰 일이다 생각하고 산을 넘어 길을 빨리 재촉한 것입니다."

"약속대로 옥대와 명마는 그대에게 주겠네. 이제 이 말은 하지 않기로 하세!"

"장군께선 그런 하찮은 일에 개의치 마십시오. 그런 건 처음부터 받지 않기로 했습니다. 그보다도 원컨대 국사를 두고는 한결

더 경계하셔야 합니다."

조진은 부끄러움에 얼굴을 붉혔다.

이리하여 조진과 사마의는 전군을 수습하여 위수에 돌아왔다. 이런 일이 있은 다음 조진은 보이지 않게 마음을 짓누르는 것이 있어 병석에 누워 진두에도 나타나지 못하게 되어 버렸다.

본디 악랄한 데가 있는 사마의라 그의 말에 조진이 병에 쓰러진 거나 다름없었다.

이때 공명은 예정한 대로 기산에 나가 진을 쳤다. 전군에 상벌을 밝히고 일단락 지은 것같이 보였으나, 공명은 오래 간직한 숙제를 버리고 있는 것은 아니었다.

진식과 위연을 장막 안으로 불러들였다.

공명은 위엄을 갖춘 말투로 그 죄를 물었다.

"등지를 전령으로 적의 복병에 조심하라고 했음에도 나의 군령을 가벼이 생각하여 많은 군졸을 희생시켰음은 어인 일인가?"

진식은 위연의 잘못을 말하고, 위연은 진식을 꾸짖었다. 공명은 두 장수의 말을 귀담아 들었다.

"진식이 그 목숨을 보존하고 얼마간의 병졸이라도 남긴 것은 위연의 진영이 있었기 때문이 아니냐?"

추상같이 꾸짖어 그 자리에서 목을 베었다.

그러나 위연은 책하지 않았다. 반골이 있는 장수라는 것을 잘 알고 있으면서도 살려둔 것은 나라 일이 중대함을 돌아보아 그의 용맹을 써야 할 날이 앞으로 많다는 것을 생각했기 때문이었다. 이처럼 고충을 참아야 할 만큼 촉군에는 위군에 비하여 우수한 장수가 적었던 것이었다.

팔진으로 진을 쳐라

 이렇게 위군은 위수를 앞에 두고, 촉군은 기산을 뒤에 두고 대진한 채 가을로 접어들었다.
 "조진의 병이 중태인 모양이다."
 어느 날 공명은 적진을 바라보면서 중얼거렸다.
 "야곡에서 대패한 후 조진이 병석에 누워 있다는 소식은 있었으나, 어찌 중태인 줄 아십니까?"
 곁에 있던 장수가 물었다.
 "그 병세가 경하다면 장안까지 갈 것이다. 지금까지 위수에 있는 것은 그 병이 중하여 군졸들의 사기에 해를 끼칠까 두려워 숨기고 있는 것인데…."
 공명은 눈에 보이는 듯이 말했다.
 "나의 생각이 맞는다면 열흘 안에 명을 다할 것이다."
 공명은 조진에게 도전서를 써서 전령을 시켜 위진에 보냈다.

그 글귀는 구구절절이 비웃음이 담긴 것이었다.

그러나 위군 진중에서는 회답이 없었다. 이런 일이 있은 지 7일 만에 검은 천으로 뒤덮은 영구차가 흰 깃발을 들린 일군에 싸여 몰래 장안 쪽으로 갔다는 첩보가 촉진에 들어왔다.

"조진이 드디어 죽었구나!"

공명은 조진의 죽음을 밝힌 뒤 전군에 삼엄한 군령을 내렸다.

"이제 지금까지 쉬었던 힘을 합쳐 강력한 진세를 갖춘 위군이 공격해 올 것이다. 굳게 지켜야 할 것이다."

위군 진중에서는 공명이 글로써 조진을 죽였다는 말이 돌았다. 실상 중병에 걸린 조진은 공명의 신랄한 도전서를 받자 갑자기 흥분하여 위독해졌고 그 후유증으로 숨을 거두고 말았던 것이다.

이러한 소식이 위국 진중에 퍼지자 조예를 비롯한 온 조야가 서촉에 대한 적개심으로 들끓었다. 조예는 현지에 있는 사마의에게 하루 빨리 이 원한을 보복할 것을 칙명으로 내렸다.

사마의는 앞서 받은 도전서의 회답을 공명에게 보냈다.

'조진 장군은 갔으나 사마의가 남아 있다. 조진 장군의 군장(軍葬)은
어제로 끝났다. 내일은 나아가 대회전을 하리라.'

공명은 기다리고 있던 일이라고 말로 대답하여 적의 군사를 돌려보냈다. 기산 주위의 산은 높고 위수의 강물이 유유히 흐르는 8월, 양군은 진을 치고 움직이기 시작하였다.

강을 사이로 노궁대의 사격전이 벌어지는가 하면, 금고 소리가 천지를 뒤흔드는 것이었다.

이때 위군 문기(門旗)를 들치고 총수 사마의를 중심으로 한 여

러 장수들이 대거 강가까지 나오는 것이 보였다.

이에 발맞추어 공명도 네 바퀴 수레에 단정하게 올라 앉아서 백우선을 비껴들고 적에게 그 모습을 보였다.

사마의는 큰 소리로 공명을 불렀다.

"그대 본디 남양의 한 농부로 그 신분을 잊은 채 함부로 싸움을 돋아 평화에 잠긴 만백성을 괴롭히기를 여러 차례, 아직도 깨달음 없이 또 나왔단 말인가! 그대의 썩은 시체가 기산 날짐승에게 덮일 날이 멀지 않았다!"

"게 있는 것이 중달이 아니냐? 그대 일찍이 위적의 서고(書庫)에 틀어박혀 병서를 그리던 서관배이거늘 오늘 전포를 입고 진두에 나서서 장광설을 늘어놓으니 오직 가소로울 뿐이다. 이 공명은 선제의 유조를 받들어 위적과 하늘을 함께 할 것을 피하여, 따스한 옷을 모르며 포식을 피하여 꿈에도 군마를 연마하고 있음은 오직 반국 역적을 주멸시켜 천하로 하여금 한조로 회복시키고자 함이다. 그대와 같이 일신의 영작에 눈이 어두워 자신의 명예와 이익만을 일삼아 싸움을 즐기는 서배들과는 다른 것을 알아야 할 것이다. 그런 고로 여기는 하늘이 내린 천병(天兵)이요 그대는 사적인 욕망에서 나온 사병(邪兵), 돌아보건대 부끄럽지 않은가?"

"무엇이 어째? 남양의 필부는 나와서 칼을 받아라!"

"어렵지 않다. 싸움에는 표리 두 모습이 있다. 정법(正法)으로 싸울 것인가, 기병(奇兵)을 원하는가?"

"우선 정법으로 밝혀 싸우자!"

"정법에는 삼태(三態)가 있다. 대장을 시켜 싸울 것인가? 진법이나 군졸을 가지고 싸울 것인가?"

"진법을 가지고 싸우자!"

"그대가 패하면?"

"다시금 3군 지휘를 맡지 않을 것이다. 또한 그대가 패하면 그대는 깨끗이 서촉에 돌아가 이후 다시는 대위국 국경을 범하지 않기로 약속해라!"

"음, 잘 알고 맹세하라!"

공명은 선언하고 나서 재촉했다.

"우선 그대부터 일진을 펴 보아라."

사마의는 말머리를 돌려 중군에 돌아가 누런 깃발을 움직여 군졸을 이동시키더니 각 대로 나누어 배치하고 다시 돌아왔다.

"공명, 지금 폈던 진을 알고 있는가?"

"그래, 촉군은 대장이 아닐지라도 그런 진형쯤은 누구나 알고 있다. 즉 혼원일기(混元一氣)의 진이 아닌가?"

"그대도 호언장담은 그만하고, 일진을 펴 보아라."

공명은 수레를 중군으로 몰게 하여 백우선으로 한 번 손짓해 보이고 다시 돌아왔다.

"어리석은 수작? 그대의 포진은 팔괘진(八卦陣)이 아닌가?"

"그렇다면 이 진을 칠 수 있는가?"

"걱정 말아라!"

"그러면 빨리 쳐봐라."

"이미 그 진법을 아는 사람이 파진법(破陣法)을 모르고 있겠는가? 보라, 나의 철쇄(鐵碎) 지휘를…."

사마의는 그 자리에서 대릉·장호·악림 세 대장에게 팔괘진법을 가르쳐 주었다.

"지금 공명이 포진한 것에는 팔문(八門)이 있다. 그를 이름하여 휴(休)·생(生)·상(傷)·두(杜)·경(景)·사(死)·경(驚), 개(開)의 팔문이라 하는데, 그 중에 개·휴·생 3문은 길한 것이고 상·두·경·사·경의 5문은 흉한 것이다. 즉 동쪽 생문·서남 휴문·북쪽 개문· 이 세 문으로 쳐들어간다면 이 팔괘진은 반드시 파국에 빠져 우군의 승리로 끝날 것이다. 그리 알고 헤매는 일이 없도록 법대로 잘 싸워라."

사마의는 준엄한 군령을 내렸다.

이리하여 위의 3군은 일제히 금고를 올려 함성을 지르면서 팔진 길문을 택하여 맹공격을 하기 시작하였다.

그러나 공명의 백우선이 움직일 때마다 이상한 변화를 팔문 진에 일으켜, 아무리 공격을 해도 겹쳐 쌓인 성벽처럼 안으로 들어갈 틈이 엿보이지 않는 것이었다.

이러한 사이에 위군은 사방으로 흩어져 대릉과 악림 등의 60기는 사력을 다하여 촉진 중군에 뛰어들었다. 그러나 마치 폭풍 속으로 들어간 때처럼 쏟아지는 적군의 화살에 기절초풍하여 어쩔 줄을 몰라 했다.

얼마 후 제정신이 돌아섰을 때는 대릉과 악림 등의 60여 기는 완전히 포위되어 있었다. 드디어는 압축되어 무장 해제를 당하지 않을 수 없는 곤경에 빠져 버렸다.

공명이 천천히 수레를 몰고 가까이 왔다.

"이것은 당연한 결과로 조금도 기묘한 것이 없다. 빨리 적진에 쫓아 보내라. 그대들은 사마의에게 잘 전해라. 그런 졸렬한 진법을 가지고 어찌 나의 팔괘진을 분쇄할 수가 있느냐. 더 병서를 읽고 학문을 잘 닦으라고 전하라!"

대릉과 악림 등의 60여 기는 부끄러움으로 공명의 얼굴조차 바라보지 못했다.

공명은 다시금 나직이 일렀다.

"너희들이 이미 진중에 뛰어들었다는 것은 무모한 짓이다. 목숨을 빼앗기에는 장부답지 못한 일이요, 그렇다고 이대로 보낸다는 것도 용서할 수 없다. 사로잡은 자 60여 명의 무기와 갑옷을 벗기되 알몸으로 얼굴에는 검은 칠을 하여 내쫓도록 하라."

사마의는 진중에 돌아온 60여 명을 바라보자 눈을 부라리고 노기를 가누지 못했다. 대릉과 악림에게 준 모욕은 다시 말할 것도 없이 공명이 사마의를 조롱한거나 다름없기 때문이었다.

생각하면 분하기 실로 짝이 없었다.

오늘 공명과 만나 이처럼 다시 있을 수 없는 모욕을 받아 어떤 면목으로 위국 조야에 얼굴을 내밀 것인가 싶어서였다.

 이젠 새로운 결심으로 죽기를 한하고 싸우는 길밖에 없다는 생각에 미치자 사마의는 스스로 칼을 빼어들고 좌우에 있는 1백여 기의 장수들을 독려하였다. 그리고 휘하 수만 기를 이끌고 촉군을 향해 총공격을 시작하였다.

 그러자 이때 생각지도 않은 일군이 진중 뒤에서 함성을 올렸다. 두 진으로 나누어 위군 진중을 향하여 달려드는 것이었다.

 "이게 무슨 일이냐!"

 사마의는 소리치며 당황했다.

 갑자기 지휘를 새로 고쳤으나 질풍같이 휘몰려드는 한 떼의 군마는 위군의 후방을 여지없이 들이친 것이다. 어느 틈엔가 치고 들어온 강유와 관흥 두 장수가 이끄는 촉군이었다.

 이 대회전에서 사마의는 적지 않은 타격을 받고 말았다.

 위군의 손해는 이만저만 크지 않았다. 그래서 사마의는 위수진을 굳게 걸어 닫고 깊이 들어앉아 수비에만 전력을 기울이고 있었다.

 이때 공명은 전군을 수습하여 기산에다 더욱 굳게 진을 치고, 승전에 절대 교만하지 않도록 삼엄한 군령을 내렸다.

 이리하여 선제의 유조대로 장안에서 낙양을 받고 한조 통일의 대업이 이루어지지 않나 하는 징조가 보이기도 하였다. 그러나 이때 진중에 대수롭지 않은 일이 생겨 뜻밖에 전군에 미치는 큰 실책을 초래했다.

 후방에서 증산과 수송에 힘을 기울이고 있던 이엄이 영안성에서 전선에다 군량을 보냈다.

 그 책임은 도위(都尉) 구안(苟安)이라는 자가 맡았다. 이 구안은 술을 즐기어 도중에서 유흥에 빠졌다가 10여 일이나 늦게 겨우 기산에 도착했다.

"무엇이라고 변명할 것인가?"

전시의 군령이 두려워 구안은 도중에서 생각하였다.

이윽고 공명의 앞에 나오자 얼굴이 파랗게 질려서 말했다.

"위수를 사이로 대회전이 벌어졌다는 소문을 듣사옵고, 만일 크나큰 군량을 적에게 약탈을 당할까 두려워 도중 산에 숨었다가 싸움이 끝나는 것을 보고 왔습니다. 그리하여 날짜보다…"

공명은 구안의 말을 듣지도 않고 꾸짖었다.

"군량은 싸움의 방패다. 수송도 싸움이다. 그런데 싸움을 보고 싸움을 쉬라는 것은 엄청난 태만이다. 더욱이 그대의 변명은 거짓이다. 그대의 피부는 결코 산에 숨어서 비를 맞으며 온 것이 아니라 술에 기름진 얼굴이다. 이미 수송에도 벌칙이 있다. 사흘을 그르치면 도죄(徒罪)에 처하고 닷새를 그르치면 참죄(斬罪)에 처한다고 명시된 바이다. 이제 와서 그 아무리 말로 변명해도 쓸데없는 일이다."

공명은 구안을 참형하라고 장수들에게 군령을 내렸다.

이때 장사(長史) 양의가 도위 구안에게 참형이 내려졌다는 소식을 듣고서 급히 공명을 찾아왔다.

"군령을 미루어 참형함이 당연합니다만 구안으로 말하면 이엄이 매우 중히 쓰고 있는 부하올시다. 만일 구안을 처형했다는 소식을 이엄이 듣는다면 사기가 줄어들뿐만 아니라 내심 원한을 품을 것입니다. 전 촉 중에서 군량을 거출하여 전력을 왕성케 하고 있는 것이 이엄이오니 그 당사자와 승상 사이에 감정이 생기면 싸움에 크게 영향이 미칠까 두렵습니다. 원컨대 그런 점을 참작하시어 구안이 죽음만은 면하게 해주십시오."

공명은 묵묵히 앉아서 깊은 생각에 잠겼다. 앞서는 그처럼 아끼던 마속의 머리마저 벨만큼 군율에 엄한 공명이었다.

그러나 지금 천하 대사를 앞둔 그의 가슴 속은 불붙듯 하였으나 이것마저 참을 수밖에 없었다.

"처형만은 면케 하라. 그러나 불문에 붙여 버릴 수는 없다. 태형 80대를 안겨 장래를 경계시켜라!"

다시금 군령을 내렸다.

양의는 공명의 심중에 깊이 감동하고 자리를 물러났.

구안은 태형 80대를 맞고 죽음을 면하였다. 그러나 그는 양의의 은혜와 공명의 넓고 인자한 마음을 알아보지 못하였다. 오히려 공명에게 원한을 품고 밤이 되자 촉진을 탈출, 그의 부하 5, 6명을 이끌고 위수를 넘어 위군 진중에 투항하고 말았다.

그리고 사마의 앞에 무릎을 꿇고 공명을 나쁘게 말하였다.

"매우 그럴 듯하나 믿기는 어렵다. 왜냐하면 이것도 공명의 계책이 아닌가 해서다."

사마의는 구안을 뚫어지게 바라보았다.

"참으로 대위국에 머물러 충성을 다하려거든 한번 커다란 일을 하고 돌아오라. 만일 그 일에 성공한다면 위제에게 상주하여 그대를 놀랄 만한 요직에 천거하리라."

구안은 허리를 굽혀 사마의에게 다시 절하고 말했다.

"시켜만 주십시오. 무슨 일인들 망설이겠습니까?"

사마의는 한 계책을 구안에게 내렸다. 구안은 이윽고 변장을 하고 촉국 서울인 성도에 몰래 들어갔다.

그리하여 서울 안에다 첩보 기관을 비밀리에 만들고, 막대한 돈을 써가며 유언비어를 퍼뜨리는 것을 임무로 삼았다.

이 날조된 유언비어는 촉국 조야에 퍼져 전선에 있는 공명을 점점 바르게 보는 눈을 가리게 하였다. 어찌 되었든 모두 의혹이 가득 차게 하였던 것이다.

그것은 공명이 한중에다 일국을 새로 세우고, 스스로 주공이 되려 하는 기운이 있다는 풍설이었다. 더욱이 이 말을 길게 늘여서 말을 퍼뜨리고 돌아다니는 무리마저 있었다.

"그가 병마권을 가지고 있으니, 이 촉국을 휩쓸기는 하루 아침에도 가능할 것이다. 그가 후주의 밝지 못한 점을 힐난하고 원한에 찬 말을 퍼뜨리고 있는 것은 그러한 야심 때문이 아니겠는가?"

성 안에는 물론이려니와 궁중에까지 이 말을 받아들여 전하게 한 것은 내관들이었다. 구안에게 매수된 무리들이 사리사욕에 휩쓸려 마음대로 지껄여 퍼뜨렸다.

이 결과는 드디어 촉제의 칙사 파견으로까지 구체화되었다.

후주 유선의 마음도 움직여져서 전선에 있는 공명에게 칙사를 보냈던 것이다.

'짐이 큰 일에 대한 비밀이 있어 승상에게 묻고자 하니 즉시 성도에 돌아오라.'

어명을 받고 공명은 하늘을 쳐다보며 대성통곡하였다.

"주공께선 수가 어리시어 모르긴 몰라도 간신배의 말에 현혹되신 모양이다. 전세가 아군에게 유리하여 겨우 장안을 엿보려는 이때, 이런 일이 있다는 것은 하늘의 뜻인가? 또한 촉한의 국운이 열리지 못할 징조인가? 그렇다고 하여 칙명을 어기면 간사한 무리들이 점점 소신의 말을 왜곡시켜 이 몸이 또한 불충의 신하가 되지 않을 수 없다. 그러나 지금 이곳을 돌아선다면 다시금 기산에 나오기 어려울 것이다. 그 사이에 위적의 국력이 강대해져 장안과 낙양은 드디어 불락의 성이 될 것이다."

공명은 소리 없이 눈물을 흘렸으나 대명을 받고 어찌할 바를 모르면서도 그날로 전군에 퇴각 명령을 내렸다.

이때 강유가 퇴각을 우려하여 물었다.

"사마의 추격을 어찌 막으면 좋겠습니까?"

공명은 그에 맞는 지령을 내렸다.

"전군을 다섯 대로 나누어 각기 길을 달리하여 퇴각하라. 주력은 기산을 떠날 때 1천 기를 남기고 2천 개의 솥 자리를 파게 하고, 다음 퇴진하여 묵는 곳에는 4천 개의 솥 자리를 파서 남겨라. 사흘째 주둔한 곳에다가는 7천 개, 닷새 째에는 1만 개를 파고 주둔하고 나서는 그의 배를 파놓고 퇴각하라."

공명은 고요히 눈을 감고 깊은 생각에 잠겨 있었다.

"옛날 손빈(孫殯)은 병력이 배가될수록 솥을 걸었던 자리를 줄여 퇴각하여, 적을 속이는 계책을 써서 방견에게 대승을 하였다고 듣고 있습니다만 지금 승상께선 반대로 군졸이 줄어들수록 솥 자리를 불리라 하시니 어찌된 일이십니까?"

"손빈의 계를 거꾸로 쓰는 데에 지나지 않아. 사리를 잘 아는 인물을 계책에 떨어뜨릴 때는 그 인물의 뒤를 알아 쓰는 것도 일책이 될 수 있는 것이다. 사마의도 의심에 빠져 그렇게 깊이 추격해오지 못할 것이다."

이리하여 촉군은 험로에 뻗어 퇴각하기 시작하였다. 공명이 예측한 대로 사마의는 촉군의 복병이 두려워 급히 추격해 오지 않았다. 그러나 첩보병이 복병이 있는 것 같지 않다고 보고하여도 사마의는 좀처럼 급히 추격하지 않았다.

천천히 진격하여 촉군이 주둔했던 자리를 살피며 뒤따랐다. 사

마의의 눈이 휘둥그래졌다. 날이 거듭할수록 솥을 걸었던 자리가 배가되었다. 솥을 걸었던 자리가 많아진다는 것은 그만큼 병력이 증가되었다는 것을 말함이다.

사마의는 찬찬히 살피고 나서 말했다.

"음, 공명은 퇴각할수록 병력을 증가시키고 있어. 그러니까 전의가 왕성한 군세를 업신여겨 깊이 추격했다가는 어떤 반격이 있을지 몰라."

사마의는 조심스럽게 생각하였다.

"구안을 성도에 보낸 나의 계책은 대성공이다. 그 결과 공명이 소환되어 가는 것이니 더 이상 욕심을 낼 것은 없다."

사마의는 드디어 추격을 중지하고 말았다.

이리하여 공명은 한 명의 군졸도 희생시키지 않고, 대군을 유유히 퇴각시키는 데에 성공하였다.

이런 일이 있은 다음 길손이 위국에 와서 말한 소문을 듣자 사마의도 솥 자리로 공명이 계책을 썼다는 것을 깨달았다.

그러나 사마의는 후회하지 않았다.

"상대가 다른 자라면 부끄럽기도 하려니와 공명의 지혜에는 나도 어쩔 수 없다. 그의 지모는 본래 나도 미칠 수 없다."

오히려 좌중을 돌아보며 웃었다.

공명은 성도에 이르자 즉시 후주 유선의 앞으로 나아가 상주했다.

"어떤 대사가 있기에 이처럼 급히 소신을 소환하셨습니까?"

본디 이렇다할 만한 근거가 없는 일이라 유선은 머리를 푹 숙이고 있었다. 이윽고 정직하게 대답했다.

"너무 오래 상부의 모습을 보지 못하여 사모하는 뜻으로 소환하였을 뿐 별로 이렇다할 만한 일은 없소.”

공명은 얼굴색이 변하여 내관들의 간계로 벌어진 일이 아니냐고 물었다. 그래도 유선은 묵묵히 앉아 있다가 깊이 사과하는 뜻을 나타내 보였다.

"지금 상부를 만나 보고 비로소 의심이 풀렸소. 깊이 후회하는 바이니 짐의 밝지 못함을 너무 꾸짖지 말아 주오.”

공명은 상부에 내려가자 즉시 궁중 내관들의 언동을 조사하게 했다. 출사한 다음 공명을 비방하거나 근거없는 말을 퍼뜨린 자를 몇 명 잡아들였다.

공명은 그들을 꾸짖었다.

"적어도 경들은 후방에서 국내의 안정과 민심을 돌이켜 진의를 앙양하도록 하는 중요한 직에 있으면서, 어찌하여 앞에 서서 불온한 낭설을 퍼뜨려 조야의 인심을 문란케 하였는가?”

한 내관이 나와 참회하며 즉시 자백했다.

"싸움이 끝난다면 살기에도 편하고 모든 일이 이전과 같이 평화스러우리라 생각되어 그만…."

"에잇, 어리석은 것들!”

공명은 길게 탄식했다.

"만일 우리 촉한이 경들과 같은 얕은 생각으로 있으면 싸움은 촉한이 스스로 피하려 해도 위국이 쳐들어 올 것이다. 또한 촉한 국내에서 오늘과 같은 싸움이 지속되지 않겠는가? 더욱이 그러한 싸움의 결과는 불행할 수밖에 없을 것이다. 그 참화는 오늘 기산에 나가 싸우는 백 배보다도 클 것이다. 그뿐만 아니라 그대들을 비롯하여 촉의 백성은 오늘 전후에서 일하는 괴로움보다 큰 위나 동오의 군졸들에게 집과 국토를 유린당해 약탈과 능욕을 받을 것은 물론, 오랫동안 동오의 노예가 되고 위국의 소나 말이 되어 혹사당할 것이다. 오늘의 불평과 그 쓰라림을 비교하여 볼 때 어느 편을 바라는가?"

내관들은 머리를 숙인 채 입을 여는 자가 없었다.

"그러나 이것은 아무래도 적국의 모략일 것이다. 대체 아군과 관민의 이반을 조성한 풍설이 어떤 자의 입에서 나왔는가. 그대들은 누구에게서 들었는가?"

그 출처를 캐고 보니 구안이 퍼뜨렸다는 것이 드러났다.

즉시 상부의 보안대병이 그의 집을 엄습하여 포박하려 하였으나 이미 그때는 늦었다. 구안은 벌써 위국으로 달아나 버렸던 것이다.

공명은 백관을 정비하고 장완과 비위 등 대관들에게 잘 타이르고 다시금 새로운 진영을 갖추고 한중을 향하여 떠났다.

여러 해를 두고 출사했던 병졸들의 피로를 생각하여 이번에는 전군을 절반으로 갈라 반은 한중에 남겨놓고 나머지 반으로 기산에 출병하였다.

그리고 싸움터에 있는 기간을 3개월로 정하여 백 일 교대제를 세웠다. 말하자면 1백 일마다 서로 교대시켜 새로운 사기를 가지게 하여 위군을 분쇄하려 했던 것이다.

촉한 건흥 9년은 위국 대화(大和) 3년에 해당되었다.

그해 이른봄 2월에 또다시 낙양에는 전령이 도착하였다.

위제는 그가 믿고 있는 사마의를 불러들였다.

"공명을 대적할 사람은 경밖에 없으니, 나라를 위하여 신명을 다해 줄 것을 부탁하오."

위제는 군정 작전 전권을 맡겼다.

"조진 대도독께서 이미 세상을 떠나셨으니 소신이 미력하나마 죽기를 다하여 홍은의 만분의 일이라도 보답하겠습니다."

사마의는 곧 장안에 나가 전 위군의 배치계획을 세우고, 좌장군 장합을 선봉으로 삼고, 곽회에게 농서 제군을 지키게 하고 사마의 자신의 중군은 당당히 좌우익, 전후군으로 보호케 하여 위수 앞에 대진을 쳤다.

기산에는 봄 안개가 자욱이 끼고 위수의 강물도 유유히 흐르고 있었다. 양군이 대진을 쳤으므로 오랫동안 금고 소리도 들리지 않았다.

사마의는 어느 날 장합과 마주 앉아 이야기하고 있었다.

"공명은 역시 군량에 신경을 쓰고 있는 듯하네. 농서 지방의 보리가 익어가고 있어. 그는 반드시 몰래 군졸을 시켜 보리를 베어 군량으로 충당할 것이야."

"농서의 보리는 막대한 것입니다. 그걸 수확한다면 촉군 군량은 넉넉할 것입니다."

"그대는 위수에 머물러 기산에 대치하고 있게. 나는 군졸을 이끌고 농서에 나가 공명의 목적을 좌절시킬 것이다."

사마의는 자신의 의도를 말했다.

이리하여 위군 진중에는 장합의 4만 기를 남겨 두었을 뿐, 그 밖의 대군은 사마의 자신이 이끌고 농서로 향했다.

사마의의 상상은 틀리지 않았다. 공명은 농서의 청맥을 손에 넣기 위하여 노성(鹵城)을 포위하고, 수장의 항복을 받아 항장에게 물었다.

"보리는 지금 어느 지방이 잘 익었느냐?"

"올해는 농서 지방이 잘 익었습니다. 더욱이 농서 보리는 질도 매우 좋습니다."

항장의 말을 듣고 노성 수비는 장익과 마충이 담당케 하고 공명은 남은 군졸을 이끌고 농서 지방으로 나아갔다.
그러자 선봉으로 나갔던 마대가 돌아왔다.
"농성에는 들어갈 수가 없습니다. 이미 위군의 인마가 꽉 차 있고 중군을 바라보니 사마의 깃발이 보였습니다."
공명은 크게 혀를 찼다.
"그렇게 몰래 기산을 나왔건만 그는 내가 이미 보리를 거두려는 것을 알았구나. 그렇다면 사마의도 불패의 군세를 갖추었을 것이니 예사 계책으로는 그를 격파할 수 없겠군."
공명은 또다시 깊은 생각에 잠겼다.
그날 저녁 공명은 목욕하여 몸을 정하게 하고, 항상 타고 다니는 네 바퀴 수레와 똑같은 수레 네 개를 만들게 했다.
이윽고 밤이 되자 공명의 장막에는 세 사람의 장수가 불려와 밤이 깊도록 밀담을 나누고 있었다.
첫번째로 강유가 장막에서 나와 수레 하나를 이끌고 자기의 진중으로 돌아갔다. 두 번째인 마대가 또 한 대의 수레를 이끌고 돌아갔다. 세 번째는 위연이 또 하나의 수레를 이끌고 자기 진중으로 돌아갔다.
이리하여 남은 한 대는 그대로 진중에 남아 있었으나, 이윽고 공명이 장막에서 나와 수레 위에 올라타며 출진을 재촉했다.
"관흥! 준비되었는가?"
그러자 관흥이 이상한 군졸들을 이끌고 와서 수레 주위에 배치시켰다. 24명의 억센 장수들이 서둘러서 수레를 몰았다.
그 어느 장수나 맨발에다 검은 전포를 입었고, 머리는 산산이 풀어 헤친 채 손에는 예리한 검을 쥐고 있었다. 그러자 다시 똑같은 차림을 한 네 명이 수레 앞에 서서 북두칠성 깃발을 들고 있었다.

그 다음으로 5백 명의 고수병이 따르고, 창대 1천 기는 몇 줄로 갈라져 공명의 수레를 위성처럼 둘러싸고 있었다.

공명도 여느 때의 차림과는 달랐다. 언제나 입던 윤건이 아니고 머리에는 화사한 잠관(簪冠)을 쓰고 있었다. 옷은 하얗고 패검은 주금이어서 밤에 보아도 찬란한 빛을 내뿜었다.

또한 관흥과 그 밖의 장수들도 천봉(天蓬) 모양이 박힌 붉은 비단 전포를 입어, 말을 달리면 마치 불이 뛰는 것같이 괴상한 느낌을 주었다.

이리하여 하늘에서 내려온 귀신이 아닌가 의심할 만큼 묘하게 꾸민 요사스런 군졸들이 밤이 깊자 농서를 향하여 길을 떠났다.

그 뒤로 약 3만 명의 군졸이 뒤를 따르고 있었다. 이 군졸들은 하나같이 손에다 낫을 들고 있었다. 싸우는 틈을 보아 보리를 베어 후방에다 운반하려는 군졸이었다.

여느 때의 행군과는 그 편성부터가 달랐다. 어찌됐든 이상한 느낌을 주는 모습이기도 했다. 한편 위군 전선에서 경계하고 있던 군졸은 이 광경을 바라보자 너무 놀랐다.

그리고 허겁지겁 달려가 그 대장에게 알렸다. 대장은 또다시 중군에 급히 알렸다.

"무엇이, 귀신의 무리가 와?"

사마의는 비웃고는 진두로 직접 말을 몰았다.

때는 바야흐로 축시(丑時)여서 옆구리를 쥐어박아도 모를 만큼 칠흑의 밤중이었다.

금가루를 뿌려놓은 듯한 별들이 온 하늘을 뒤덮고 있었다. 그러나 어둠은 지척을 분별할 수 없을 만큼 점점 깊어만 갔다.

싸늘한 이른 봄 바람이 야음을 타고 불어와 냉랭한 공기를 자

아내고 있었다.

"과연 요기가 불어온다."

사마의는 눈을 더 크게 떠서 먼 곳을 바라보았다.

싸늘한 바람에 싸여 달려오는 한 수레를 둘러싸고 있는 28명의 흑의병이 역력히 보였다. 머리를 풀어 헤치고 검을 잡고 모두가 맨발이었다.

북두칠성기가 그 선두에 달리고 또한 불이 뛰는 것 같은 붉은 비단 전포를 입은 기마 장수들이 전군을 휩싸오고 있었다.

"공명이다!"

사마의는 별빛에 바라보이는 이 괴상한 일군을 더욱 자세히 바라보고 있었다.

이 사이에도 네 바퀴 수레는 질풍같이 달려왔다. 수레 위에 백의 잠관을 쓴 사람이야말로 다른 사람 아닌 제갈공명임에 틀림없었다. 밤에 보아도 그림처럼 선명했다.

"하하하…."

사마의는 갑자기 큰 웃음을 터뜨렸다.

그리고 뒤에 있는 굴지의 장사 2천여 기를 향하여 호령했다.

"귀신의 탈을 쓰고 사람을 놀라게 하려는 전법이다. 이상하게 생각할 것이 없다. 닥치는 대로 죽여라. 변장한 공명도 달아나리라. 그대들이 급히 추격한다면 공명의 멱살을 잡아 사로잡을 수 있을 것이다. 저기 가까이 온다. 어서 나가라!"

사마의의 말이 떨어지기가 무섭게 2천여 기의 철기는 와 함성을 지르며 일시에 몰려 나갔다.

그러자 공명의 수레는 문득 멈추어 섰다. 28인의 흑의병도 칠성기도 붉은 전포를 입은 기마병 장수들도 갑자기 뒤돌아서 슬금슬금 달아나기 시작했다.

"놓치지 마라!"

위군 철기병 2천여 기는 바싹 뒤를 추격해 갔다.

그러나 이상하게도 추격해 갈수록 따라잡을 수가 없었다.

이상한 안개가 뒤덮이고 수레는 눈앞에 보이는 것이었으나, 말이 거품을 물고 헐떡일 뿐 조금도 거리가 가까워지지 않았다.

"기괴한 일이다. 우리들은 벌써 30리나 말을 몰아왔어!"

"공명의 수레는 천천히 가는데 웬일이냐?"

위군 2천여 기는 말을 멈추고 멍하니 얼이 빠져 있었다.

그러자 공명의 수레와 그 일진이 다시금 이쪽을 향하여 돌아오고 있었다.

위병들은 이 광경을 보고 말했다.

"이번에야 어딜 가겠느냐?"

다시 고함을 지르며 뒤쫓아가자 괴상한 이 일진은 또 천천히 뒤돌아 섰다. 또다시 추격하기를 거의 20여 리까지 갔다.

위병 2천여 기는 죽을 힘을 다하여 뒤쫓는 것이었으나, 공명의 수레와의 거리는 아까와 똑같은 거리에 놓여 있었다.

"이건 범사가 아니다!"

의혹에 차서 한 곳에서 웅성거리고 있을 때였다.

이때 뒤에서 말을 급히 몰아온 사마의는 저마다의 입에서 탄식이 나오자 깊이 깨달은 바가 있었다.

"생각컨대 이것은 공명이 잘 쓰는 팔문둔갑 일법(一法) 육갑천서(六甲天書) 속에 있는 축지법을 사용한 것이다. 자칫하면 함정에 빠질 위험이 있으니 추격하지 마라. 급히 퇴각하라!"

그러자 서쪽 산 위에서 갑자기 금고 소리가 요란하게 들려왔다. 사마의는 놀라 어둠 속을 바라보았다.

별빛을 받으며 한 떼의 군마가 급히 몰려오고 있었다.

그 속에서 28인의 흑의병과 북두칠성기와 불덩이 같은 기마 장수들에게 에워싸인 네 바퀴 수레가 나타났다. 가까이 오는 것을 바라보니 흑의병은 머리를 풀어 헤치고, 검을 쥔 채 맨발이었다. 또 네 바퀴 수레 위에서 백의 잠관을 쓰고 있는 사람도 틀림없이 공명이었다.

"아, 여기도 또 공명이 있었는가?"

사마의는 우군 병졸이 기겁하여 부르짖는 소리를 듣자, 스스로 가까이 추격해 보았다. 20여 리를 추격해 갔어도 가까이 할 수 없던 것처럼 지금도 똑같았다.

"기괴한 일이다. 이는 참으로 이상한 일이구나!"

사마의마저도 어쩔 수 없이 돌아왔다.

막 숨을 돌리려는 순간 또 한쪽 산기슭에서 금고를 울리며 한 떼의 군마가 나타났다. 또 칠성기와 흑의 괴병 28인에 에워싸여 공명이 탄 네 바퀴 수레가 달려왔다.

사람인지 도깨비인지 꿈속에서 바라보는 것 같아서 위군은 기절초풍하여 감히 쳐나가려 하지 않았다.

"퇴각하라!"

사마의도 놀라며 난군에 휩쓸려 달아났다.

그러자 어두운 들판에서 갑자기 금고 소리가 일어나며 또 네 바퀴 수레가 불쑥 나타났다. 사마의는 더욱 놀라며 힐끗 수레를 바라보았다.

수레 위에 있는 사람은 틀림없이 공명이요, 좌우 20여 명과 북두칠성 깃발이 나부끼는 것이 처음 보았던 수레와 조금도 다름이 없었다.

"대체 공명은 몇이나 있는가? 이걸 보아 촉군 수도 이만저만이 아니구나!"

사마의와 그의 철기 2천여 기는 온 밤을 달아나 겨우 날이 샐 무렵에야 상규성에 이르렀다.

이날 한 명의 촉병이 포로로 잡혔다. 문초를 하자 청맥을 베어 노성에 운반하던 자라는 것이 밝혀졌다.

"그럼 싸우는 사이에 보리를 많이 베었구나!"

사마의는 스스로 촉군 포로병을 엄하게 오랫동안 문초하고는 깊은 생각에 잠겼다.

그제서야 어젯밤 괴상한 요진(妖陣) 중에서 그 한 수레는 틀림없이 공명이었으나 나머지 셋은 강유·위연·마대 등이 위장하여 공명의 모습처럼 보이게 하였다는 것을 비로소 깨달았다.

"아, 이제서야 축지법 수단을 알았다. 똑같은 모양과 색깔로 꾸민 군사를 네 부대를 편성하여 달아날 때엔 가까이 있던 것이 숨고 먼 데 것이 나타나 바꾸어 출몰함으로써 추격병의 눈을 의심케 하여 달아났구나! 참으로 제갈량이다, 제갈량다워!"

사마의는 다시 한번 공명의 지략을 두려워했다.

이런 일이 있은 다음 사마의는 굳게 수비만 하였다.

"노성에 있는 촉병을 탐지해 보니 뜻밖에 수효가 적습니다. 대군으로 보인 것은 공명의 기묘한 용병 탓입니다. 이 대군을 이끌고 포위한다면 한 합에 떨어질 것입니다."

곽회는 열심히 주장했다.

어떤 좋은 계책이 없이 공명이 두려워 소극적으로 헛된 날을 보낸 사마의는 곽회의 말을 듣자 말했다.

"그럼 움직이지 않는 척하면서 급히 전진하여 한 합에 노성을 포위하자. 이것이 성공한다면 그후 작전은 얼마든지 있을 것이다."

해가 서쪽으로 기우는 것을 기다려 대군을 움직이기 시작했다.

노성도 그리 멀지 않았다. 밤중까지는 어려우나 날이 새기 전에 도착할 수 있는 거리 정도밖에 되지 않았다.

가는 도중은 습지와 벌판과 산을 얼마간 지나면 거의 누렇게 익어가는 보리밭뿐이었다.

한편 촉군 척후병들은 이 보리밭 속에 띄엄띄엄 사이를 두고 숨어 있었다. 한 줄로 된 노끈이 연이어 노성까지 신호를 삽시간에 보낼 수 있도록 하였다.

이리하여 공명은 닥쳐올 적을 대비하여 계책을 세워, 각 군을 배치한 다음 척후병의 신호가 오기만 기다리고 있었다.

노성은 본디 지방의 작은 성이어서 그 높이도 낮고 호도 낮았다. 이 성에 대군이 몰려온다면 한 합에 떨어지기 쉬운 위험이 있었다. 그렇기 때문에 이에 대비해 강유・마대・마충・위연은 이미 성 밖에 나가 있었다.

성 밖은 일망무제한 보리밭이었다.

매복해 있기에는 절호의 장소였다. 깊고 고요한 밤바람 소리에 귀를 기울이고 있을 때 위의 대군이 몰려오고 있었다.

적은 이런 줄도 모르고 전군을 나누어 성을 중심하여 동서남북으로 흩어져 배치했다. 이 순간 성 위에서 노궁대가 일제히 화살을 비오듯 퍼부었다.

촉군이 이미 알아차린 것이라 짐작하고, 위군은 함성을 지르며 얕은 참호를 뛰어넘었다. 이 순간에도 돌과 아름드리 나무가 쏟아져 위군은 시체로 참호를 메울 만큼 죽어 갔다.

"퇴각하지 마라!"

난군 중에서 사마의는 독전했다.

이것에 발맞추어 보리밭에서 매복하고 있던 촉군이 사방에서 쏟아져 나왔다. 보리밭 속에서 움직이는 것은 촉군뿐이었다.

위군은 불의의 습격을 받아 죽거나 흩어지지 않을 수 없었다.

사마의는 기겁하여 언덕 위로 말을 급히 몰아가서 이 처참한 광경을 내려다보았다. 그는 눈을 부릅뜨고 이를 악물었다.

밤을 헤아리지 않고 행군하여 패전하는 형국이 사마의의 가슴을 떨리게 하였던 것이다. 이날 밤 위군의 희생은 거의 1만 기에 가까운 처절한 참패였다.

사마의는 패잔병을 수습하여 그 밤으로 달아나 다시금 상규성에 틀어박힐 수밖에 없었다.

이 싸움에서 패전한 결과를 곽회는 자기의 책임으로 느꼈다. 그리하여 그는 지혜를 짜내어 또 일책을 사마의에게 권했다.

그 계책은 사마의가 생각하여도 기상천외인 것 같아서 겨우 이맛살이 펴졌다.

노성은 결코 수비하기에 이로운 곳은 아니었으나 위군의 동정을 살피기에는 다시 없는 곳이어서, 공명도 꼼짝하지 않고 수비를 하고 있었다.

그러나 공명은 이렇게 자중하고 있는 것이 어떤 계책 때문에 있는 것이라고 생각하지는 않았다. 그럴 것이 요즘 사마의는 옹량(雍凉)에다 격문을 띄워 손맹(孫猛)의 군세를 검각(劍閣)에 부르는 눈치가 엿보였기 때문이었다.

위의 대군으로 촉한 국경인 검각을 엄습당한다면 퇴로가 차단될 뿐만 아니라, 군량을 수송하는 길이 끊어지고 마는 것이다.

그리 되면 노성을 중심하여 주둔하고 있는 촉군은 완전히 고립되고 마는 상황이었다.

"요즘 적이 잠잠한 것이 수상하다. 강유와 위연은 각기 1만 기를 이끌고 검각에 가서 합세하라. 마음이 놓이지 않는 곳이다."

공명이 군령을 내렸다.

강유와 위연은 공명의 군령을 받자 그날로 검각을 향하여 급히 떠나갔다.

그 다음 일이었다. 장사 양의가 공명의 앞에 나왔다.

"앞서 한중을 떠날 때 전군을 반으로 1백 일씩 교대를 한다고 선언하였습니다. 매우 곤란하게 되었습니다."

"양의, 어찌하여 곤란하다고 하는가?"

"이미 그 1백 일이 왔습니다. 전선 군졸과 교대한다고 이미 한중에선 대군이 떠났다 합니다."

"그렇군! 이미 군령을 내린 이상 또 하루라도 틀려선 안 되지. 빨리 이곳에 있는 군대를 한중에 돌려보내라."

"지금 이곳에 8만 기가 있습니다. 어떻게 돌려보낼까요?"

"4만 명씩 나누어 귀환시켜라."

이러한 말을 듣자 여러 군졸들이 크게 기뻐하며 귀환할 준비를 하고 있었다. 이때 검각에서 급히 사자가 뛰어들었다.

위군 대장 손맹이 새로이 20만 군을 이끌고 곽회와 함께 검각을 맹렬히 공격해 오고 있다는 것이었다.

또 이것만이 아니라고 하였다. 사마의가 때를 놓치지 않고, 후방에 남은 전군을 이끌고 총공격 명령을 내리고 머지않아 이곳으로 올 것이라 하였다.

성 안에 있던 촉군이 놀랐음은 물론이었다. 양의는 창황히 공명에게 말했다.

"사태가 이렇게 되었다면 교대하는 정도가 아닙니다. 귀환을 당분간 중지하고 목전의 적을 물리치게 하지 않을 수 없습니다."

"아니다. 그렇지 않아!"

공명은 조용히 머리를 흔들어 보였다.

"촉한이 정의의 싸움을 일으켜 많은 대장을 쓰고 수만 병졸을 움직이고 있는 것은 모두가 신의를 기본으로 삼고 있기 때문이다. 이 신의를 잃어서는 촉군은 광채도 없고 큰 힘도 낼 수가 없어. 또한 그들의 부모 처자도 이미 백 일 교대를 알고 있는지라, 모두 고향에서 손꼽아 그 아들, 그 지아비가 돌아올 것을 문 밖에서 기다리고 있을 것이다. 제 아무리 위기에 빠져 있다한들 더는 이 신의를 저버릴 수는 없네!."

공명은 귀환시키기를 주장했다.

양의는 이러한 공명의 말을 그대로 촉군에게 전했다. 그때까지도 여러 가지로 억측을 하며 동요하던 촉의 군졸들은 공명의 말에 감동하여 눈물을 흘리는 것이었다.

"승상께서는 그처럼 우리를 생각하고 계셨어!"

"이 인자한 은혜를 받고, 어찌 우리들이 승상께서 위급을 당하고 계신데 이곳을 떠날 것인가?"

그들은 양의를 통하여 공명에게 귀환하지 않기를 청했다.

공명은 그래도 돌아가기를 권하였으나 그들은 그 자리에 결속하여 움직이지 않았다. 이리하여 물밀듯 휩쓸어오는 위의 대군을 보자 성 밖으로 몰려나가 죽기를 한하고 싸웠다.

촉군의 그 용맹한 공격전으로 위군은 또다시 패하여 퇴각하기에 이르렀다.

그러자 뒤이어 또 하나의 어려움이 닥쳐왔다. 전군이 개가를 드높이 올릴 때에 영안성에 있는 이엄에게서 뜻하지 않은 정보가 급히 노성에 도착하였다.

영안성에 있는 이엄은 증산과 수송을 담당하고 후방에서 경영에 노력하는 말하자면 군수상(軍需相)이라는 요직에 있는 촉한의 대관이었다.

지금 이엄에게서 보내온 서한 내용은 대략 이러하였다.

'요즘 소식에 의하면 동오가 사자를 낙양에 보냈다 함. 위국과 화합하여 동오가 촉한을 취하려고 함. 다행히 동오가 아직 기병을 하지 않음을 지금 본인이 초계하여 소식을 알고 있음. 엎드려 바란건대, 승상의 지혜를 내려 급히 옳은 길을 열어 주시기 바라고 있음.'

공명은 실로 큰 커다란 충격을 받았다. 사실 이엄의 서면에 나타난 징조가 사실이라면 이야말로 중대한 일이었다.

위보다 촉한이 강한 점이 있다면 무엇보다도 촉과 오가 서로 침략하지 않기로 맹약하고 있는 것이었다. 그러나 그 동오가 위국과 화친하는 사태가 일어난다면, 이것이야말로 촉한한테는 치명적인 타격이 되지 않을 수 없었다.

"잠시도 머물러 있을 수 없다!"

공명은 큰 용단을 내려 즉시 전군에 퇴각 명령을 내렸다.

"우선 조용히 기산을 퇴각할 것이다."

노성에게 급히 사자를 보내어 기산에 남아 있는 왕평·장의·오반·오의 등에게 전하였다.

"내가 여기 있는 한 위군이 우회하여 추격하지는 못할 것이다. 초조하게 생각지 말고 차례로 일사분란하게 행동하여 한중으로 돌아가라."

공명은 군령을 봉하여 떠나보냈다.

한편 공명은 양의와 마충에게 각기 군졸을 맡겨 검각 목문도(木門道)로 급히 떠나보냈다. 그리고 노성에는 깃발만을 높이 꽂고 나무 섶을 모아 불을 질러 군졸이 있는 것같이 보이게 하고,

공명 자신도 취하를 이끌고 목문도에서 퇴진하였다.
　이때 위수의 장합은 말을 몰아 상규성에 왔다.
　사마의에게 자문하기 위해서였다.
　"무슨 일이 일어날 것이 틀림없습니다. 촉의 전군이 퇴각하고 있습니다. 지금이야말로 급히 추격하여 섬멸할 때입니다."
　"조금 기다려 보자. 공명이 하는 일이니 그리 쉽게 깊이 들어갈 수는 없지 않은가!."
　"도독께선 어찌하여 공명을 법같이 두려워하십니까? 세상 사람들이 비웃기 쉽습니다."
　이때 첩보병이 들어와 노성의 이변을 보고했다.
　사마의는 장합을 데리고 높은 곳에 올라가 멀리 노성에서 오르는 검은 연기를 바라보자 갑자기 크게 웃는 것이었다.
　"위계가 분명해. 노성은 지금 텅 비어 있다. 급히 추격하라!"
　사마의는 더 의심할 여지가 없다는 듯이 상규성에 있는 대군을 이끌고 급히 추격하기 시작했다.
　이미 목문도에 이르렀다.
　이때 장합이 또 사마의에게 건의했다.
　"이처럼 대군을 가지고는 늦을 수밖에 없습니다. 제가 수천 기를 먼저 선봉으로 이끌고 급히 추격할 터이니 도독께선 본군을 뒤로 지휘하여 오십시오."
　"아니오. 군졸의 걸음이 느린 것은 대군이기 때문만은 아니오. 공명의 위계를 신중히 타진하며 나가기 때문이오."
　"공명이 그처럼 걱정된다면 지금 추격하는 것이 큰 의미가 없는 것입니다."
　"큰 실수를 하기보다는 나은 것이오. 만일 자네와 같이 공을 세우기에 급히 서둘러선 반드시 후회할 일이 생기는 법이네."

"몸을 바쳐 보국하는 때에 대장부된 자 어찌 죽는다 한들 후회하겠습니까?"

"자네는 성급하고 그 의기는 매우 왕성하나 위험한 데가 있어. 깊이 신중하게나."

"효에는 힘을 다할 것이요, 충에는 목숨을 버리라 하지 않았습니까? 지금 이 시기에 무엇을 돌아보겠습니까? 다만 공명의 머리를 베는 것이 소원이올시다. 원컨대 허락해 주십시오."

"그렇게까지 원한다면 5천 기를 이끌고 가게. 따로 가상(賈翔)과 위평(魏平)에게 2만 기를 주어 뒤를 따르게 할 것이네."

이리하여 장합은 크게 기뻐하며 경기 5천 기를 휘몰아 급히 추격했다. 거의 70리를 단숨에 쫓아갔을 때였다. 숲 속에서 금고 소리와 함께 함성이 일어났다.

"적장은 어디를 급히 가는가? 촉한의 위연이 여기 있다."

갑자기 외치는 소리가 들렸다.

천성이 불같이 급하기로 천하에 이름난 장합이었다. 그 장합이 공명의 목을 얻을 때는 지금이라 생각하고 용맹을 떨쳐 미친 듯이 달려온 순간이었다.

"무엇이 어째?"

소리가 떨어지기 무섭게 몰려드는 위연의 군졸을 닥치는 대로 찔렀다.

위연도 창을 겨누고 싸우는 척하다가 거짓 패하여 달아났다.

"이 보잘 것 없는 애송이 놈들…."

장합은 성난 사자처럼 앞뒤 가리지 않고 추격했다.

이렇게 거의 20여 리를 달려왔을 때 갑자기 산 위에서 북소리와 함께 관흥의 병졸들이 달려 내려왔다.

장합은 흥분하여 앞으로 나서며 한 칼에 베려 했다.
"그 옛날 운장의 자식이 아니냐? 네가 또 변변치 못한 아비를 닮았느냐?"
관흥은 그 용맹에 놀라는 시늉을 하며 달아났다.
장합은 그 뒤를 바싹 쫓아갔으나 앞이 우거진 밀림이어서 문득 말을 멈추었다.
"복병이 있을지 모른다. 탐색해 보아라!"
군졸에게 명령하고 잠시 숨을 돌렸다.
그러자 앞서 숨어 버렸던 위연이 뒤에서 엄습해 왔다. 장합이 위연을 맞아 싸우고 있자 도망가던 관흥이 되돌아 쳤다.
싸우다가는 달아나고 또 싸우고 하여, 장합을 잔뜩 피로에 지치게 하면서 위연은 드디어 목적하였던 목문도 계곡 입구에까지 유인했다.
장합은 여기까지 와서 지형의 험악함을 살피고는 잠시 멈추어 군세를 수습하고 있었으나 위연은 그 틈을 주지 않고 싸움을 돋아 장합에게 욕설을 퍼부었다.
"장합… 장합, 그 위세가 어디 갔는고? 돌아갈 생각을 하느냐? 비겁하구나!"
장합은 흥분을 참지 못하고 또 앞으로 나섰다.
"도망질 잘하는 놈은 섰거라!"
"달아나지 않는다. 나로 말하면 한의 대장, 너로 말하면 역적의 졸장, 창이 더러워질까 걱정이다!"
"무엇이 어째?"
장합은 사마의의 훈계도 까맣게 잊고 목문도 계곡까지 추격했다. 해가 이미 서산으로 기울어진 지도 한참 되었다.
계곡 사이에는 어슴푸레 어둠이 내리고 있었다. 위군 장수들은 이구동성으로 장합을 뒤쫓아와서 간하였다.

"장군! 돌아갑시다."

어떤 불길함을 느껴 말하였으나 장합은 위연을 한 칼에 벨 생각으로 들은 척도 하지 않고 추격하였다.

"이 비겁한 놈아! 아까 주둥일 놀리던 말을 잊었느냐?"

이미 손이 닿을 만큼 위연의 등뒤에 이르른 장합은 말 위에서 창을 위연의 등판을 향하여 힘차게 던졌다.

그러나 위연이 말 위에서 몸을 엎드렸기 때문에 창 끝이 위연의 투구를 스쳐 저만치 가서 떨어졌다.

"앗, 장군!"

우군의 소리에 장합은 힐끗 뒤돌아봤다.

장합이 만일을 위하여 1백여 기의 장수들이 앞질러 뒤쫓아온 것이었다.

"이상한 불빛이 보입니다."

일제히 산 위를 손짓했다.

"무슨 신호인지도 모를 일입니다."

"밤이 되면 큰 일입니다. 돌아가 내일 다시 보기로 하시죠."

그러나 때는 이미 늦었다. 갑자기 허공에서 바람이 일었다. 그것은 노궁대가 쏘아대는 무수한 화살이 나는 소리였다.

동시에 절벽과 바위가 포효하듯 했다. 그것은 촉군이 굴리는 돌과 큰 나무토막들이 쏟아져 내려오는 소리였다.

"아이쿠! 큰 일이다."

장합이 놀라 주춤할 때 사방에서 또 불길이 치솟았다.

장합은 소스라치게 놀라서 계곡 입구를 찾았으나 그곳도 이미 막혀 있었다. 그렇듯 용맹한 장합도 어쩔 수 없이 말과 함께 타 죽는 몸이 되고 말았다.

이때 공명은 목문도 외곽이 되는 봉우리 위에 나타나 갈팡질팡하며 혈로를 찾는 위군을 향하여 소리쳤다.

"오늘 사냥에서 날아다니는 말을 얻고자 하였더니 멧돼지를 얻었다. 다음 사냥에서는 사마의라는 희대의 짐승을 사로잡아 보일 것이다. 그대들은 돌아가 사마의에게 전하라! 병법을 더 배워서 나오라고!"

장합을 잃은 위의 패잔병들은 목숨만 부지해 도망쳐 사마의에게 그 실정을 낱낱이 고하였다.

장합이 전사하였다는 소식을 듣자 사마의는 머리를 푹 숙였다.
장합은 위군에서도 뛰어난 장수라는 것은 누구나 알고 있었다. 백전노장으로 조조 때부터 중용돼 그 전공을 말하지 않더라도 그의 공로는 이루 헤아릴 수 없었다.

'그를 죽게 한 것은 나의 과실이다. 끝까지 떠나가기를 허락지 않았다면 이러한 참변은 없었을 것이다.'

사마의는 통탄해 마지않았다.

동시에 사마의는 공명의 작전이 무엇을 노렸는가를 이제서야 똑똑히 깨달았다.

적을 검각으로 유인하고 아군을 불패의 땅에다 두어 계략을 써서 움직임을 보아 포착하여 섬멸하려는 데에 공명의 작전이 있었음을 알았다. 그리 생각하고 보면 위수에서 규성, 규성에서 이 검각으로 점차 유인되어 왔다는 생각이 들었다.

'아, 위험 천만한 일이었다. 모름지기 나도 그의 유도 작전에 걸렸었구나!'

사미의는 소름이 돋치듯 몸을 떨었다.

다시 사마의는 급히 전군을 수습하여 요새지마다 배치시키고,

자신은 낙양으로 올라갔다.

전황을 주상하기 위해서였다. 위제도 장합의 죽음을 슬퍼하였고, 많은 중신들도 낙담하기 이를 데 없었다.

"적국이 아직 망하기 전에 나라의 기둥을 잃었으니, 이 앞날의 국난을 어찌할 것인가?"

이런 한탄이 위국 조야를 싸늘하게 하였다.

이때 간의대부 신비가 조예와 문무백관이 함께 있는 자리에서 자기의 생각을 말했다.

"무조(武祖)와 문황(文皇) 2대에 걸쳐 금상 폐하께서 만세를 다스리고 계시어 대위국은 강대한 천하에 비할 바 없고, 문무 양신이 별처럼 있사옵니다. 어찌 한 사람 장합의 죽음을 오래 슬퍼할 것이옵니까? 가인의 죽음을 일가의 정을 가지고 탄하고 슬퍼하는 것도 좋으나, 국민의 죽음을 국가의 대의를 밝혀 이를 융숭히 장례를 치뤄 그로 하여금 천하 인사의 사기를 떨치게 함이 옳을까 하옵니다."

"참으로 간의대부의 말이 옳소!"

목문도에서 가져온 장합의 시체를 두고, 조예는 두터운 예를 내리어 낙양성 밖에 성대히 묻게 하였다.

그리하여 백성들이 촉한에 대한 적개심을 가지도록 하였다.

이때 공명은 전군을 퇴각시켜 한중으로 돌아갔다. 그리고 여러 곳에다 첩보병을 파견하여 위와 오 양국 사이의 기미를 탐지시켰다.

이때 성도에서 비위가 내려와 조정의 뜻을 알렸다.

"아무 까닭 없이 갑자기 한중으로 퇴각하였으니 어찌 된 일이십니까? 후주께서도 매우 유감되시게 생각합니다."

"요즈음 위와 동오 사이에 비밀조약이 맺어진 것 같다고 하오.

만일 동오가 촉한을 배신하고 촉경을 치는 사태가 벌어지면 큰 일이라고 생각하여 급히 기산을 버리고 회군한 것이오."

"이상합니다. 군량은 전선까지 잘 수송되어 충분했습니까?"

공명은 머리를 저어 보였다.

"후방 수송이 원활치 않아 지구전을 할 수 없었고 군량을 얻기 위해 작전 이외의 작전을 하지 않으면 안 될 지경이었소."

"그렇다면 이엄의 말과는 아주 틀립니다. 이엄은 말하기를 군량 수송이 충분한 데도 승상께서 갑자기 퇴각하였다는 것은 오히려 수상쩍다고 말하고 있습니다."

"언어도단이오!"

공명은 눈을 부릅뜨며 말했다.

"위와 오 양국간에 비밀 왕래의 기미가 보인다고, 나에게 보고해온 자가 바로 이엄이오."

"그렇다면… 이엄이 맡은 바 군량 증산이 제대로 되지 않자 그 책임을 승상께 전가시키려는 데서 일계를 쓴 것 같습니다."

"만일 그것이 사실이라면 이엄일지라도 용서할 수가 없소!"

공명의 노기는 하늘을 찔렀다.

이리하여 공명은 서둘러 성도에 돌아갔다. 그리고 엄밀한 조사를 부원에게 명하였다.

곧 이엄의 농간이 사실이었음이 드러났다.

"참수하여도 부족할 대죄다. 그러나 이엄도 선제 유조를 받은 중신의 한 사람이다. 관직을 박탈하고 목숨만을 살려두니, 즉일로 서민으로 만들어 자동군에 유배시켜라!"

공명은 중벌을 내렸다. 그러나 이엄의 아들 이품만은 장사 유염과 함께 군량 증산의 임무를 맡게 하였다.

기산의 불길

여러 해에 걸쳐 내정에서 크게 영향을 미치고 있던 이엄이 물러난 것이 적지 않게 촉국 내에 충격을 주었다.

한편 이를 계기로 촉군은 일시 휴식을 취하면서 각 부문에 걸쳐 대대적인 쇄신을 하기에 이르렀다.

촉국이 안고 있는 난관은 사실상 누가 그 임무를 담당한다 하더라도 극복하기 어려운 자연적인 조건이 따랐던 것이다.

더욱이 촉한 조정에서는 공명밖에는 인물이 없고, 외정(外征)을 오래 하는 동안에 어떠한 형태로든지 그 약체에서 오는 내분을 면하기 어려운 상태였다.

공명의 고민은 실상 이 두 가지에 있었다.

더욱이 후주 유선은 그 군주로서의 자질이 선대에 비해 영명하지 못했다.

그러기에 누가 무슨 말을 하여도 귀가 솔깃하는 심약한 인물이었다.

그러나 공명은 이 후주를 대하기를 현덕이 이 세상에 있을 때와 변함이 없었다. 아니 어떻게 생각하면 고아를 부탁한다는 현덕의 유조 이래에 오히려 경건한 예의를 갖추어 대하기까지 하였다.

그런 까닭으로 유선은 공명을 사모하며 존경하기를 이만저만이 아니었다. 어쨌든 공명이 궁중을 떠나면 군신의 움직임이 눈에 보이기 시작하였다.

군신이 움직이면 후주도 그 옥신각신하는 말에 휩쓸려 현혹되는 일이 많았다.

이리하여 공명은 속으로 다짐하였다.

'3년 동안은 내정 확충에 힘을 기울이리라.'

말하자면 3년 동안은 싸움을 하지 않고 군졸을 훈련하고 군기와 군량을 축적시켜 반드시 선제의 유조에 보답하려 하였다.

그 어떤 어려운 일이 있다 하더라도 중원(中原) 진출의 큰 꿈은 꿈속에서도 머리에서 떠나지 않았다.

이 꿈이 없다면 공명 자신이 세상에 태어난 보람이 없다고 생각하였다.

그의 생활과 그날그날 살아가는 모든 것이 이 한 가지 꿈만을 생각하여 살아가고 있는 거나 다름없었다.

3년 동안 공명은 만백성을 순회하며 다사로운 손길을 고루 펴기를 잊지 않았다.

백성들은 어진 어버이처럼 공명을 추앙하였다.

이것만이 아니었다. 교학과 문화에 힘을 기울여 어린아이들까지 도의를 알고, 예절을 분간하게끔 되었다.

또한 안으로 다스리는 데는 관리에게 있다 하여, 관리들의 청렴을 내세워 나라 일에 전념하게 하였다.

형벌 가운데서도 관리의 독직은 뭇 백성의 몇 배의 가혹한 벌을 내리게 하였다.

"함부로 백성을 욕하지 마라. 좋은 풍습을 길러 그들에게 모범을 보여라. 그 풍습을 기르는 것이 바로 스승과 관리다."

공명은 어느 관청에 가서나 강조하였다.

이리하여 3년 사이에 촉한의 국력이 충실하게 다져졌고 조야에 새로운 힘이 차 넘쳤다.

"이미 생각했던 3년이 지났사옵니다. 이제 군졸도 정비되었고, 안으로도 평안하니 다시 중원을 향해 나갈까 합니다. 신 양도 앞날이 보이는 나이가 되었으니 전진 속에서 어떤 일이 생길지 모르겠사옵니다. 폐하께서도 선제의 유지를 깊이 통촉하시어 보필하는 신하의 좋은 말을 깊이 받으시고 백성을 어질게 다스리고 사직을 지키시어 선제의 유지를 이룩하시기를 엎드려 비옵니다. 소신은 멀리 전지에 있사오나 마음은 언제나 폐하의 곁에 있을 것이옵니다. 폐하께서도 공명이 이곳에 없어도 언제나 성도를 지키고 있다고 생각하옵시고, 어심을 굳게 하시기를 바라옵니다."

후주 유선은 공명이 엎드려 이별을 주상하자 말 없이 용포에다 얼굴을 묻고 눈물을 흘렸다.

이때 성도의 일부 반전론자들은 궁문 밖에 있는 잣나무가 매일 밤 운다는 둥 남쪽에서 날짐승이 수천 마리 날아와 한수에 빠져 죽었다는 둥 하며 공명의 출사를 만류하려 하였다.

그러나 이미 국가의 운명을 좌우할 대지를 품고 있는 공명의 귀에 들어갈 리 없었다.

공명은 어느 날 성도의 교외에 있는 선제 현덕의 묘에 나아가 엄숙히 제사를 올리고 출정을 고했다.

공명은 소리 없이 눈물을 흘리며 오래 오래 묘 앞에 엎드려 기원했다.

공명이 현덕의 영전에다 무엇이라고 맹세하였음은 더 말할 나위도 없는 일이다.

며칠 후 촉한 대군은 성도를 떠났다. 촉제 유선은 문무백관을 옹위하여 멀리 성 밖에까지 공명을 전송했다.

길게 뻗은 대군은 연일 행군하여 드디어 한중에 들어섰다. 그러나 싸움이 시작되기 전에 슬픈 보고가 공명에게 전해졌다. 그것은 관흥이 병으로 죽었다는 소식이었다.

이미 장포를 잃고, 지금 또 관흥의 부고를 받은 공명의 낙담이 컸음은 말할 것도 없었다.

그러나 이 슬픈 소식이 여섯 번째 출사하는 웅도에 오른 공명의 마음을 사뭇 비장하게 장식하였다는 것을 또한 의심할 수 없었다.

한중에서 다시금 전군을 수습하여 기산을 향하여 길을 떠난 촉한군의 총수는 34만에 이르렀다.

이때 위국은 개원 2년을 맞은 청룡(靑龍) 2년 이른 초봄 2월이었다.

지난해 마감(摩坎)이라는 땅에서 청룡이 하늘로 올라갔다는 기이한 일이 있어 나라의 길조라 하여 개원을 한 것이었다.

또한 사마의가 천문을 보고 근년에 북방에 성스러운 기운이 왕성하여 위국에 길운이 있는 대신 혜성이 태백을 범하여 촉나라 하늘이 어두워졌다는 것이었다.

이제 바야흐로 천하의 홍복이 대위국 황제에게 돌아올 것이라

예언하고 있었다.

이때 공명이 3년에 걸쳐 군비를 갖추어 다시금 기산에 나왔다는 소식이 낙양 조야를 뒤흔들었다.

이 첩보를 받은 사마의는 조예의 조칙을 받아 전에 없이 대군을 정비하기 시작하였다.

"틀림없을 것이다. 이는 촉한의 패멸과 대위국의 융성을 하늘이 이미 좋은 결과로 판단하고 있음이다!"

출진에 앞서 사마의는 조예에게 상주하여 허락을 받았다.

"이미 그 어버이를 촉군에 의해 잃은 하후연의 아들 네 형제가 언제나 어버이를 잃은 원한을 품고 절치부심하고 있사옵니다. 원컨대 이번 싸움에 그 네 형제를 데리고 가게 해주시옵소서."

이들 형제들은 앞서 패전한 하후무 부마와는 비교가 안될 만큼 재질이 있었다.

형 하후패(夏侯覇)는 궁마와 무예에 뛰어났고, 아우 혜(惠)는 병법에 능통한 사람이었다. 다른 아우들도 하나같이 뛰어난 재질을 가지고 있었다.

장안에 집결한 위군 총수는 44만이라 하였다. 그리고 숙명의 결전장인 위수에다 전과 다름없이 포진을 하였다.

기산 촉진과 위군 포진은 위풍이 당당해 보였다.

여러 번 패전하였던 사마의는 5만 공병대를 부려 벌목을 배게 하였다.

그리하여 위수 상류에다 부교를 가설하고 하후패와 하후위 군은 강을 넘어 강 서쪽에다 진을 치게 하였다.

이것은 전에 볼 수 없었던 위국의 적극적 공세였다. 또 사마의는 본진 뒤에다 성을 새로 지어 항구적인 기지로 만들었다.

촉군의 진중도 전과는 달랐다. 진중에다 여러 채의 막사를 지었다.

그리고 야곡으로부터 검각에 걸쳐 14개의 막사를 짓게 하였다. 막사마다 강병을 두어 수송과 전투를 겸하게 하였다.

이때 한 막사에서 적의 움직임에 대한 보고가 들어왔다.

"위군 대장 곽회와 손례의 군이 농서 인마를 점령하며 북원(北原)으로 진격하고 있습니다."

이러한 정보를 받은 공명은 작전을 명령했다.

"사마의가 농서쪽 길이 차단될까 두려워하는 것 같구나. 지금 거짓으로 촉군이 농서를 공략하려는 태세를 해 보인다면 사마의가 놀라 주력을 그쪽으로 돌릴 것이다. 그 허실을 엿보아 위수 본진을 쳐버리자!"

북원은 위수의 상류에 있었다. 공명은 1백여 개의 뗏목에다 나무를 싣게 하고, 밤이 되기를 기다려 물에 익숙한 5천 기로 북원을 공격케 하였다.

그리고 적의 주력이 움직이는 것을 보아 나무에다 불을 질러 적의 부교를 태워 버리도록 군령을 내렸다.

서쪽에 주둔하고 있는 하후패 군을 섬멸함과 동시에 위수의 남쪽 강가에 상륙하면서 위수의 본진을 한 합에 쳐 없애려는 계획이었다.

이 작전이 성공하려면 사마의가 공명의 계책에 걸려들어야만 했다.

그러나 사마의는 촉군이 잠복하고 있다는 보고를 받고는 껄껄 웃었다.

"지금 공명이 뗏목을 띄워 북원을 찌르려는 것은 거짓이야. 허실을 엿보아 뗏목을 풀어 불을 질러 우리 군의 부교를 태워 버리려는 계책이다."

사마의는 하후패와 하후위에게 작전을 내리고 곽회·손례·악림·장호 등의 장수들에게도 은밀하게 작전을 내렸다.
그리하여 싸움은 촉군의 북원 공격으로 시작되었다. 오의와 오반 등의 촉군은 이미 계획한 대로 무수한 뗏목에다 나뭇단과 기름을 싣고 강 위에 가서 대기하고 있었다.
날이 저물었다.
위나라의 손례가 공격해 왔으나 거짓 패하여 달아나는 것이었다. 손례를 추격하던 위연과 마대는 그 뒤를 깊이 추격하지 않았다.
"거짓 패하여 달아나는 것이 이상해!"
그러나 이때 양쪽 언덕 숲속에서 위군의 깃발이 나타났다. 함성과 금고 소리가 주위를 뒤흔드는 것이었다.
"사마의가 기다리고 있다!"
"곽회가 여기 있다!"
소리를 지르며 벌 떼처럼 쏟아져 나왔다.
위연과 마대는 힘을 다하여 분전하였으나, 지세가 불리할 뿐더러 수효가 많은 적을 당해낼 도리가 없었다.
물에 빠져 죽거나 적에게 당하여 태반을 잃고 말았다. 위연과 마대는 겨우 혈로를 열어 수상으로 달아났다.
그때 또 오반과 오의 군이 뗏목에다 불을 질러 강에 띄웠으나, 위진 부교에 닿기도 전에 장호와 악림군이 밧줄로 끌어다가 불을 꺼버리고 그것을 발판으로 화살을 쏘아댔다.
이 싸움에서 촉장 오반이 화살을 맞아 물 속에 빠져 죽었다. 화공계(火攻計)가 완전히 실패로 돌아가자 촉군의 참상은 이루 형용할 수 없었다.
이 실패로 별동대인 왕평과 장의가 이끄는 촉군도 작전이 뒤집

히지 않을 수 없게 되었다. 그들은 공명의 명을 받고 위수 대안에 숨어 있었다.

부교가 타는 불길이 오름을 보면, 즉시 사마의의 본진을 공격하기로 하였으나 아무리 기다려도 불길은 오르지 않았다.

"웬일일까?"

장의는 더 기다릴 수 없어 서둘렀다.

"위군의 수효가 얼마 되지 않는 것 같다. 이때 공격하자."

이때 왕평이 말렸다.

"적진에 어떤 허실이 보인다고 하여 우리만 작전을 달리할 수 없어."

두 장수는 끈기 있게 불길이 오르기를 기다리고 있었다.

이때 급히 전령이 달려왔다.

"왕평 장군! 장의 장군! 빨리 퇴각하시오. 승상의 명령입니다. 북원도 아군의 패전으로 부교를 태우려던 계책이 탄로되어 대패하였습니다."

"무엇이, 아군의 대패라고?"

장의도 그제서야 당황했다.

왕평과 장의군은 퇴각하기 시작했다. 그때까지도 강물이 출렁이는 물소리와 바람에 스치는 나뭇잎이 구르는 소리뿐이었으나, 갑자기 부근이 환해졌다.

그리고 땅이 흔들리는 듯한 철포 소리가 일어났다.

"왕평과 장의는 어디로 가느냐?"

위군 복병이 사방에서 달려나왔다.

작전을 계책한 것이 오히려 적의 함정에 빠져 있었던 것이다. 왕평과 장의는 죽을 힘을 다하여 싸웠다. 시체를 뛰어넘어 간신히 함정을 빠져나왔다.

상류와 하류에서 이날 밤의 패전으로 촉군은 거의 1만 기나 잃었다.

공명은 패잔병을 수습하여 기산으로 돌아갔다. 공명은 싸움터에 나온 이래로 이처럼 패전해 보기도 처음이었다. 적지 않은 타격으로 그의 표정은 침울해 보였다.

어느 날인가 공명의 우울한 기색을 살펴 양의가 말했다.

"요즘 위연이 승상을 험담하여 군심을 탁하게 합니다. 어떤 원인이 있습니까?"

"그의 불평은 어제 오늘 시작된 것이 아니야."

공명은 이마를 찌푸렸다.

"그처럼 아시고도 군기에 엄하신 승상께서 어찌하여 내버려두십니까?"

"양의, 그런 말을 함부로 하는 것이 아니네. 촉군 여러 장수들과 우리 군력을 생각해 보면…."

양의는 말 없이 앉아 있었다. 그제서야 양의도 느꼈다.

공명의 말에는 가슴을 찌르는 아픔이 있었다. 여러 해를 싸우는 동안 촉의 용장들을 많이 잃었다.

참으로 지금 싸움터에 나설 용장이란 손을 꼽을 만큼 적었다.

이런 가운데에서 위연은 뛰어난 장수였다.

지금 그 위연마저 처단해 버린다면 촉진의 전력은 암담하게 되지 않을 수 없다. 공명이 꾹 참고 있는 것은 그 까닭이라고 양의는 생각하였다.

이때 성도에서 용무를 띠고 상서 비위가 기산에 왔다. 공명은 비위를 만나자 말했다.

"귀공이 아니면 감당할 수 없는 큰 일이 있소. 내 서한을 가지고 동오에 다녀올 수 없을까?"

"승상께서 명령만 하신다면 어딘들 못 가겠습니까?"

"고맙소. 그러면 이 서한을 손권에게 주고, 또 귀공의 재질로써 적극 동오가 움직이도록 하여 주오."

공명은 비위를 동오로 보냈다.

공명이 비위에게 준 서한 내용은 촉오동맹 조약의 발동이었다. 기산 전황을 자세히 적어 위군의 전력이 지금 이 기산에 몰려 있다고 하였다.

이때 동오가 동맹 조약에 따라 위의 한쪽을 친다면 위는 오래지 않아 전군이 무너질 것이요, 중원은 손 안에 들 것이라 하였다. 그러한 다음 천하를 둘로 나누어 이상적인 국가 건설을 일으킬 수 있을 것이라고 구구절절이 밝혔다.

공명의 서찰을 지닌 비위가 건업에 이르렀다.

손권은 공명의 서한을 보고 비위에게 사자의 예를 갖추어 후히 환대했다.

"동오라 하여 촉위의 전국에 생각이 없는 것은 아니오. 그래서 그 시기를 보며 충분한 전력을 길러왔소. 지금이 그 시기가 아닌가 하오. 날을 정하여 짐 스스로 수륙 양군을 이끌고 위 토벌의 대계를 세워 장강을 오를 것이오."

손권은 나직이 위엄을 갖추고 말했다.

비위는 머리를 조아려 감사를 표했다.

"적어도 위의 멸망은 1백 일 안팎이면 판가름이 날 것이옵니다. 그러하시면 어떻게 공격로를 정하실 것입니까?"

손권의 말에 진실이 있나를 엿보려는 마음에서 비위가 물었다.

"우선 총군 30만을 이끌어 거소문(居巢門)으로부터 위의 합비 채성(彩城)을 칠 것이오. 또한 육손과 제갈근 등에게 강하(江夏)

와 면구를 치게 하고, 양양에 돌입하여 손소와 장승 등이 광릉 지방으로부터 회양으로 진출시킬 것이오.”
 손권은 평소부터 그 작전을 짜고 있던 것인지 손바닥을 보듯 서슴지 않고 말했다.
 주연이 벌어졌다. 취기가 좌석에 감돌고 있을 때였다.
 손권이 비위에게 물었다.
 “지금 공명의 측근에 있어 군량, 기타의 군정을 보좌하고 있는 장수가 누구요?”
 “장사 양의옵니다.”
 “언제나 선봉을 맡는 장수는 누구요?”
 “위연이라 하옵니다.”
 “안은 양의, 밖은 위연, 하하하….”
 손권은 의미 있게 웃고 나서 말했다.
 “짐은 아직 위연과 양의라는 인물을 본 일은 없소. 그러나 다년간 듣건대, 촉한을 중흥시킬 만한 인물은 못 되는 것 같아. 어찌하여 공명 같은 사람이 그런 소인배를 쓰고 있는가?”
 비위는 무엇이라 대답을 못하였으나, 그 자리의 분위기에 맞도록 말해 넘겨버렸다.
 그리고 기산에 돌아와 공명에게 손권이 하던 말을 그대로 복명하였다.
 공명은 탄식하며 말했다.
 “과연 손권은 눈이 있는 사람이다. 아무리 좋게 보이려고 해도 천하의 눈을 속일 수는 없어. 위연과 양의가 작은 인물이라는 것을 내가 모르는 바 아니야. 그러나 손권마저 그렇게 보리라곤 생각하지 못했어!”

그러던 어느 날 촉진에 와서 이렇게 말하는 자가 있었다.

"저는 위의 부장 정문(鄭文)이란 사람이올시다. 승상을 뵈옵고 드릴 말씀이 있어서 왔습니다."

그는 곧 공명의 앞에 나왔다.

"무슨 일인가?"

공명이 묻자 정문은 절을 하고 나서 허리에 찼던 칼을 끌러 공명에게 바쳤다.

"항복을 받아 주십시오."

공명이 그 까닭을 물었다.

"저는 원래 위의 편장군입니다. 그런데 사마의의 말에 따라 참군한 이래 저보다도 후배인 진랑(秦朗)이란 자를 기용했을 뿐만 아니라 군공을 함부로 지껄였고, 불평을 말하였다 하여 죽이려고 하고 있습니다. 이런 차제에 승상의 덕을 사모하여 항복하기로 하였습니다. 써 주신다면 이 원한을 위해서도 꼭 촉한을 위해 충성을 다하겠습니다."

이와 때를 같이하여 기산 기슭에 단기로 달려온 위의 장수가 정문을 내놓으라 호통을 친다고 첩보병이 알렸다.

"누가 그대를 쫓아왔다고 하는데, 그대는 짐작이 가는가?"

공명이 물었다.

"그자야말로 저를 사마의에게 모함한 진랑이란 자올시다. 사마의의 명을 받아 쫓아왔을 것입니다."

"진랑과 그대는 어느 편이 무용에 뛰어났는가? 사마의가 진랑을 기용한 것은 그대의 무용이 모자란 때문이 아닌가?"

"아닙니다. 결코 진랑 따위에 뒤질 이 몸이 아닙니다."

"만약 그대의 무용이 진랑을 뛰어넘는다면 사마의가 간사한 자의 말을 들은 것이니 잘못은 사마의에게 있구만. 그대의 말을 믿지 않고….”

"과연 그러하옵니다.”

"그러면 말을 몰아가 진랑을 맞아 싸워서 그 목을 내 눈앞에 보여라. 그런 다음 항복을 받아 중히 써 줄 것이다.”

"쉬운 일이올시다. 승상께선 보십시오.”

정문은 급히 말을 몰아 들판을 달렸다.

그곳에 기다리고 있던 진랑과 맞닥뜨렸다.

"이 반역자야! 내 말을 도둑질하여 적진으로 달아나다니 이런 비겁한 놈! 사마의 도독의 명을 받아 이 자리에서 너를 주살하리라. 내 칼을 받아라!”

큰 소리로 외치며 정문에게 달려드는 시늉을 하였으나 적수가 아니라는 듯이 정문의 한 칼에 목이 굴러 떨어졌다.

정문은 위장의 목을 잘라 공명의 앞에 바쳤다. 그러나 공명은 다시금 명령을 내렸다.

"진랑의 시체와 갑옷을 가져오라!”

정문은 또 말을 몰아 진랑의 시체를 옮겨왔다.

공명은 흘끗 바라보고 나서 좌우에 있는 장수들에게 명령했다.

"정문의 목을 자르라!”

"아, 어째… 저를 죽이려 하십니까?”

정문은 목을 끌어안고 부르짖었다. 공명은 빙긋이 웃었다.

"이 시체는 진랑이 아니다. 나도 진랑을 알고 있다. 보지도 못한 놈을 진랑이라고 속이는 그런 위계 따위에 속을 내가 아니다. 생각컨대 사마의가 아주 못된 위계를 쓴 것이야!”

정문은 피할 길이 없다고 생각해서인지 공명이 말한 바 틀림이 없다고 자백했다.

공명은 깊은 생각에 잠겨 있다가 참수하는 것을 중지시켰다.

"정문을 함거에다 가두어라."

이튿날이었다. 공명은 자기가 쓴 원문을 내놓으며 정문에게 지필을 주었다.

"살려면 사마의에게 이대로 똑같이 써라!"

정문은 함거 안에서 원문과 똑같이 서한을 썼다.

이것을 가지고 촉병 한 사람이 농부의 행색 차림으로 위군 진중으로 들어갔다.

"정문이라는 사람의 부탁을 받고 왔습니다."

사마의의 측근자에게 정문의 편지를 내맡겼다.

사마의는 정문의 편지를 받아 보았다.

필적도 정문의 것임에 틀림없었다.

사마의는 매우 만족하여 정문의 심부름으로 온 자에게 술을 대접하고, 누구에게도 이 말을 입 밖에 내지 말라고 다짐을 주어 보냈다.

정문의 서한에는 이와 같이 쓰여 있었다.

'내일 밤 기산에 불길이 오르는 것을 보시고 도독께서 천하 대군을 이끌고 공격해 오십시오. 공명이 어리석게도, 저의 항복을 깊이 믿어 지금 중군에 있습니다. 때를 함께 하여 공명을 사로 잡는 것은 목전에 있습니다. 이 기회를 놓치지 마십시오.'

그리 쉽게 다른 사람의 계책에 넘어가지 않는 사마의도 그대로 곧이들었다. 그 이튿날 비밀리에 준비하여 밤이 되자 위수를 몰래 넘으려 하였다.

"아버님답지 않으신 일입니다."

그 아들 사마사는 사마의에게 간했다.

한 장의 편지로 그처럼 자중해 오다가 움직인다는 것은 옳지 않다고 바른 말로 간했다.

"그렇구나!"

사마의는 아들의 말을 받아들여 급히 자기는 후진으로 돌아가고, 다른 장수들을 선봉으로 삼았다.

이날 밤 산들바람이 불고 달이 밝아 몰래 적진을 가기에는 좋지 않았다.

그러나 위수를 넘을 때부터 짙은 안개가 덮이기 시작했다.

사마의는 만면에 희색을 띠고 말했다.

"하늘이 나를 돕는구나!"

대군을 휘몰아 깊이 촉진 가까이까지 달려갔다.

이때 밤을 이용하여 꼭 사마의를 사로잡으려고 공명은 여러 장수와 술까지 나누고, 이제나 저제나 하고 기다리고 있었다.

밤중이 되자 위군은 안개 속을 헤치며 촉의 중군으로 쏟아져 들어왔다. 그러나 영내는 텅 비어 있었다.

위군은 그제서야 의심스럽게 생각하였다.

"적의 계책에 빠지지 마라!"

특별히 경계를 하였으나 이미 위군은 빠져나갈 길을 잃고 헤매고 있었다.

금고와 철포의 함성이 어두운 공간을 울렸다. 벌써 위의 선봉은 태반이 죽었다.

그 난군 속에서 위의 장수 진랑도 죽었다.

사마의는 다행히도 후진에 있었기 때문에 촉군 포위에서 벗어났다. 많은 군졸을 구하려는 생각으로 밖에서 강습을 꾀했다. 그러나 더 많은 병력을 잃었을 뿐 약 1만 기가 죽어 가는 것을 바라보면서도 어쩔 수 없이 달아날 수밖에 없었다.

"이렇게 허술한 전략에 걸려 참담한 패배를 당하다니…."

좀처럼 감정을 나타내 보이지 않는 사마의였으나 이 날만은 이를 갈며 분개해 마지않았다.

사마의가 혈로를 열어 달아났을 때에는 안개가 씻은 듯이 개이고 달이 낮처럼 밝았다. 살아 돌아오는 위병들은 한결같이 공명의 신통력을 말했다.

"이것은 공명이 팔문둔갑법을 써서 우리들을 안개 속으로 유인하였고, 또 육정육갑(六丁六甲)의 신통력을 가지고 안개를 쫓은 것이야."

근거도 없는 요사스러운 말이 쫙 퍼졌다.

"주둥일 닥쳐라! 그도 사람이요 나도 사람이다. 천하에 귀신이란 있을 수 없는 것이다."

사마의는 진중에 떠돌고 있는 미신을 억누르며 엄중하게 경계하였으나, 공명이 어떤 신통력으로 기적을 부르는 사람이라고 믿는 자가 많았다.

이런 일이 있은 다음부터 사마의는 굳게 진을 지키고 있었다. 하나에도 수비요 둘도 수비였다. 수비만을 위주로 하여 다지며 좀처럼 싸우려고 하지 않았다.

그 사이에 공명은 위수 동쪽에 있는 호로곡에다 1천여 기를 보내어 토목공사를 하였다.

이 호로곡은 깊은 웅덩이처럼 되고 큰 산이 둘러싸여 있고 그 한쪽으로 오솔길이 있을 뿐이었다.

겨우 한 사람이 지나갈 만큼 좁은 길이었다.

공명도 매일같이 그곳에 가서 이 공사를 지휘하고 있었다.

사마의가 나와 싸우지 않는 것은 촉군의 군량이 떨어지기를 바라고 있음은 더 말할 것도 없는 일이었다.

양의는 이 점을 우려하여 공명에게 가끔 의견을 말했다.

"지금 촉한 본국에서 수송해 온 군량이 검각까지 와서 산더미처럼 쌓여 있습니다. 이 기산까지 운반해 오려면 길이 험해서 수송이 몹시 늦어 군량이 떨어질 우려가 다분합니다."

건흥 9년 두 번째의 기산 출진 이래 3차, 4차 언제나 촉군의 어려움은 군량을 수송하는 일이었다.

3년 동안 군졸을 쉬게 하고 군량을 저장하여 대규모의 병력을 이끌고 여섯 번째 기산을 나온 공명은 괴로움을 또다시 맛보리라고 생각하지 않았다.

"그 일은 가까운 사이에 해결될 것이다. 너무 근심할 건 없네."

공명은 양의에게 말했다.

어느 날 양의를 비롯하여 촉장들이 공명에게 이끌려 호로곡으로 가게 되었다.

한 달째 무엇을 하고 있나 싶어 궁금하였던 촉장들이 호로곡에 들어섰을 때에는 눈이 휘둥그래졌다. 일대 산업공장이 세워져 있기 때문이었다.

이 공장에는 목우유마(木牛流馬)라 하여 수송하는 기계가 만들어져 있었다. 이와 비슷한 괴수형(怪獸形) 전차는 그 옛날 남만 토벌 때 썼던 일이 있었다. 이번에 제조된 것은 군량을 운반하는 데만 쓰기로 제조된 것이었다.

이것은 이미 제2차, 제3차로 기산에 나올 때도 사용한 일이 있었으나 그리 신통한 기능이 없었다. 그러던 것을 공명이 3년 동안 연구하여 대량으로 생산한 신병기였다.

"동물인 우마를 사용하면 그 먹을 것이 필요하고 또 사람의 힘이 필요하지만, 이 목우유마는 많은 짐을 실을 수 있을 뿐만 아니라 먹지도 않고 피곤한 줄도 모른다."
 이미 무수히 만들어 놓은 실물을 가리키며 그 설계도에 대하여 여러 장수들에게 설명하는 것이었다.
 이 새로운 병기가 대량으로 만들어지자 촉군은 우장군 고상을 대장으로 삼아, 목우유마에다 군량을 실어 검각에서 기산으로 수송하기 시작했다.

촉병은 산더미처럼 쌓아놓은 군량을 바라보자 모두들 손을 들어 환호성을 질렀다. 이리하여 위군의 장기전은 여지없이 무너지고 말았다.

"장호와 악림은 앉게나!"
사마의는 자리에 앉기를 재촉했다.
"무슨 일입니까?"
"다름이 아니다. 요즘 공명이 목우유마라고 하는 것을 대량으로 제조하였다는 소문이 있는데 귀공들은 그걸 본 일이 있는가?"
"없습니다."
"지금 검각과 기산 사이에서 쓰고 있다고 하네."
"그렇습니까?"
"적이 만든 것이라면 그 구조를 보고 아군 진중에서도 만들지 못할 것이 없지. 귀공들이 협력하여 야곡 길에 가서 매복하고 있다가 적의 수송대를 습격하여 그 목우유마라는 기계를 몇 대 뺏어오너라!"
"알았습니다."
사마의의 장막에서 나온 두 장수는 경기대 일군과 보병 1천 기를 이끌고 야곡을 향하여 길을 떠났다.
사흘이 지나자 악림과 장호는 목우유마를 빼앗아 가지고 돌아왔다. 사마의는 그것을 해체하여 하나도 남기지 않고 도면에 옮기게 하고 진중 목공에게 명령하여 그대로 만들게 하였다.
그 크기와 성능이 똑같은 목우유마가 제작되었다. 이리하여 그것을 기본으로 위군도 수천 대의 목우유마를 가지게 되었다.
공명은 이 소문을 듣자 기뻐하며 말했다.

"그건 내가 생각한 대로다. 가까운 사이에 많은 군량이 위에서 촉진에다 선물로 보내올 것이다."

7일쯤 지난 어느 날이었다.
척후병이 뛰어들었다. 1천여 필 목우유마에다 막대한 군량을 싣고 농서에서 오고 있다는 것이었다.
"사마의가 하는 일은 역시 내가 생각하는 데서 벗어나지 못해."
공명은 곧 왕평을 불렀다.
"그대의 일군에서 1천 기를 뽑아 위병으로 변장시켜 급히 북원을 넘어 농서로 통하는 길에 가라. 지금부터 가면 북원에는 밤에 도착할 것이다. 북원을 수비하는 위군이 정체를 물을 것이다. 그때 위군 군량을 운반하는 병졸이라고 하면 무난히 통과할 수 있을 것이야. 통과하게 되면 위군의 목우유마를 기다렸다가 그를 섬멸하여 다만 1천여 개의 기계만 이끌고 다시 북원으로 돌아오라. 북원에는 곽회의 성이 있어 추격해 올 터이니 조심하여야 한다."
공명은 군령을 내렸다.
이것은 어려운 작전임에 틀림없었다. 간신히 연구해 만든 목우유마가 적의 사용물로 되지 않았느냐고, 왕평이 이마를 찌푸리고 묻자 공명이 대답했다.
"그때에 목우유마의 입을 벌리고 나사만 돌려놓고 그대로 버려 둬라. 적은 그것을 수습하느라고 추격이 늦을 것이다. 그 다음 작전은 또 따로 명해 둘 것이니 급히 떠나가라."
왕평은 공명의 말을 다 듣고 나서야 확신을 얻고 길을 떠났다.
그 다음으로 불려온 장수는 장의였다.

"그대는 5백 기를 이끌고 육정육갑의 귀신군으로 장식하되, 머리에는 귀두(鬼頭)를 쓰게 하고 얼굴을 칠하여 괴상하게 보여라. 그리고, 흑의를 입고 맨발로 칼을 잡고 또 한 손에는 깃발을 들고 산에 숨어 있어라. 곽회의 부하가 왕평군을 추격하여 목우유마를 이끌고 가려 할 때 급히 나가라. 그들은 기절초풍하여 버리고 달아날 것이다. 그때 나사를 왼쪽으로 틀어가지고 기산으로 돌아오라."

다음에는 위연과 강유를 불렀다. 이들에게도 어떤 계책을 주어 떠나보내고 다시 마대와 마충에게도 군령을 내려 위수 남쪽으로 급히 떠나게 했다.

이미 날도 저물어 북원 일대의 첩첩이 솟은 산에는 어둠이 포근히 내렸다.

위의 진원장군 잠위(岑威)가 이날 밤 길게 뻗은 군량대를 이끌고, 농서쪽에서 북원을 향하여 급히 오고 있었다. 그러자 도중에서 수상한 일군을 만났다.

왕평의 일군이었다. 그러나 하나같이 위병으로 변장하고 있었기 때문에 밤에 보아서는 얼른 분별이 되지 않았다.

잠위는 의심하여 큰 소리로 외쳤다.
"거기 있는 일군은 어디 군사인가?"
그러자 변장한 왕평군 군졸들은 가까이 와서 한결같이 말했다.
"수송대에 속한 부대요."
"수송대는 즉 우리들이다. 그대들은 대체 어디 수송댄가?"
"촉한 제갈승상의 명을 받고 수송하려고 온 것이다."
"무엇이, 촉군?"
말이 떨어지기도 전에 왕평은 말을 급히 몰아 덤비며 잠위에게

들이닥쳤다.
"나로 말하면 촉한 아문장 왕평이다. 잠위의 목과 목우유마를 선물로 받으러 왔다."

왕평이 눈여겨본 것은 틀림없이 적장 잠위였다. 잠위는 놀라 전군에 무엇이라고 호령을 내리며 달아나려 하였으나 얼마 가지 않아 왕평의 칼에 말 아래로 굴러 떨어졌다.

불시에 당하였고 어두운 밤이었다. 더욱이 전투력이 없는 차량대여서 지휘관인 잠위의 죽음을 보자 위병은 흩어져 달아났다.

"빨리 목우유마를 이끌어라!"

왕평은 부하를 독려했다.

이리하여 1천여 대의 목우유마를 이끌고 바람같이 북편으로 돌아왔다. 북원은 위군의 성이 있는 곳이었다.

성장 곽회는 잠위군이 패퇴하여 달아나 온 것을 보자, 급히 일군을 이끌고 촉군이 빠져나갈 길을 막아서기 시작했다.

왕평은 가까이 오자 명했다.

"나사를 돌려놓고 퇴각하라!"

예정한 대로 급히 퇴각 명령을 내렸다.

촉병은 재빠르게 목우유마의 입을 벌리고 나사를 오른쪽으로 틀어놓고 퇴각했다. 곽회는 1천여 대의 목우유마를 탈환하였다.

성으로 이끌어 가려고 하였으나 목우유마의 구조를 모르고 있었기 때문에 나사를 돌려놓은 것을 알 바 없어서 밀고 끌고 하여 보았으나 그 자리에서 한 발자국도 움직이지 않는 것이었다.

"이것이 웬일이냐?"

고개를 갸웃거릴 때 산기슭에서 갑자기 금고 소리가 일어나며, 귀신군이 쏟아져 나왔다.

"공명이 귀신을 불렀다!"

위병들은 그 괴상한 광경을 보자 깜짝 놀라 달아났다.

귀신군이란 장의군의 분장이요, 그 뒤에 강유와 위연이 뒤따랐던 일군이다. 이리하여 1천여 대의 목우유마를 노획하여 기산에 개선해 돌아왔다.

이때 위수 본진에 있던 사마의는 이 급변을 들었다.

"마음을 놓을 수 없구나!"

사마의 자신이 일군을 이끌고 급히 북원으로 떠나갔다.

그런데 그 도중에 촉군 요화와 장익군이 매복하고 있었다. 급히 추격해 왔기 때문에 전후가 끊어지며 흩어지지 않을 수 없었다. 촉군은 흩어지는 적을 닥치는 대로 죽였다.

이리하여 사마의는 간신히 혈로를 열어 단기로 방향이 어딘 줄도 모르고 말을 채찍질하여 달렸다.

이것을 요화가 알았다.

"하늘이 내린 기회다. 오늘밤만은 사마의의 목을 내 손으로 잘라야 하겠다."

요화는 급히 추격했다. 사마의는 달아나면서도 적의 추격병 선봉에 선 요화의 모습을 보았다.

"아, 나의 운이 여기서 다하는가!"

머리칼이 쭈뼛 일어서는 것을 느끼면서도 있는 힘을 다하여 말을 몰았다. 이미 요화의 칼은 사마의의 등뒤에 가까이 닿았다.

사마의는 눈앞에 보이는 나무를 돌아 달아났다. 그 나무는 열아름이나 될 만큼 컸다.

요화도 그 나무를 싸고돌며 바싹 추격했다. 사마의의 운이 좋았던 것인지 요화가 내려친 칼은 나무를 치고 말았다. 너무나 힘차게 내려쳤기 때문에 칼이 나무에서 빠지지 않았다.

"이게 무슨 일이냐!"

요화가 다시 칼을 빼는 사이에 사마의는 멀리 달아났다.

"원통하다!"

요화는 발을 굴렀다. 겨우 칼을 나무에서 빼낸 뒤 사마의가 간 쪽을 향하여 말을 급히 몰았다.

"이 기회를 놓치면 언제 중달의 목을 자를 것인가!"

그러나 사마의의 자취는 보이지 않았다. 한참 동안 요화가 말을 몰고 왔을 때 숲 사이에 누런 빛을 띤 투구가 보였다. 황금으로 만든 보기에도 찬란한 대도독의 투구였다.

"그렇다면 동쪽으로 갔구나!"

요화는 부하들을 이끌고 동쪽을 향하여 달렸다. 그러나 사마의가 달아난 것은 서쪽이었다. 사마의가 일부러 투구를 동쪽에다 던지고 달아났던 것이다.

이 기회를 놓쳤다는 것은 요화 자신도 그렇거니와 촉한에 있어서도 참으로 애석한 일이 아닐 수 없었다.

요화가 사마의의 기지를 알아내어 오히려 서쪽으로 간 것이라고 느껴 추격했다면 전국은 일변했을 것이요, 다음날의 촉한과 위의 역사도 그렇게 되지는 않았으리라.

그러나 역사의 뒤를 크게 바라볼 때에, 그 어느 시대에도 자연히 돌아오는 힘과 인력을 넘는 어떤 힘이, 말하자면 천운과 우연이라는 것이 구별되어 있는 것인지도 몰랐다.

사마의는 간신히 위수 본진으로 달아났다. 언제나 경계를 하고 있었으나 또 공명의 책략에 떨어져 큰 손상을 입은 것을 사마의는 그리 통탄하지도 않았다.

'이것을 잘 생각해 보니, 공명의 계책에 떨어진다는 건 언제나 나의 마음이 안정되지 못하여 그 계책에 내가 떨어진 거나 다름

없어. 우선 내 마음부터 굳게 안정하는 것이 큰 일이다' 하고 스스로 경계하기를 잊지 않았다.

이런 일이 있은 다음 사마의는 수세로 옮겨 철벽같이 진을 수습하여 공세로 나오는 적을 돌아보지도 않는 전략을 썼다.

이때 촉군은 개가를 올렸다.

"싸우면 언제나 이긴다!"

촉군의 사기가 등등하였다.

공명은 여러 장수들의 공을 치하하였다.

그러나 공명의 깊은 마음 속에는 한 가닥 서글픔이 없지 않았다. 운장 같은 장수가 아직 살아 있었다면 얼마나 좋을까 하는 생각 때문이었다.

'아! 운장이 가고 장비와 조운이 가 버려 군중에 사람이 없게 되었구나.'

입 밖에는 내지 않았으나 공명은 마음 속으로 통탄했다.

공명은 과학적인 창조력으로 작전을 구상하였다. 그것으로 필승한다는 것을 굳게 믿고 있었다. 그러나 촉군 중에 인재가 없어서 이것을 마음대로 쓰지 못한 안타까움이 있었다.

〈제9권 끝〉

옮긴이 **김길형**
중앙대 철학과 졸업
월간 現代詩學 편집장 역임, (주)금성출판사 · 동아출판사 근무
공감사 대표, 海東文學 편집국장
한국문협 · 국제펜클럽 · 한맥문협 회원
隨想集 「계절의 빈손」 · 「두레박 지혜」 외 다수
編著 「원효대사」 · 「칸트의 생애」(위인문고) 외 10여권

原本 三國志 제9권

- 초판 1쇄 발행 2010년 2월 10일
- 초판 3쇄 발행 2011년 12월 15일

- 지은이 | 나관중
- 옮긴이 | 김길형
- 펴낸이 | 박효완
- 펴낸곳 | 아이템북스

- 출판등록 2001. 8. 7 | 제2-3387호

- 주   소 | 서울특별시 마포구 서교동 444-15
- 전   화 | (02) 332-4337 · 팩스 | (02) 3141-4347

- 값 8,800원

※ 잘못된 책은 교환해 드립니다.